小学館文庫

がいなもん　松浦武四郎一代

河治和香

小学館

松浦武四郎、天下の奇男児に御座候。

――――藤田東湖

目次

一、武四郎、世界を知る

明治十六年（一八八三）、夏の終わり頃のことである。

東京の湯島新花町のあたりは昔、菜園があったことから、俗に〈大根畑〉と呼ばれる藪のかぶさったような寂しい土地であった。

この大根畑から葱山の芝居小屋春木座の方に抜けるあたりに、絵師の河鍋暁斎は住んでいる。

白いものを見ると無性に絵を描きたくなるという性分で、町を歩いていても、張り替えたばかりの障子が干してあったりするのを見かければ、床屋だろうと一膳飯屋だろうと、いきなり店に飛び込んで、「描かせろ」と強引に描いてしまうというのだから、そうとうの奇行(きこう)奇矯(ききょう)の人であった。

当然のように、その家に集(つど)う人々も一風変わっている。

その日も英国人のジョサイア・コンドルが〈大根畑〉へと続く道を息を切らしながら走っていた。

「おい、見ろよ……異人さんが走ってるぜ」

往来を行く人々が、物珍しそうに振り返る。どこかダチョウが走っているのに似ていた。

暁斎の家に走り込んで来るなり、コンドルは、

「たいへんです！」

と、肩で息をつきながら靴を脱ぐのももどかしそうに叫んだ。

「なんだ、コンデールか……どうしたの？」

出てきたのは、暁斎の娘の豊(とよ)である。今年十六になる娘盛りだが、江戸の娘のたいていがそうであるように、ポンポンと歯切れのいい物言いをする。

明治になって東京と名は変わったものの、江戸っ子と名のつく人々の性格までは、そう簡単には変わらないようであった。

コンドルは工部省に雇われた英国人の建築家で、完成間近の鹿鳴館(ろくめいかん)を設計したり、西洋建築の分野では神様のような存在であるらしいのだが、一方で日本画を学んでいて暁斎を師と

仰ぎ、今では〈暁英〉という立派な名前までもっている。

ところで、この「コンドル」という呼び方はオランダ語的な読み方で、本来の発音は「コンダー」という。それを暁斎は、

「……こんだぁ？　なんか間延びして呼びにくいや。うちではコンデールってことにしとこうぜ」

と、勝手に「コンデール」にしてしまった。それからはずっと、暁斎の家では家の者はみな「コンデール」と呼び捨てである。コンドル先生は気にする様子もない。

「オトヨサン……すぐそこで、マツウラ先生を見かけました！」

コンドルは、町歩きが好きだ。人力車も使わず京橋西紺屋町の自宅からプラプラ歩いて湯島までやって来る。

その途中で、〈松浦老人〉を見かけたので、これは一大事と慌てふためいて走ってきたという。

おそらく目指しているのはこの暁斎宅だろう。

「ええっ、そりゃたいへんだ！」

豊は、年頃の娘らしくぽっちゃりしている……というか、いささか太りすぎているので床をミシミシと鳴らしながら廊下に出て、奥にいる暁斎に声をかけた。

「お父つぁん、たいへん！　松浦先生が来るって！」

「何ッ、松浦老人が……！」

いつもこの狭い家には、絵やら借金やらの催促で大勢の人間がたむろしているのだが、この日は月はじめのせいか、掛け取りの姿もなく、〈ナマケ〉と称して寝っ転がって新聞を読んでいた暁斎はガバッと飛び起きると、ものすごい敏捷さで、せっせと部屋を片付けはじめた。

「……隠せ、隠せ！」

と、わめきながら部屋に無造作に放り出してあった掛け軸や置物などを、押し入れにしまい込んでいる。

豊も、「コンデール、ぼーっと突っ立ってないで……早く、そっち、持って！」などと、コンドルを顎で使いながら、昼寝用の籐枕を蹴飛ばして小屛風を納戸へと押し込んだ。

「それにしても松浦老人が帰ってくるにしちゃ……今年は馬鹿に早えじゃねぇか。まだ九月に入ったばかりだぜ」

暁斎がぼやいていると、表の通りから「ぶおぉ〜〜〜〜〜〜」と、腹に響くような不気味な音が鳴り響いてきた。

「な、何ですか？」

コンドルは、気味悪そうにあたりを見回している。

「松浦先生ったら、まったく、もう……」

豊が舌打ちするように玄関から下駄を突っかけて表に出てみると、背の小さな老人が家の前でビョウビョウと法螺貝を吹いているのであった。

よく見れば、禿げかけた頭には細い丁髷がのっている。この当時、まだ旧弊な老人たちは丁髷を結っていたのである。

しかも、この老人のおかしなところは、白髪混じりのその髷の先が、長く額にまで垂れ下がっていることであった。

「……ご隠居さん、こんな町中で法螺貝なんか吹いたら近所迷惑ですよ。ほら、早くあがって」

外聞が悪いので、豊が困ったように老人の手を引いて家へあがらせると、老人は、にこにこしている。

「いやぁ、お豊ちゃん、息災だったかね」

この老人、異様に声が大きい。隣近所にまで丸聞こえである。

「相変わらずですよ。ご隠居の方こそ、ますますお元気で。今年は、旅からのお帰りが早かったですね」

「うむ。今年は西郷隆盛の七回忌であったから、鹿児島まで行って墓参りしてやったよ。ついでに九州もぐるっとまわって……」

「なんと西郷さんの墓参りに鹿児島まで。ご苦労なことですねぇ」

物好きにもほどがあると、豊がよくよく聞いてみると、なんと松浦老人は、かの西郷隆盛と親しい間柄だったという。西郷だけでなく、昨年は、萩では吉田松陰の、佐賀では江藤新平の墓参もしてきたというのだった。みんなかつて友達だったとかで……この松浦老人、意外と傑物の知り合いが多いようなのである。豊はどうもピンと来ないのだが、どうやら世間では偉い人物ということになっているらしい。

この丁髷老人、名は松浦武四郎という。

かつては探険家と呼ばれていたらしいが、「旅をするのが商売なんて、旅の渡世人みたいだ」と、豊はいつも首をかしげている。いつもフラフラ旅をしているこの老人、いったい何で食べているのか豊にはいまだよくわからない。さすがに往年の探険家も、年も年なので、最近では気候のいい時期だけ……春になって温かくなると、地面から虫が這い出るように旅に出て秋まで諸国を漫遊し、寒さが厳しくなる前に東京に舞い戻ってくる。暁斎宅では油断していたが、今年は例年よりだいぶ戻りが早かったようだ。

東京に戻ると閑を持てあまして、毎日のように暁斎の家にやってくる。

暁斎は現在、この松浦老人からの大作の絵の注文を引き受けているのだった。その進捗状況を検分するという名目で、老人の家が神田五軒町と近いせいもあり、毎日散歩の帰りに寄っては、豊を相手に茶を飲みながら一くさり話をして帰ってゆく。

「それにしても……」

と、コンドルは呆れたように、自分の肩くらいまでしかない小さな老人を見下ろした。

「ゴインキョさん、足、とても速いです」

松浦老人は、じろりとコンドルを見上げた。

「おヤトイさん」

当時、一般にはコンドルのように高給で明治政府に雇われている外国人は〈ヤトイ〉と呼ばれていた。

「わしは、幼い頃、郷里の伊勢で竹川竹斎先生から〈神足歩行術〉という秘伝を授けられておる」

小さな老人は、反り返るように威張って言った。

「……神足歩行術？」

思わず、豊もコンドルも苦笑した。いかにも胡散臭そうだ。

ところが、松浦老人は大真面目である。

「わしは、一日二十里はなんなく歩けるぞ」

「たしかにゴインキョさん、すばらしく足が速いです」

走ってきたコンドルと、ほとんど変わりなかった。驚くべき快足である。

「ゴインキョさん、おいくつですか？」

「当年、六十六だ。わしはな、七十になったら富士山に登るのが夢なんじゃ」

この時代の六十六といえば、ふつうはほとんどが腰が曲がったヨボヨボの老人であった。その中で、松浦老人は勇気凜々、すこぶる元気である。気力が充実している。声が馬鹿でかいのは、肺活量も大きいからだろう。

「ところで、お豊ちゃん、お父つぁんはどこへ行った」

「あれっ、お父つぁん？」

いつの間にか、暁斎は雲隠れである。この老人がやってくると長っ尻なので、ちょっと鬱陶しいのだろう。

「どこ行っちゃったのかしら……お湯屋さんかな」

と、言いながら豊は、暁斎が仏壇の近くに紙入れを忘れていったことに気付いた。

「おや、師匠は鼻紙入れを忘れていきなすったか。ほほう、これはまた前金具に洋銭をつけて凝ったものじゃな」

目ざとく見つけた松浦先生は、老人とは思われぬ敏捷さで紙入れを手にとって眺め回している。

「ゴインキョサン、これはカナダの硬貨です。カナダのコインにはイギリスと同じようにヴィクトリア女王が刻印されています」

横から、コンドルがうれしそうに口をはさんだ。コンドルが西洋の硬貨を暁斎にプレゼントしたのを、暁斎は紙入れの前金具に仕立てて愛用していたのだ。

……余計なことを。と、豊は内心舌打ちしている。松浦老人に目をつけられるとろくなことがない。

「ほう、カナダのヴィクトリアの顔は、イギリスのとはちょっと違うようじゃ」

「はい、最近では女王もトシヨリになったので、イギリスの方はオールドヘッドといって、コインの顔も年増(としま)になりました」

コンドルは丁寧に説明した。

松浦老人は、古銭が大好きである。

古いもの……仏像とか、経典とか、玉(ぎょく)のたぐいをたくさん集めている古物蒐集家(しゅうしゅうか)として世間には知られていた。

最近では、松浦老人のことが新聞に載ると、肩書きは〈古銭蒐集家　松浦武四郎翁〉などと書かれるくらいだ。

なんといっても、明治十年には今まで集めた膨大な古銭コレクションを大蔵省に献納したことで世間の注目を集めた人である。献納された古銭は長持(ながもち)三棹(さお)にも及び、当日は、仲介者の岩倉具視(いわくらともみ)をはじめ、大蔵卿の大隈重信(おおくましげのぶ)まで松浦邸にやってきて大騒ぎになったそうだ。

「ゴインキョは、いつ頃から古銭を集めはじめたんですか？」

コンドルは如才(じょさい)なく松浦老人の機嫌を取るように尋ねた。

「そうさの……十五のときじゃったかのう」

松浦老人は、よくぞ聞いてくれたとばかりに顔をほころばせた。

「はじめて手にした古銭はローマ時代の古いものじゃったよ。わしの子供の頃の話をするとな……」

ほうほう、とコンドルは正座ができないから、老人の前で行儀悪く足を投げ出して座りながら、うれしそうに耳を傾けている。

……また、はじまった。

やれやれと、豊は熱弁をふるいはじめた老人のためにお茶を出さなくては、と立ち上がった。

松浦武四郎が生まれた伊勢という土地は、伊勢神宮があることから、〈神都〉と呼ばれていた。江戸を武都といい、京都を皇都というのに対して……神都である。

松浦老人は文化十五年（一八一八）、その伊勢国一志郡の雲出川の南にある須川村で生まれた。須川村は、津から伊勢神宮に通じる参宮街道沿いにある。雲出川の渡しをひかえた宿場町で、生家は代々紀州和歌山藩の地士として村を治め、その屋敷は伊勢街道に面していた。

「わしはな……寅年の寅の日の寅の刻に生まれたのじゃ」

「……寅尽くしですね」

豊はお茶を出しながら答えた。

「それで、〈竹四郎〉と名付けられた」

「ああ、虎だから……竹やぶ」

虎の絵に竹林はつきものだ。

老人が〈竹四郎〉から〈武四郎〉と名乗るようになったのは後年のことである。

「ご隠居さんは、子供の頃どんなでした？」

「ごく普通の子じゃよ。小さいときは、お坊さまになりたかった」

「……それ、普通じゃないですよ」

豊は思わずため息をついてしまった。そんな小さい時分から坊さんになりたいなんて、よほど変わった子である。

武四郎の父、松浦桂介は風流人で書画骨董に通じ、俳人としても知られていた人である。ついでながら道楽が過ぎて蔵もいくつか潰したらしい。

「九つのときに疱瘡にかかってな、ほれ、このとおり痘痕になった。今は皺で目立たなくなったが、その頃は世をはかなんでのぅ……」

「それで、坊さんに？」

もちろん、それだけではなかった。武四郎は七つのときに近所の真覚寺という寺で、来応禅師という坊さまから読み書きの手ほどきを受けた。いわゆる寺子屋である。

この来応禅師は、若いときに三十余国を放浪し、縁あって真覚寺の住職となった人で、不思議な能力を備えていたという。あるとき、村の娘に取り憑いた狐を追い払い、その狐を正節稲荷として祀ったことから、この稲荷は伊勢神宮参拝の人々の間で評判になった。

武四郎が幼少時代、一番影響を受けたのが、この来応禅師である。

来応禅師は、かつて旅したさまざまな国の出来事を少年たちに語って聞かせた。

「老師さまのように、お坊さまになって諸国を行脚し、不思議な霊力を身につけたい」

坊さんになりたいというのは、そういうことであった。

もうひとつ、武四郎の生まれた伊勢という国の土地柄がある。

伊勢神宮というのは、当時の人々が一生に一度は参拝したいと思っていたもので、中でもおよそ六十年に一度、〈おかげ年〉には〈おかげ参り〉の集団が伊勢に押し寄せた。

奉公人が主家に黙って仕事を放り出しておかげ参りの集団に身を投じる。子供が親に黙って家出しておかげ参りの集団に加わる。

庶民の移動を厳しく禁じた江戸時代にあって、〈伊勢神宮参拝〉だけは特別であった。主に内緒で、あるいは親に黙って〈抜け参り〉に参加しても、ちゃんと伊勢神宮を参拝したという証拠であるお札などを持ち帰れば、おとがめなしである。伊勢神宮参拝は全国共通の通行手形でもあったのだ。

武四郎は、文政十三年（一八三〇）の〈おかげ年〉のおかげ参りを目の当たりにしている。

　おかげでさ、するりとな、抜けたとさ

と、囃しながら雪崩を打つように人々が伊勢街道に押し寄せた。家の前の道を横切って向かいの家に行こうとしても人波に遮られて渡れないほどであったという。

当時、武四郎は十三歳。同じ年くらいの子供どころか、もっと小さい子まで、腰に差した柄杓を差し出せば、信心の旅とみなされ、沿道の人々の施しによって無銭旅行ができたのである。

……いつか、旅に出たい。

旅は、武四郎にとって特別なものでなく、日常の中の風景であった。

子供の頃の武四郎は、いつも、家の前の往さ来るさの人々を見つめていた。

その旅の人々の群れの中に、ひときわ目立つ男がいた。中肉中背の青年である。供も連れずに一人歩いてゆく。

いや、歩くという表現はあたらないかもしれない。走る速度に近い。飛ぶように歩いてゆくのである。

その姿は、のんびり旅する人々の間では際立っていた。

月に何度か、往来を行く。

……あ、来た！

遥か遠くに豆粒のように見えた人影は、あっという間に目の前に迫り、一陣の風のように武四郎の前を通り過ぎると、もうその後ろ姿は見えなくなっていた。

と、小声で囁きながら前傾姿勢で歩いてゆく。何か特別な呼吸法があるようであった。

あるとき、武四郎は意を決して、男に声をかけてみた。が、聞こえなかったのか、男はズンズンと去って行ってしまうので、武四郎は、ほとんど半泣きになりながら追いかけた。いきなり小さい子が、わぁわぁ泣きながら付いてくるので、男も困惑したのだろう、

「……なんや？」

村外れまで来たところで、男がゆっくりと立ち止まったので、武四郎は転びそうになり、そのまま男の足元に突っ伏した。

「私は、須川村の地士で松浦家新宅の武四郎と申します。なっとしたら、あんたさんのように速く歩くことができるんか、ご伝授下され」

「ははは。まぁ、泣くな」

男は笑って、武四郎を立たせてくれた。これが、のちに武四郎に多大な影響を与えることになる竹川竹斎との出会いであった。

「なんで、速く歩けるようになりたいんや」

男は、懐から出した鼻紙で武四郎に鼻をかませながら尋ねた。

考えてみたら、なぜだかわからなかった。速く歩けるようになったら、目に見える風景も変わるような気がした。

「……私はいずれ諸国を旅したいと思うております。そのときに、足が速い方が、江戸でも大坂でも近なるいうことではありますまいか」

武四郎は、素朴に答えた。

「ははは、坊主、面白いことを言うのう」

松坂から南に下った櫛田川のほとりに射和という村がある。射和は、その昔、近くの丹生という土地で水銀がとれたことから、いわゆる伊勢白粉で財をなした松坂商人発祥の地であった。この男は、その射和で豪商として知られる竹川家の七代目当主だった。

竹川家は両替商を営み、享保の頃からは幕府為替方御用をも務める大商人として、江戸、京都、大坂に店を持っていたが、竹斎は店はほとんど番頭に任せ、せっせと江戸に通って佐藤信淵や奥村喜三郎といった学者から農政や土木、天文、地理、測量などを学んでいた。幕府御用を務める大店の主がなぜ学問を追究しているのか……当時の武四郎は知るよしもない。

それでもこの謎の多い足の速い男は、伊勢街道の武四郎の家の前を通りかかるたびに〈神足歩行術〉と呼ばれる速歩術を少しずつ武四郎に伝授してくれたのであった。

「……神足歩行術、って、流儀の名前なんですか？」

豊は、まだ信じられない様子で、半ば呆れたように尋ねた。

「これは、我が師竹川竹斎先生が、若かりし頃、旅の修験者に授けてもらった歩行術でな、習得後は、鳥羽藩の御家来衆に伝授したり、幕末の頃は、ほれ……メリケン国に修好条約を締結するために彼の国に参った新見豊前守という仁がおったじゃろ、かの殿様などにも秘伝を授けられたという」

竹川家には、秘伝の巻物が残されており、そこには詳細が記されているが、肝心な部分はみな〈口伝〉とされている。

「まず大事なんは、臍を納めることや」

と、竹斎は武四郎に教えた。気を丹田に納め、首筋や腹や足の先までの凝りをとくことが、この術の根本であるという。

「歩き始め、最初の一里はゆるゆると歩み、気が丹田に落ち着き、体中の凝りがとけて足が軽くなったら速歩に移行するんや」

砂道は足を高く上げ、向かい風のときは小刻みに、追い風のときは力を抜いて腹の力で歩き、雨のぬかるみ道は腰の力で歩いてゆく。

「平地での掛け声はな……ササザザ、オイトショ、オイトショ」

松浦老人は、大声を張り上げ身振り手振りで説明してくれるのだが、聞いていたコンドルは堪えきれずに噴き出した。

「山登りのときは足先三尺を見つめて歩くのじゃ。遠くや左右を見るのは禁物。それで、上り道のときの掛け声は、マダマダ、マダマダ、マダマダ……」

豊とコンドルは、松浦老人のその大真面目だが滑稽な姿に笑いが止まらなくなってしまっている。

「京にいる門人たちの中には、一日五十里も歩行する者があったという」

「ご隠居さん、そんなウソばっかり」

豊は、笑って老人の背中を叩(たた)いたが、「何を笑うか。わしなど一日二十里歩いても、疲れるということがないぞ」と、老人は力説した。

「……ほんとに？」

笑っていた豊は、思わずあきれ顔になった。法螺話でもなんでもなく、松浦老人は、野山を一日中歩き回っていても平然としていることから、〈鉄の足を持つ男〉といわれていたのである。

この〈神足歩行術〉を体得したことによって、武四郎の行動半径はにわかに広くなった。

松浦武四郎が、津の儒者平松楽斎(ひらまつらくさい)の元に弟子入りしたのは、十三歳のときである。武四郎の生まれた須川村は、津と松坂の間に位置している。松坂は、本居宣長(もとおりのりなが)を生んだ国学の盛んな土地であり、武四郎の叔父も宣長門下の弟子であった。

その中にあって学問の師匠を松坂の地に求めず、津の儒学者に求めたのは、俳諧や文芸に明るかった武四郎の父の考えによるものだったようである。

武四郎は第四子である。将来は自分の才覚で道を切り拓いていかなくてはならない運命にあった。

平松楽斎は、津の藩主藤堂家に仕えており、ときには藩主にも意見するほどの人格者と周囲の人々から慕われて、その家には京大坂などからも、さまざまな訪問者が絶えなかった。

武四郎は、この楽斎の塾でその後生涯の友となる崎之助……のちに石水という号で知られるようになる川喜田久太夫と出会っている。

川喜田家は、代々津藩銀札御用達を務めた屈指の伊勢商人で、武四郎は楽斎の塾に住み込みであったが、仲良しの崎之助は家から通っていたため、武四郎は川喜田家にも頻繁に出入りするようになった。

武四郎が竹斎と再会したのは、松坂の豪商長谷川家においてである。

「坊主、こんなところで何しとる」

竹斎に声をかけられた。

実は、武四郎はこのとき、本居宣長の鈴に凝っていた。

古事記の研究者として知られた本居宣長は、根を詰めて著述に励んでいるとき、その疲れを癒すために鈴を鳴らした。その書斎は〈鈴屋〉と呼ばれ、宣長は多数の鈴を所持していたという。武四郎の風変わりなところは、

「頭がスッキリする鈴って、なっとなっとんのやろ？」

ということに関心を寄せたことであった。

聞けば、松坂の豪商〈丹波屋〉の長谷川家には、その宣長の所持した鈴の図録が記録として残っているという。

「筆写させていただきたい」

と、武四郎は長谷川家の八代目当主長谷川元貞（もとさだ）を訪ねた。

このとき、紹介状を書いてくれたのは、崎之助の父、川喜田家十三代目久太夫、川喜田政安（まさやす）である。津の豪商〈川喜田〉と、松坂の豪商〈長谷川〉は、江戸店（えどだな）が大伝馬町（おおでんまちょう）で隣同士であった。

「古いものが好きか」

と、竹斎は夢中になって書き写している武四郎に声をかけた。

来月、射和の延命寺（えんめいじ）で、竹斎は〈物産会〉を開催する予定であるという。物産会というのは、数寄者（すきしゃ）たちが、おのおの所持している名品珍品を持ち寄って見せ合う集まりである。この日は京からも著名な学者がやってくる予定であった。竹斎は、武四郎をその会へ誘ってくれたのである。

武四郎は、天にも昇る心地になった。

しかし、それぞれが古物を持ち寄るとなれば、できれば武四郎もなにがしかの古物を持参したかった。途方に暮れた武四郎は、師匠の楽斎に相談すると、楽斎は少し考えたあとで一振りの小刀を取り出した。

武四郎が怪訝そうに見ていると、楽斎は刀の柄の束巻をはずして、目貫がわりに挟んでいたものを表と裏から一つずつ取り出して武四郎の掌にのせた。

「ある商家の主にもらったものや。オランダ通詞を通して入手した異国の古銭やという。刀の目貫のかわりにしておったのじゃ」

目貫というのは刀を持ったとき、滑らないようにする金具で本来は金工家が作るものであったが、楽斎先生のように刀といっても飾りで持つような人物の間では、このような洒落た細工をする者も多かった。

「これは……異国の古銭？　オランダですやろか？」

「いや。もっともっと古いものらしい。摩滅していてよくわからぬが、羅馬という千年も昔の都で使われていた銭やともいう」

「千年……」

「おまえにやろ」

「えっ」

武四郎は、師匠楽斎の顔と掌の上の二枚の古銭を交互に見つめた。これが、武四郎と古銭との出会いだったという。

「……竹斎殿は、おそらくおまえの世界を開いてくれることになるやろ」

楽斎は莞爾（かんじ）として笑った。

天保（てんぽう）三年（一八三二）八月、射和延命寺の物産会の目録には、次のような記録が残っている。

紅毛銭（こうもうせん）　二品　津　松浦竹四郎

大人たちに交じって、武四郎、このときわずか十五歳。

会場に並ぶさまざまな品に、武四郎は目を瞠（みは）った。中でも武四郎が心を奪われたのは、竹斎の出品した表面が痘痕のようになっている黒い石だった。

星くそ

と、書かれたその塊は、隕石（いんせき）であった。流れ星のように空から降ってきた星の欠片（かけら）は、当時の人々には星の糞（ふん）のように思われたのであろう。竹斎は、木曾（きそ）街道を旅しているとき、その土地に伝わるこの〈星くそ〉を譲り受けたという。

……旅をしていると、このような物に出会うこともあるのだ。

その隣には少し赤みを帯びた砂を固めたような石も陳列されていた。これには、〈西天竺（にしてんじく）雪山の砂石〉と書かれている。

……天竺！

今まで頭の中で想像するだけだった〈唐（から）・天竺〉が、急に現実のものとして目の前に出現した思いであった。

その日、武四郎は川喜田政安・崎之助父子と一緒に竹川家に泊めてもらっている。そこでさらに武四郎は、もうひとつ人生を変える〈世界〉と出会った。

竹斎が、武四郎と崎之助の前に、〈新訂万国全図（しんていばんこくぜんず）〉……世界地図を広げたのである。

この世界地図は、文化四年（一八〇七）に幕府の命を受けて天文方の高橋景保（たかはしかげやす）が作成したもので……それを竹斎が弟の国分信親（こくぶのぶちか）とともに精密に複製した写本であった。

……これが、世界というものか。

今まで地図や道中記のたぐいを見つけると、武四郎はくまなく読破してきたつもりでいた。だが、それらの地図は、地名の羅列に過ぎない。客観的な位置を示したこうした地図が世の中に存在するということが衝撃であった。

このとき、おそらく当時、世界地図というものをはじめて見た者の誰もが発したであろう質問を、武四郎も口にしている。

「……伊勢は、この地図のどこらへんにあるんですやろか」

「このへんかいなぁ」

竹斎は、地図の一点を指した。

「江戸は……？」

「……このあたり」

竹斎の指さした場所は、ほぼ同じであった。あれほど遠いと思っていた江戸と松坂が、世界地図の中では、同じような場所にあったとは。

竹斎は、世界地図を食い入るように眺めている自分より十ほど年下の二人の少年たちを見つめながら、思っている。

崎之助は川喜田家の総領息子であった。今後、この伊勢に根付いて家を背負ってゆくことになるだろう……自分のように。

そして、武四郎は世界に飛び出してゆく男になるであろう……自分の果たせぬ夢を追うように。

「この朱線は何の印ですかいなぁ?」

武四郎と崎之助は、興奮した赤い顔で尋ねた。

ヨーロッパからアフリカの喜望峰(きぼうほう)を回り、インド、インドネシアの辺りからすーっと南……当時はまだ南極大陸は発見されていないが、南の方に一本の赤い線が延びている。よく見ると、その朱線に沿って、

　西洋人コーク航路図

と書かれていた。

「それは、エンゲレスという国のゼームズ・コークというお人が、航海した航路だ」

ニュージーランドやハワイを発見したキャプテン・クックの航海については、すでにその風聞は長崎を経て日本でも知られていた。

「コークという男は、測量術に長けておって精密な地図を後世に残した。どのような未知の土地にも怯まずに分け入ってゆく胆力のある男やったという」

その土地を訪ね、測量することではじめて、その地が島なのか、あるいは大きな大陸の一部の半島であるかがわかる。地図に記されてはじめてその土地は有益な領地となるのだ、と竹斎は武四郎たちに説いた。

「西洋人のコークは、このような広い世界を旅して……」

武四郎は、そっと指でその朱線をなぞってみた。

竹斎は非常な物識りだった。竹斎の少年時代、家の教えでは商人が商売に関係のない本を読むことは禁じられていたため、竹斎は商いの修業の合間にこっそり本を借りては読み耽ったという。

「この大きな島は、どこの国かいなぁ？」

ふと、武四郎は日本国の北に位置する大きな島を指さして竹斎に問うと、竹斎は朗らかな笑い声をたてた。

「武四郎、それは日本国やぞ……蝦夷地や」

「これが、蝦夷地……」

「蝦夷地は広大や。九州の二つ分もあるという」

蝦夷ヶ島などといって、鬼ヶ島みたいなものだと思っていたが、島と呼ぶにはあまりに大きい。江戸と松坂と京を呑み込むほどの広大な土地が、武四郎の目の前に広がっているのだった。

「こうして、十五のとき、わしは古銭から、広い世界へと目を見開かされたのじゃ」

感慨深く松浦老人が呟くと、

「……ひねっこびた子供だったんですねぇ」

豊は思わずため息をついた。

すると、そのとき表で大きなクシャミが聞こえた。どうやら暁斎が帰ってきたものの、入るに入れず外で聞き耳を立てていたものと見える。

「なんだ、師匠、戻って来たなら早くお入り」

松浦老人が気配を感じて一喝した。その気配を察する敏感さ、張りのある大声、まるで年を感じさせない迫力である。

「なんでぇ、どっちが家の主かわかんねぇや。ご隠居の声は筒抜けだぜ」

そう言って入ってきた暁斎は湯気を立てているから、本当に裏の湯屋で一風呂浴びてきたのだろう。松浦老人の声は大きいから、あるいは裏の湯屋まで丸聞こえだったのかもしれない。

「うむ、今、師匠の紙入れをみんなで褒めそやしていたのじゃ」

「ご隠居、こいつぁヴィクトリアでも若い娘っ子時代の顔らしいぜ」

豊は、そっと、「お父つぁん、また取られるよ」と目で合図したが、暁斎は得意になっている。

「ほぅほぅ……」

松浦老人はうれしそうに暁斎の紙入れを手に取ると、ちゃっかり自分の懐にねじ込もうとした。

「おう、ご隠居、やるとは言ってねぇぜ」

暁斎が慌てて手を伸ばしたけれど、もう遅かった。

「師匠、わしの注文した絵は、いったいいつできるんじゃ」

いきなり松浦老人は大きな声を出した。

「……なんでぇ、急に。……まだにきまってらぁ」

暁斎は痛いところを突かれて、急に声が小さくなった。

「お豊ちゃん、お父つぁんに酒買っておいで」

松浦老人は、猫撫で声でそう言うと懐から自分の紙入れを取り出し、そのまま豊に持たせた。暁斎が酒好きなのをよく知っているのだ。

「財布ごと持ってお行き」

「えっ、いいの？」

さすがに松浦老人の紙入れはずっしりと持ち重りする。

「お父つぁんのは中身が全然入ってないんだから、こっちの財布と取り替えっこしてもらったら」

「ばかっ、こんな擬革紙の安っぽい紙入れと一緒にされてたまるかよ」

暁斎は怒って、松浦老人の紙入れを取り上げて眺めた。

「そりゃ、壺屋紙という稲木合羽でできておるもんじゃ。わざわざ、わしの故郷の伊勢から取り寄せたものじゃよ」

松浦老人は、呑気に答えている。

「ちぇっ、ご隠居みてぇな立派なお方が、こんな安っぽい紙入れ持ってちゃあ下手に見えらぁ」

などと悪口を言いながらも、紙入れの中身が気になるのだろう、「豊、ご隠居の気が変わらねぇうちに、はやく買ってこいッ」などと言って紙入れを豊に押しつけてくる。いつものことだから、松浦老人は、そんな二人の間に挟まってニコニコするばかりだ。

松浦老人の別名は、〈乞食松浦〉という。

ちょっと珍しいものがあると、「いいなぁ、いいなぁ」と褒め倒し、そのうちいつの間にか、「くれ、くれ」とうるさく言い出すのだ。暁斎宅でも松浦老人が出没する時期は用心してめぼしいものは隠しておくのだが、今日は不意を突かれてしまったのであった。

世間ではよく〈近江泥棒、伊勢乞食〉という。近江商人は商才に長け、伊勢商人は勤勉で倹約家が多いことから、〈宵越しの銭〉を持たない江戸っ子たちは、負け惜しみのようにそんなふうにいうのである。古物蒐集の仲間が松浦先生のことを〈乞食松浦〉と揶揄するのも、どうやらそうしたやっかみからのようであった。

老人は、何を言われても超然としている。この道では筋金入りなのだ。

うちのお父つぁんもそうとう変わっているけれど、あのご隠居の前では、なんだか凡夫に見えるなぁ……と、豊は貧乏徳利を下げ、下駄を突っかけながら思った。

何がおかしいのか、家の中からは男たちの割れ鐘のような笑い声が往来まで遠響きしてきた。

二、武四郎、出奔す

明治十六年（一八八三）の秋も深まった頃のことである。

豊が台所で朝飯を食べていると、朝湯から戻ってきた暁斎が、「おい、もう表で松浦先生ンとこの俥屋（くるまや）が待ってるぞ」と玄関口で怒鳴っている声が聞こえてきた。

「ええっ、もう？」

昨晩、松浦武四郎先生から、「明日の昼前に、大事なお客さんがいらして蒐集品（しゅうしゅうひん）をお見せするから、お豊ちゃんもぜひ来なさい」という使いがきた。暁斎一家の住む湯島の大根畑から、神田の松浦先生の家までは歩いてもたかがしれているので、豊は朝飯を食べ終わったら支度して出かけていくつもりだったのに、老人はせっかちだから自分の俥を回してくれたらしい。

豊は、茶碗(ちゃわん)に残った飯にお湯をかけてかっ込むと、慌てて飛び出していった。

人力俥夫の名は松平(まつへい)という。

「三年辛抱すれば、家を持たせてやる」

と、松浦老人に言われて、それを励みに精勤している。

「松平さん、ちっとゆっくりやって下さいな」

いつも気短な老人を乗せているせいか、松平の人力俥はすごい速さで走るので、豊は目が回りそうになった。

「いやぁ、いつものクセですんませんなぁ」

松平は慌てて速度を落とした。

「毎日、あの松浦先生のお供じゃたいへんでしょう」

松平は松浦家専従の俥引きだけでなく、老人が全国を旅するときは従者として付き従っている。

「なぁに、うちんとこはジイさんの時分から松浦家に仕えとるもんで、もう慣れとりますんさ」

松平は屈託なく笑いながら、豊を乗せた俥をゆっくりと引いてゆく。

「まぁ、じゃあんたも伊勢の出身ね」

「へぇ。ご隠居さんと一緒の伊勢の出ですんさぁ」

伊勢商人というのは、江戸店の奉公人はすべて国元から呼び寄せるというが、松浦家もどうやらそうしたところがあるらしい。

松浦武四郎先生の家の前には大きな柳の木があるからすぐわかる。なんでも松浦老人は柳が一番好きなのだそうだ。

広い邸内にはさまざまな木が鬱蒼と生い茂っている。若い頃、探険家として日本全国を行脚した松浦先生は自然そのままの姿を好み、庭師を入れて手入れをするということがないという。

豊が応接間に通されると、隣室からは松浦老人の誦経する声が響いていた。朝の勤行の真っ最中であるらしい。もともとの大きい声がますます大きくなって、あたかも叱咤するが如く、ガミガミと怒鳴りつけるようにお経をあげている。

松浦老人は毎晩八時には床につき、朝は四時に起床、すぐさま孫や女中たちまで叩き起こし、素読や習字を教え、そのあとに勤行が始まるのだった。

「お豊ちゃん、ご足労やったね」

やっとあたりが静かになって、松浦老人が家の者に小簞笥を持たせながら入ってきた。

「今日は、どなたがお越しになるんです」

「モールスという異人さんが見えるのじゃ」

エドワード・モース。この人、もともとは帝国大学で動物学を教えるために来日したのだが、のちに日本の暮らしを彩るさまざまな器物・民具・古物に魅せられ、学校を退任したあとも、何度か〈蒐集の旅〉に日本を訪れている。

「今日は、わしの集めた勾玉(まがたま)を見たいと申されてな」

松浦老人は、古銭蒐集家としても著名であったが、また勾玉などの〈玉(ぎょく)〉の蒐集家としても世間に広くその名を知られていた。

「まぁ、勾玉を見物するために、わざわざ……」

好事家(こうずか)というのは、とてつもない時間とお金を浪費するものだ、と豊はいつも呆れている。父親の曉斎も、だいぶ〈その気(け)〉があるので、家族は大迷惑だ。

「それにしても……」

早朝なので、あたりはしーんとしている。

「……ご隠居さん、ちょっと早すぎましたよ」

俥が来たので慌てて駆けつけたものの、客人がやって来るまでは時間がありそうだ。豊は、やれやれとため息をつきながら絵を描く支度をはじめた。

実は、松浦先生は、蒐集した古物を図録にして『撥雲余興(はつうんよきょう)』と名付け数年前に出版している。図はすべて絵師による写生である。曉斎まで駆り出されて、埴輪(はにわ)やら、人の顔みたいな形のへんな鈴（鬼面鈴というらしい）などを模写させられた。暁斎だけでなく、古い六朝時代の壺などは秦蔵六が模写している。蔵六は十五代将軍慶喜公の征夷大将軍の金印や、明治天皇の御璽まで作ったという有名な鋳金家である。松浦先生の本には、こうした当代一流の人々が参加しているので、暁斎としても名を連ねることは名誉ではあるのだけれど、現実には面倒なので、たいていは娘の豊におはちが回ってくるのだった。

豊は幼い頃から絵筆を握って、父親に骨法を叩き込まれているから、なかなかしっかりとした絵を描く。この頃では父の暁斎に便利使いされているわけなのだが、それでも豊は絵を描いていると、裁縫や炊事よりよほど好きなので楽しくてたまらない。

しかも松浦先生の家に来ると、先生も多少は絵心があるから墨や絵の具が揃っている。それがまた一流品揃いなので、実のところ、豊は松浦先生の家で模写するのを心待ちにしているのであった。

「勾玉を最初に手にしたのは……ほれ、前も話したろう、幼なじみの川喜田崎之助が家から持ち出したものであったよ」

「ああ、そういえば、この間は世界地図を生まれてはじめて見たって……そのとき一緒にいたお友達ですね」

「そうそう……そのあとで、わしは家出をすることになってのぅ」

「えっ、家出？」

「うむ。師匠の火事頭巾を道具屋に売り払ってしまって」

「ええっ？　いくつのときですか？」

「……十六だったかのぅ」

なんとも、とんでもない十六歳である。


天保三年（一八三二）十二月の晦日。寒い日であった。その日、武四郎は住み込みで学んでいた儒学者平松楽斎の家から、正月を前にして、久しぶりに須川村の家に帰ることになっていた。出掛けにちょうどお城から帰宅した楽斎先生に出くわした。

「なんや、武四郎、やけに寒そうやな」

と、楽斎は自らがかぶっていた頭巾を取って、小さな武四郎の頭にかぶせてくれた。どうやら頭巾を貸してくれるつもりのようであった。

「風邪をひかんように気をつけるんやぞ」

「はい」

武四郎は、末っ子のせいか周囲の人に愛されるという得な性分である。

そのまま、武四郎は飛ぶように歩いて……途中、道具屋十蔵〈道十〉という古道具屋の前を通りかかったとき、ふと気になって店に入った。

数ヶ月前に開催された竹川竹斎主催の物産会に参加して以来、武四郎は骨董屋に出入りするようになっていた。武四郎の好奇心がうずくようなものが小さな店には山のように並んでいる。

武四郎が、ふと目の前にあった大きな根付けのようなものを手にすると、道十の親爺が声をかけてきた。直径五寸ほどもある扁平な丸いものである。蓋をパカッと開けてみると……なんとそれは、方位磁石であった。

「これは……羅針盤？」

武四郎がじっと見つめていると、ガラスの中の針はキラキラと揺れている。店主は蓋の部分に折りたたんであるものを器用に立ち上げてみせた。

「こうすると……蓋は、日時計になるんさ」

携帯用の懐中羅針盤と日時計だった。旅をするときにこれがあれば、進むべき方角も、現在の時刻も知ることができるのだろう。

「この品は、いかほどですやろ……」

親爺は笑って、指を三本出した。三両ということか……。

武四郎に迷いはなかった。懐にいつも入れていた師匠楽斎に貰った紅毛銭を咄嗟に取り出して、さらにかぶっていた頭巾も脱いで店主の前に差し出した。

「ぼ、坊ちゃん、本当にええんかな？」

店主は驚いたように、頭巾を押し頂いて武四郎を見つめている。

「こんな大事な品を曲げてしまって、親御さんに叱られへんか？」

店の主は、武四郎を城下にある豪商の子弟だと思ったのだろう。

「……これは、私がいただいたもんですもんで」

咄嗟に言ってしまってから……そうだ、楽斎先生は頼めばこの頭巾を下さるかもしれない、と武四郎は思った。

武四郎は、包んでもらった懐中羅針盤を懐に、雲出川を渡り家へと急いだ。武四郎にとって、この懐中羅針盤は、文字通り人生の行く先を指し示すもののようにも思われた。

しかし、その後、家に戻った武四郎は急に心が重くなった。

師匠に顔を合わせるのが、なんとなく億劫になって、そのまま須川村の家に引き籠っている。実際、風邪を引き込んで数日床についていたら、津に戻るのが嫌になってしまい、ぐずぐずしているうちに年が明けた。

武四郎、十六歳の春である。

……あの懐中羅針盤を持って、旅に出たい。

そんな思いに取り憑かれていた。

ところがその頃、津では、例の火事頭巾を巡って大騒動が持ち上がっていた。

骨董屋の店先に楽斎先生の火事頭巾が並んでいる、という噂がたった。ただの黒い頭巾だと武四郎が思っていた頭巾は、楽斎先生が藤堂公より賜ったもので、当時は貴重な黒羅紗に、裾には金糸で雨竜の縫い取りがしてあった。楽斎先生は、ものに頓着しない方だから、どんどん平素にもかぶっていたのだが、逆に、周囲の人々にとって楽斎先生の火事頭巾は目に馴染んでおり、すぐに「あれは、先生の火事頭巾では？」と騒ぎになったのである。

二月になって松浦家に楽斎先生から呼び出しがあった。

「おまえ、何かしたんか？」

長兄の佐七は、父に代わって津に出かける間際に、武四郎に問いかけた。

つゆほども弟を疑っていない表情である。

いいえ、と武四郎は首を振った。さすがにいやな予感がした。だが、気持ちは妙に冷静であった。

……これは、天啓かもしれない。

兄が津へ行くと、楽斎から「武四郎に頭巾を貸し与えたまま家に帰らせたが、そのまま音沙汰なく、不思議なことに、同じ頭巾が〈道十〉の店先に晒されている」と聞き、兄の佐七は驚愕して息を切らして家に戻ってきた。

「武四郎は、どこへ行った？」

武四郎の姿は家のどこにもなかった。そのとき初めて家の者たちは、可愛がっていたこの末子が、たいへんなことをしでかしたことに気付いたのだった。

この日の兄佐七の日記にいう。

二月二日　七ツ半頃ニ津ヨリ書状持参り、武四郎ニ何事も悪キ事いたし無かと尋(たずね)候(そうろう)、何事も無と申候、それより佐七、使と同道ニ而津(て)へ出かけ候、時ニ武四郎前之方へ出行方(ゆくえ)しれず

夜が更けても武四郎の消息はわからず、街道沿いの親戚の家に立ち寄っているのでは、と人をやったりと、村をあげての大騒ぎになった。小さいときから武四郎の子守をしていた金(きん)蔵(ぞう)などは、「坊ちゃんは、罪の意識に雲出川に身投げでもしたのでは……」と、半泣きになって川の周辺の草むらを、武四郎の名を呼びながらさまよった。

翌日のことである。津の川喜田家から、父に伴われて崎之助がやって来た。

武四郎からの手紙を預かっているという。

崎之助の差し出した手紙を読んだ武四郎の両親と兄たちは、呆然(ぼうぜん)と顔を見合わせた。

私わ江戸、京、大坂、長崎　唐または天竺(てんじく)へでも行き候か

と、書かれていたのである。

聞いていた豊は、呆れてしまった。

「いったいまぁ、〈唐天竺〉とは、ずいぶんと大風呂敷を広げたものでございますなぁ」

「いや、当時は本当に行くつもりであったのじゃ」

老人は真顔で語るのだった。

「手紙を託そうと呼び出した崎之助が、そのとき餞別をくれたよ」

武四郎老人は、懐かしそうに笑った。

武四郎は、家出の計画を崎之助にだけは前々から打ち明けていたので、家を出てまず崎之助をこっそり呼び出した。

「楽斎先生に、くれぐれもよろしくな」

武四郎が故郷をあとにするにあたって、ただひとつの気がかりは、楽斎先生に詫びも入れずに姿を消さなければならないことであった。

「……うん。立派になって帰ってくれれば、きっと先生も許して下さるよ」

そう言いながらも、後始末を押しつけられた崎之助は、武四郎の前途を案じて心細そうな顔をしている。

「たけちゃん……」

「……崎ちゃん、そんな今生の別れみたいな顔せんでもええ」

いつの間にか、武四郎の方が崎之助を励ます格好になっていた。

「これ……」

と、崎之助は、懐から取り出した桐の小箱を武四郎に渡した。

開けてみると、真綿に包まれた碧い琅玕の勾玉が出てきた。勾玉は三種の神器のひとつでもあり、太古の時代から魔除けの意味を持つ装身具とされている。特に伊勢の地では、本居宣長ら国学の隆盛からふたたび脚光を集め、古い墓などから出土した勾玉や玉の類を蒐集する者も多かった。

崎之助の差し出した勾玉は一寸五分はあろうかという大きなものである。崎之助はこの勾玉を、〈お守り〉に……あるいは、いざというときは路銀の足しに、と父の所蔵品の中から勝手に持ち出したものらしい。

そののち武四郎は、生涯この崎之助にもらった勾玉を旅の友にした。この勾玉は、単なる〈お守り〉としてだけではなく、その後、別の意味で武四郎を旅の苦難から救ってくれる存在になったのである。

「それで、ご隠居さん、唐天竺に行くといって……実際は、どこに行きなすったんです?」

「ははは。もちろん、江戸じゃよ」

「ええっ!」

十六の家出といえば、隣の村か、場所柄お伊勢さんあたりに立ち回っていたのかと思っていた豊は、江戸と聞いてびっくりした。

旧幕の頃の子供は、まだ汽車もない時代だというのに意外と行動力がある。

「そりゃ、おかげ参りなんかの時代だもの」

実際、武四郎の住む伊勢と江戸とは、伊勢参りの参道であったことから、もっとも開けた幹線道路として結ばれていたのだ。

するとそのとき、表が騒がしくなった。どうやらモースたちが到着したようだ。

松浦老人が玄関に出てみると、モースと、通訳を兼任している教え子らしい若い男の二人は、家の前で松平に塩を振りかけられていた。

「松平、何をしておる！」

驚いて声を掛けると、塩壺を抱えた松平が振り返った。

「ご隠居さん、この異人さんら、火葬場帰りなんやそうです」

「おや、何かお弔い(とむら)があったかえ？」

「いや、そやのうて、見物に行ったんやそうですわ。火葬場が珍しいちゅうて。縁起やないんで、塩まかしてもらいましたわ」

モースは、肩の塩を払いながら、松浦老人に丁寧にお辞儀をした。たいへんな親日家なので、塩をまかれても特に機嫌を損ねたふうでもない。

松浦老人とモースは旧知の仲であるらしく、座敷に上がると、老人は豊を紹介した。

「おお、キョーサイの……たしかホクサイの娘も女流画家でしたが、キョーサイの娘さんも絵描きでしたか」

〈キョーサイ〉は、異人さんたちの間で人気がある。「キョーサイはホクサイの弟子だ」と、まことしやかに囁(ささや)かれるほど暁斎と北斎は外国ではその名を知られていた。父親の名が北斎と並べられるのには慣れっこだったが、まさか自分まで北斎の娘と並べられるとは思わなかったので、豊は恐縮して赤面した。

松浦老人は、大きな束にしてある鍵を一つ一つ取り出し、それぞれの小箪笥(こだんす)の鍵を開けて中身を取り出して、モースの前に広げてゆく。鍵の束には象牙(ぞうげ)の札がついていて、どの箪笥の鍵であるかがわかるようになっていた。

「うーん、これは……」

モースが唸(うな)ったのは、勾玉と管玉(くだたま)、さらに小さな算盤玉(そろばんだま)を長くつないだ首飾りであった。

松浦老人は見やすいように、十字に組んだ木のネックレス掛けのようなものに、この玉類をつないだものを掛けてみせた。

モースは、勾玉の形が不思議でならないらしい。

「アポストロフィのような……コンマのような……」

豊も一緒に見物しながら絶句している。勾玉の色が……また、さまざまなのであった。翠(みどり)の管玉に朱色の勾玉、糸魚川(いといがわ)の翡翠(ひすい)や出雲の瑪瑙(めのう)などでできているのだろう。

「曲がっているから、マガタマというのですか？」

と、モースが尋ねると、松浦老人は鼻先で笑った。

「かの宣長(のりなが)先生は、『古事記伝』の中で、最初はやはり〈曲がっているからマガタマ〉とお考えになったようじゃが、のちにある人が〈目が輝くような珍宝〉で〈目炎耀玉〉、〈目赫玉〉……縮まって〈麻賀玉〉になったという説を唱えて、そっちの方が正しいかもしれぬと考え直されたそうじゃ」

なるほどと豊は思ったけれど、モースにはちょっとむずかしかったようだ。わかったようなわからなかったような顔をして聞いている。

「それにしても、たいへんな数です」

松浦老人は、誇らしげにその長いネックレスを自らの首に掛けてみせた。長くつながったネックレスなので、老人の股ぐらあたりまで垂れ下がっている。重くて肩が凝るんじゃないかと、見ていて豊は心配になった。

さらに松浦老人は得意げに、別の小箪笥の鍵をあけてみせると、なんと引き出しの中には、バラの勾玉や管玉がぎっしりと詰まっていた。こちらの箱に入っている玉類は、繋いだネックレスの残り物のようで、水晶の丸玉や、溝のついた蜜柑玉など一粒一粒の個性が際立っている。

驚いたことにモース先生は、ノートに記録をとるとき、両手にペンを持って記入してゆく。右手で文字を書き、同時に左手で図を描いてゆくのである。

「モールスさんの記録の取り方は、曲芸のようじゃ」

と、大の記録魔である松浦先生もびっくりするような記録方法だった。

「モールスさんが今こうして日本での見聞を記録している姿は、まるでかつてわしが蝦夷地に渡りアイヌの風俗習慣を事細かに記したのとそっくりそのまんまじゃな」

たしかにその点では、松浦老人も、このアメリカ人も、真の蒐集家といえた。集めるだけの収集家は世にごまんといる。松浦老人たちは、ただ集めるだけではないのであった。集めたものを分類し、記録し、そして考察する……集められたことで、ひとつひとつのモノは本質を極められて、価値を増し、ますます耀く。生中なことではできない一種の〈蒐集道〉のようなものが洋の東西を問わずあるように豊には思われるのだった。

のちにモースは、この日のことを次のように記した。

「かなり有名な古物蒐集家松浦武四郎を訪問したところが、非常に親切にむかえてくれた。（略）彼はそこで長い糸を通した玉——それは主としてコンマ形の石である勾玉、その他の石英、碧玉、及び他の鉱物でつくったもの——を取り出し、それを物見台にかけた。それ等の多くは非常に古く、大部分日本のもので、そしてすべて模糊たる歴史的過去時代に属する。これ等は皆埋葬場や洞窟から発掘されたので、中には土器の壺の中で発見されたものもある」

（エドワード・モース『日本その日その日』石川欣一訳。表記、一部改変）

「楽しいひとときでした」と、モース先生が帰っていくと、見送った老人は座敷に戻り、豊はせっかくなので箱から出した勾玉のいくつかを写生した。

この勾玉というものは、いつのものなのか……とにかくお伽断に出てくるような、途方もない昔のものが、長いことお墓や洞窟の中で時を経て、今ここに存在しているのだと思うと、豊は妙な心持ちになってくる。たしかに何か目に見えない不思議な力を宿しているようにも思われるのだった。

「おお、そうや、お豊ちゃん、そういえばおまえの雅号はなんというんじゃ？」

松浦老人は手持ち無沙汰なものだから、一心に筆を動かしている豊に話しかけてくる。

「いえ、その……」

豊は言葉を濁した。豊は自分の名で絵を描くということはない。うまく描ければ、暁斎が名を入れてくれる。もちろん〈暁斎〉……とである。弟子が師匠の代筆をする、それは当然のことであり、弟子にしてみれば、それだけ腕を認められたという誇らしいことであった。

このごろ、豊はめきめきと腕を上げて、小さな物ならば、暁斎の代筆もできるようになってきていた。

「親父さんに、名をもらっておるんじゃろ？」

松浦老人に尋ねられて、豊が言いよどみながら、小さい声で答えた。

「……暁辰。アカツキに辰年のタツです」

「暁辰？　……ははぁ、お豊ちゃん、辰年生まれか。戊辰の生まれじゃな」

豊がほとんど自分の雅号を使わないのは、この名が気に入っていないからだ。だいたい、父親の暁斎は大ざっぱなので、「辰年生まれなんだから、暁辰とでもしときな」というので、暁辰になってしまった。

ただの辰年ならばいいが、豊の生まれたのは戊辰……かの戊辰戦争が起きた明治元年（一八六八）である。

「なんだ、お豊ちゃん、もう今年十六になったか」

明治という年と自分の年が同じというのは、便利なようでいて、年頃になってくるとすぐ年がばれてしまうので厄介だ。〈暁辰〉などと名乗ったら、自分の年まで一緒に署名するようなものだから、豊は気が進まなかった。

周囲の娘たちが次々と嫁いで子を産んでいるというのに、いつまでも娘のような稚児髷を結って、実家で絵を描いているというのは、気ままなようでいて、世間に対しては肩身が狭い。父親に似て、あまり器量よしともいえない豊が、心の内ではそんなことを気にしているのに、暁斎はじめ周りの大人たちは、みんな気にもとめていないようであった。

「ははは、暁斎も気の利かない名を付けたもんじゃね」

松浦老人は、闊達に笑った。ふっくらした手を膝の上に揃えて、大きな体を丸めている豊の娘らしい姿がいじらしく映ったのだろう。

「さて、片付ける前に……お豊ちゃん、好きなのを一つお取り」

「え？」

一つ一つの小箪笥に鍵をかける前に、老人は一つの箱を差し出した。今日の手間賃代わりに勾玉をひとつくれるつもりらしい。

豊は、ちょっとどきどきしながら、さんざん迷った揚げ句にインクのような碧(あお)い勾玉を選んだ。

「……うむ」

松浦老人は、「よこせ」とでも言うようにパッと手を出すので、豊はあわてて選んだ玉を手渡した。松浦先生は悪戯(いたずら)っぽくニヤリと笑った。

「お豊ちゃん、さっきの続きじゃ」

「え?」

「わしは、十六のとき、家出して江戸に向かってな」

「ああ。それにしても、ご隠居さん、関所とかどうしたんですか?」

「なぁに、今の人が思うほど、当時は厳密なものではないんじゃ。だいたい、男はゆるいもので、関所の前にある番所で何文(なんもん)か出せば手形を作ってくれるし、わしの場合は、伊勢街道を歩いていれば、伊勢店(いせだな)から江戸店(えどだな)に行く商人が必ずいるから、訛(なま)りでわかるじゃろ? 声を掛けて、奉公人の一人に加えてもらって行ったから、どうってことなかったさ」

老人は、鍵の束を鳴らしながら、ちょっと得意そうな顔になった。

しかし、困ったのは江戸に着いてからである。どこか奉公の口はないかと探したが、十六の子供が突然、雇ってくれと店先で言ったところで、どこも相手にしてくれるわけはなかった。

武四郎は困り果てて、とうとう大伝馬町の〈川喜田〉を訪ねた。訪ねていって驚いたのは、お江戸日本橋のまん真ん中に、〈川喜田〉という暖簾（のれん）の店が何軒も連なっていたことである。そーっと、そのうちの一軒の〈川喜田〉に入ってみたが、誰からも見向きもされない。

……これは、だめだ。

さしあたって、かつて楽斎先生のところで面識のあった篆刻家（てんこくか）の山口遇所（やまぐちぐうしょ）先生を訪ね、寄宿させてもらうことにした。さらにそこで津の崎之助に手紙を書いた。

母の登宇（とう）に、「町家にても家中にても奉公つかまつりたき存念」と内々に伝えてもらえないだろうか……という文面である。なぜか、困ったことになると母親の顔が浮かんだ。

この手紙を〈川喜田〉の店の者に託した。本家の総領息子宛の手紙ならば、店の便にのせて届けられることになるだろう。寄宿先の神田お玉ヶ池にある遇所先生の家についても書いておいた。

故郷からの紹介状を取り寄せて、改めてどこかに奉公しよう、それまでは、さしあたって寄宿先で下働きをしながら、見よう見まねで篆刻の修業もしよう……という心づもりであったのだ。

だがしかし。

崎之助から連絡を受けた母の登宇は、卒倒するほど驚き、すぐさま父や兄、一族郎党集まっての評議となった。

「……まさか江戸まで行ってしまったとは」

〈唐天竺〉という手紙にも驚いたが、実際の手紙の発信地が江戸であったことは、さらに人々を驚愕させた。

家を出奔したのが、天保四年（一八三三）二月二日。書状が届いたのが二月十九日で、翌二十日には早くも下男の金蔵が江戸へと立っている。

もちろん連れ戻すための使者である。

三月二日に金蔵は江戸に到着、武四郎の無事を確認すると安堵のあまり男泣きした。

武四郎、家出からちょうどひと月後のことである。

「かくして我が最初の旅は、迎えが来てあえなく帰ることになったのじゃ」

「……人騒がせな坊ちゃんだったんですねぇ」

豊は、思わず眉を下げた。両親の心労はいかばかりであったろう。

「ははは。しかし、このときの江戸行で、わしは篆刻の技を身につけて、これがのちに旅の日々の糧になったのじゃ。人生何が幸いするかわからんの」

そう言うと、突然老人は、「お豊ちゃんにも、すばらしい印を彫って進ぜよう」と言い出した。

「えっ、あたしの？」

豊は、照れたように俯いた。

「……暁辰なんて、いやだなぁ」

松浦老人は気にもとめずに、「ははは、いいのを作ってやるからに、せいぜい安気に待っておれ」と言いながら、「帰りもまた松平に送らせよう」と、門のところまで見送りに出てくれた。


「松平さん、あの、あたし歩いて帰りますから……」

と、角を曲がって見送る老人の姿が見えなくなったところで、豊は小声でそう囁いた。俥に乗ると酔ったようになるので、歩いて帰った方が豊にしてみれば気が楽である。だいたい俥に乗るほどの距離ではないのだ。

「そのへんで、ちっと休んで、そのまま帰って下さいよ」

と、豊が言うのに、松平は「それじゃ、ゆっくりやりましょう」と、ゆるゆると歩くような速度で引いてくれる。仕方なく、豊はそのまま俥に乗って帰ることにした。

「それにしても、あのご隠居さんに付き従ってると、気苦労が絶えないでしょうねぇ」

豊など、一日一緒にいただけで……いや、話を聞いているだけでも、ぐったりである。

「いやぁ、今は年を取らんしたもんやで、そうでもないですに。うちのジイさんの頃などは……そうそう、なんでも、ご隠居さんがまだ子供の時分、家出さんしたとき迎えに行ったんが、うちのジイさんやったそうですわ」

豊は思わず、「あっ」と声を上げた。

「もしかしたら、金蔵さん？」

「へぇ。そうです。金蔵ちゅうのが、うちのジイさんでして……江戸へ連れ戻しに行ったんですやけど、それが、帰るには帰るけど、せっかくやで、帰りは中山道(なかせんどう)を通って、信州をまわって帰ろうちゅうて言いだしてきかせんもんで……ジイさんは、往生したとよくこぼしてましたわ」

豊は思わず噴き出してしまった。松浦老人、自分に都合の悪いことは黙っていたようだ。

「それで、帰りは結局、中山道経由で善光寺さんにお参りして、その上、戸隠山(とがくしやま)と御嶽山(おんたけさん)にまで登って戻らんしたそうで……」

「まぁ、そんな山登りまで一緒に！」

はぐれてしまったら、またどこへ行ってしまうかわからない、と金蔵は必死について回ったあげく、登山までさせられてしまったというのである。

「このとき、山に登ったのがやみつきになって、以来、ご隠居さんは諸国名所のほとんどの山々に登らさんしたそうですわなぁ」

若い頃の松浦老人は、ほとんど修験道の行者のようであったという。

「ははは、でも、おかげでうちのジイさんは足腰が丈夫になって、今も在郷でピンピンしてますわ」

「えっ、いくつですか？」

「ご隠居より十歳上やから……七十六ですかいなあ。十も年下なのに、子供の頃から武四郎坊ちゃんはえらい子だったと、よう言うてました。家出したときも、津の川喜田の坊ちゃんちに荷物を預けたり、戻って来たときも、すぐには松浦の家には帰らんと、川喜田の坊ちゃんに、へんな目印の提灯持たせて夜中に呼び出して、留守中の首尾を聞いてから帰らんしたということやで、十六の子とは思えんようなしっかりした才覚を持っとりますわなあ」

なんとも武四郎少年、小面憎くなるほど周到な子供である。木訥とした松平の話を聞いているうちに、豊は思わず笑ってしまった。周囲は大いに迷惑であろうが、なんともどこか憎めない話であった。

それから数日経ったある日のことである。

豊が堀江町の団扇問屋に使いにいって大根畑の家に帰ってくると、ちょうど入れ違いで、今しがた松浦老人が帰ったところだという。

「おめえに渡してくれってさ」

と、暁斎が投げてよこしたのは、四角い印であった。

「……あっ」

見ると、〈暁翠〉と彫ってある。

「暁翠？」

豊は、首を傾げた。

「なんだ、松浦老人は、昔、山口遇所に入門して篆刻を習ってたんだって？」

入門して、というのにあたるかどうかはわからないけれど、まぁ、一応そういうことにはなるのだろう。

暁斎に聞いて驚いたことには、山口遇所という人は、その書と篆刻の技で当時、江戸に鳴り響いた名人だったという。

「おまえの雅号を考えていたら、〈暁翠〉っていうのを思いついたんだとサ。もう落款印彫っちまったから、これからは〈暁翠〉にしてやってくれって」

「えっ？　……あたしの号？」

松浦老人は印を彫るどころか、師匠である父暁斎を差し置いて、勝手に雅号まで考えてしまったらしい。松浦先生はいつも強引なのだ。

でも……暁翠。暁辰より、ずっといい。

「ハンコが先にできて、あとからそれに合わせて名前をつけるなんて、なかなかそうあることじゃねぇぜ」

と、暁斎は豪快に笑った。

掌に印をのせながら、豊は松浦老人のことがちょっと好きになった。

その印には紐が付いていて、その先端には、豊が選び取った碧翠の翡翠の勾玉が、根付けとしてちょこんとぶら下がっていたのだった。

三、武四郎、諸国を放浪す

明治十六年（一八八三）も初冬を迎えようとしていた。

松浦先生の目下の悩みは歯が悪くなってしまったことである。

「中途半端に歯抜けになると、噛み合わせができのうて、いっそ全部のうなった方がええと思うほどじゃ」

などと嘆くことしきりであった。もともと粗食なので、食事の量はそう多くないからそれほど不便は感じないらしいが、好物の炒り豆やあられが食べられなくなったのがこたえているらしい。

豊が松浦先生のお宅に参上すると、女中がお茶と一緒に持って来たのは、菓子鉢に山盛りの〈かるるす煎餅（せんべい）〉であった。

「あ、かるるす煎餅！　……凮月堂（ふうげつどう）ですか」

豊の大好物である。

「これなら歯が悪くても食べやすいからのぅ。さっき、ちょうど凮月堂が来ていたのじゃ」

「まぁ……ご隠居さんは凮月堂さんともご昵懇（じっこん）でしたか」

松浦先生は、意外なところで意外な人と繋がりがある。その交友関係の広さには驚かされるばかりであった。

「お豊ちゃん、これをごらん」

老人は、いきなり鏡を二枚出してきた。

鏡といっても姿を映す鏡ではない。神社などに祀（まつ）られている古代の神鏡のようなものだ。

この日、豊が松浦先生の邸宅に参上したのは、この鏡についての用件であった。

実は、松浦先生は明治になってから急に天神さまを信仰するようになった。いわゆる菅原道真（すがわらのみちざね）を敬（うやま）う〈天神信仰〉というものである。

数年前より全国の天神さまの中から二十五の神社を選び、〈聖跡二十五社霊社〉として一番から二十五番まで番号をつけ、それぞれの神社に石碑と神鏡を奉納するという一大事業を計画し、毎年少しずつ実行している。道真は誕生日も命日も二十五日なので、天神信仰に於（お）

いて二十五というのは特別な数であった。

来年は、大阪方面の天満宮……第九番の佐太(さた)天神宮と第十番の大阪天満宮に石碑を建立し、鏡を奉納してくるつもりであるという。この二十五ヶ所の鏡の奉納に関しては、鏡の施主はほとんど松浦先生の名であったが、協賛者を募ったので、別の施主名の鏡も何枚かあった。なぜか第九番佐太天神宮の鏡の施主は河鍋暁斎となっている。別に施主にしてくれと頼んだわけではないのだが、いつも何かと細かい絵を描かされたりしているので、その手間賃がわりに暁斎の奉納鏡を作ってくれたらしい。

出来上がってきた鏡は、暁斎の下絵をもとに見事な梅の図案が鋳出され、それはほとんど美術工芸品の域に達していた。

「きれいなものでございますなぁ」

驚嘆した豊がふと見ると、鏡はもう一枚あった。第十番大阪天満宮に奉納するための鏡である。

　第十番　大阪天満宮　東京凮月堂清白

と刻まれていた。

「あれっ、凮月堂……？」

「凮月堂と知り合(お)うたのは、わしがまだ十七、八の頃じゃった」

「じゃあ、まだ家出中の話ですか？」

豊が尋ねると、松浦老人は愉快そうに笑った。

「そうそう、十六で家出して……そのときはひと月で連れ戻されたが、旅への思いは尽きぬでのぅ……」

豊はサクサクといい音を立てて煎餅を頬張りながら、老人の話に耳を傾けた。

伊勢に戻った武四郎は、兄に連れられお詫び行脚(あんぎゃ)……まず連れて行かれたのは師匠の平松(ひらまつ)楽斎(らくさい)の元である。

すでに兄の佐七は道具屋から平松先生の火事頭巾を買い戻して丁重に返却していた。

「武四郎、江戸はどやった。面白かったか」

「はい。ただ……私は、江戸の市中より、帰りの道中で登った山々が面白うございました」

悪びれずにハキハキと答える武四郎の横で、兄の佐七の方が恐縮して、思わず武四郎の頭を小突いた。

「ははは、しかしこのようなことを起こしては、津の町にも、この塾にも居づらいやろ。どうやろう、射和(いざわ)の竹斎(ちくさい)殿のところへでも預けては……」

すでに川喜田(かわきた)家の崎之助(さきのすけ)は、京に遊学に出されていた。というより、武四郎が帰ってきたと聞いて、川喜田家では慌ててこの悪友から大事な跡取り息子を引き離そうとしたらしい。

帰ってきた武四郎、ほとんど札付(ふだつ)きの不良扱いである。

兄の佐七は平松先生の言葉通りに、今度は射和の竹川(たけがわ)竹斎の元に武四郎を連れて行った。

ところが、この竹斎までもが、

「この際、思い切って、武四郎を旅に出し世間に放ってやったらどうや」

と言い出したので、佐七は頭を抱えてしまった。「とうとう竹斎殿にも見放されたか」と嘆く兄の姿を尻目に、武四郎の方は目の前がぱっと開ける思いであった。

「せっかく射和まで来たんや。丹生(にう)に連れて行ったろ」

そう言って、竹斎は帰ろうとした武四郎を引き止めた。

「丹生？」

射和という村は櫛田川(くしだがわ)のほとりにある。この櫛田川を上流に遡(さかのぼ)った丹生には、竹川家をはじめとする伊勢商人たちの経済基盤となった鉱脈があった。

丹生では〈みずがね〉……水銀が産出したのである。丹生の水銀鉱山の歴史は古く、奈良の大仏を鍍金(ときん)するために大量にこの丹生から水銀が運ばれたという記録が残っている。

そしてのちにこの水銀は〈伊勢白粉(いせおしろい)〉として松坂商人に莫大(ばくだい)な利益をもたらした。〈射和軽粉(けいふん)〉とも呼ばれる伊勢白粉は、水銀を気化させて精製する。そのときに使用する素焼きの器の土が……なぜか射和の朱中山(しゅなかやま)の土でなければよい白粉にならないといわれていた。

射和の商人が伊勢白粉の利益を独占できたのは、その土にあったのだ。

すでに水銀の鉱脈は採掘し尽くされて廃山となっていたが、今でもそこにはかつての栄光の面影を宿す丹生神社という古社と、近くには丹生大師と呼ばれる空海ゆかりの古刹もあった。

「武四郎、不思議なことがある」

丹生神社にやってきた竹斎は、そう言って付いてきた武四郎を振り返った。

「空海が寺を建てた場所には、鉱山や水銀が取れる場所が多い。しかも、石鎚山や高野山を結ぶ線をそのまま東に延ばすと、この丹生の土地を通り伊勢神宮にたどり着くという」

神聖な寺を結ぶ目に見えない道のようなものがあり、その〈どん突き〉に伊勢神宮があるらしいと竹斎は言う。

まるで竜の通り道のようだ、と武四郎は思った。

「空海はまた灌漑用水など土木事業も行っとる」

諸国を旅した空海は、鉱脈を探るために錫の杖をついて歩いたともいわれている。

「武四郎……この世には、旅をして、その地を訪れ、実見しないとわからないものがあるらしい」

実はこの頃、竹斎は心の中で射和に灌漑用水のための池を造ろうと計画していた。二十一歳で家督を継いだ竹斎は、店のことは番頭たちに任せ、もっぱら江戸と松坂を往復して、灌漑事業のことなどについて学んでいたのである。農民を救済すること……農民たちに〈稼癖〉をつけさせることが、長年私費を投じて村を守ってきた竹川家にとっては重要な課題だったのだ。

「竹川竹斎というお人は、昨年亡くなったのだが……まことにえらい男であったよ」

「へぇ……神足歩行術だけじゃなかったんですね」

「そうさ、灌漑だけやのうて、茶畑を作ったり、文庫を建てたり……今は、薩長やのなんやのが〈日本国のため〉などと二言目には申しおるが、ナニ、竹斎さんなど天保の昔から、自分の店よりも何かもっと大きなもの……日本国の行く末のようなことを考えとったもんや」

松浦老人は、しみじみと語った。

「この竹斎さんの号は、〈緑麿〉と申してな。意味は、なんでも見てみたい、なんでも見てやろう、それで〈見取り麿〉なのじゃ」

本当は、全国を放浪し、さまざまなものを〈見取り〉たかったのは、竹斎自身であったのかもしれない。竹斎は、その見果てぬ夢を、武四郎に託そうとしたのだろう。

「この丹生では、ひとつ思い出深い光景がある」

松浦老人は、ホッとため息をついた。

丹生神社の近くにある丹生大師は、別名女人高野ともいわれていた。女性の参拝が許されていた寺である。

「この大師堂の桟のところに、髪の毛がいくつもくくりつけられていてのぅ」

「髪の毛？」

「よくわからんが、女たちが願をかけて自らの毛を奉納するのか、あるいは満願成就して髪を納めたのか……」

桟のあちこちに結びつけられた長い束になった髪の毛は、行き場のない女たちの怨念(おんねん)のようにも見えた。

水銀は、白粉を作るためだけに利用されたのではなかった。シラミ取りにもなったというし、薬にもなっていたという。

梅毒の薬として……あるいは、堕胎薬として。

それは白粉以上の需要があり、多くの利益を射和の人々にもたらした。

奈良の大仏の鍍金に使われた水銀によって多くの人々が水銀中毒にかかり、ひいては奈良の都を滅ぼしたという説もある。光りかがやくものと、その闇の部分と……ものごとにはその両面があることを丹生の風景は教えてくれているようでもあった。

「それにしても……人生には不思議な出会いがあるものじゃが……本当に人の一生を変えてしまうような一瞬の出会いというものがあるのだ。わしにとっては、大坂で出会うた岩おこし売りの爺さんが、そうした人の一人であったのだろうのぅ」

「……岩おこし売り？　雷おこしみたいな、あのお菓子のおこしですか？」

豊はびっくりして聞き返した。

「そうさ、大坂には名物の岩おこしという堅い板のようなおこしがあっての、それを持って旅をしながら売り歩く岩おこし売りというのがおって、わしはそのおこし売りの爺さんに出会ったのが、あとになって思うと大きな転機であった」

こうして竹行李一つを肩に旅に出た武四郎が向かったのは、まず京大坂である。武四郎は当時名の知れていた学者たちの門を叩いた。

京では中島棕隠、仁科白谷、浦上春琴、中林竹洞、貫名海屋、新宮凉庭、そして大坂では、篠崎小竹、大塩中斎……。

その頃、遊学の旅に出た若者たちが一通りたどる道である。武四郎も、できればその中でこれぞという先生について学問を究めたいと思っていた。

特に、大坂の大塩塾、洗心洞では、

「貴公、しばらく当地に滞在しては如何」

と、武四郎の師平松楽斎と親しい間柄であった大塩先生からは熱心に入塾をすすめられた。大塩の声望が絶頂に達していた頃のことである。武四郎もすっかりその気になって、その前日から泊まっていた木賃宿に預けていた竹行李を取りに帰ろうと大塩塾を出たところで、岩おこし売りの爺さんに声をかけられた。

このおこし売りの爺さんとは、大坂に入る前から道中たびたび一緒になっていたから顔見知りであった。

「いよいよ洗心洞に入塾することになりました」

と、報告すると、老人は武四郎を誘って傍らの茶店に入り、団子をご馳走してくれた。

「……せっかくだが、大塩のところはおやめなさい」

団子を食い終わると、おこし売りの老人はにべもなく言うのであった。

「えっ、なぜですか？」

老人は、はっきりと答えなかった。

「おまえの本心に聞いてみるがよい」

武四郎は沈黙した。

「……旅を続けなされ」

「なぜ……」

という言葉を武四郎は呑み込んだ。

……なぜわかってしまったのだろう？

武四郎は家出した大義名分として、大家の塾に入門し、その薫陶を受けながらの学究生活に打ち込み大成して故郷に帰る……という姿を思い描いていた。

だが、武四郎自身もそこに何か馴染まないものも感じていたのである。

もともと規律で縛られる塾などの狭い社会が苦手なのだ。もっと広い世界を自分の目で見てみたいという気持ちもある。

「諸国を巡ったのちは、江戸へおいでなされ」

おこし売りの老人は、江戸に着いたらここを訪ねられよ、と店の名を書き付け武四郎に渡した。そのとき、武四郎はおこしを嚙みしめながら決断した。

のちに武四郎は記録している。

我、今より諸国を遍歴せんとす

旅の資金に父親からは一両もらっていた。金が尽きれば戻って来るだろうという思惑の中での遊学である。これを諸国遍歴の旅に切り替えるためには、どうにか自分身を養っていかねばならない。武四郎は考えた。

何を以て其の資を得べきや。画家たらんとするもその技、拙なり。俳諧師亦可なるも世に文盲多し。未だ糊口を充すに足らず。若かず篆刻家たらんには、乃ち諸方を訪いしも師を得る能わず。是に於いて発奮し自ら一本の鉄筆と一冊の印譜とを懐に、飄然と浪華の街に……

と、家出中に習得した篆刻で資金を稼ぎながら旅を続けようと思い立ったのである。どんな田舎にもちょっとした金持ちはいる。書画俳句などをひねる手合いも多い、印は絵の大きさによって大小さまざまな大きさのものが必要になる……どこへ行っても篆刻の需要はあるはずだ。こうして武四郎の旅は、〈鉄筆少年〉として金銭的に自立するところから始まったのであった。

「あのとき引き止められるまま大塩先生の塾におったら……わしの今日(こんにち)の命はなかったかもしれんの」

松浦老人は、感慨深く呟(つぶや)いた。

武四郎が洗心洞を訪ねた三年後、大塩は塾生を率いて大坂奉行所を襲撃しようと計画し、計画が事前に発覚して頓挫(とんざ)すると、天満橋周辺の豪商の家に火を放ち焼き討ちにするという前代未聞の叛乱(はんらん)を起こす。世にいう大塩平八郎(へいはちろう)の乱である。

「……大塩平八郎？」

豊は昔の錦絵で、坂東彦三郎(ばんどうひこさぶろう)が大塩平八郎に扮(ふん)した役者絵があったことを思い出していた。金の縫い取りのある赤い陣羽織を着たきらびやかな絵だった。松浦老人が、いきなり忠臣蔵の義士の一人にでもなった気がした。

「それからわしは、播州、備前、讃岐、阿波、淡路、そこから海を渡り紀州和田、和歌山……いろいろ巡って、この年の大年(おおどし)は生まれてはじめて野宿して越した。これが家出の翌年、十七歳のときじゃ。年が明けて十八の春は、紀州印南谷(いなみだに)から、串本、那智山に登り熊野本宮を詣で、高野山に登り、巡礼道を通って河内に出て、大和、山城、丹波、播磨、但馬、丹後、若狭を経て越前に出て、敦賀、福井、三国、加賀、金沢を経て能登の石動山(いするぎやま)に登った。それから……」

松浦老人は旅の地名を経文のように延々と唱えていく。

「……それって要するに」

と、豊は聞いているうちにくたびれてきて、思わず口をはさんだ。

「放浪癖、ってことですかね」

松浦老人は、そのひと言で片付けられてしまって、ちょっと拍子抜けしたような顔になった。

たしかに、武四郎の旅には確固たる目的がない。行ってみたいから行ってみる。山があるから山に登る……。武四郎は、旅は修業であると思っていた。世間を知るための……そして、自分を磨くための。そのために七寸の草鞋にまかせて歩き続けたのである。

「肥後国では追いはぎに遭ってのぅ。ただ、よくよく聞いてみれば、飢饉で物取りの方も切実だったのじゃ」

松浦老人の不思議なところは、どんな窮地に陥っても、いつの間にか相手の立場に立ってものを考えていることである。それが深刻な事態をどこか楽天的にとらえることに結びついているようであった。

「ああ、天保の飢饉……松浦先生、とんだ時期に放浪していたんですねぇ」

豊はさすがに呆れてしまった。今でも六十歳以上の、いわゆる〈天保老人〉と呼ばれる人々はこの大飢饉の時代を生き延びたので記憶も鮮明である。飢饉は前後七年に及んだので、老人たちは〈七年飢渇（しちねんかちけ）〉と呼んだ。

「それが、不思議なことに、そういうときは、貧しい者の方が親切になるもんじゃ」

山奥の寒村には当然のこととして宿などない。武四郎は集落に入ると、まずは庄屋の家を訪ね雨露をしのぐ場所はないかと尋ねるのが常であった。土地にもよるが、旅人を世間のことを知る情報提供者として歓迎してくれる人もいるし、また何か悪事を重ねて逃亡してきた者では……と警戒の目を向ける人々もいる。それは何か阿吽（あうん）の呼吸のように、目に見えない波動で出会った一瞬に決まってしまうようであった。

武四郎は、見知らぬ人に受け入れられる空気のようなものを、こうした毎日の中で身につけていった。

それでも、村に入ったとたんに、「この村には旅人を泊める場所はないから、何里か先の集落まで行ってくれ」、と〈わらじ銭〉を握らされて村から追い出されることもあった。たいがいそうした場合、いくら歩いても隣村は出現せず野宿になってしまう。

当時、外部からの得体（えたい）の知れない侵入者は、村の平穏を乱す元凶になりかねなかった。武四郎自身、そのことは理解しているから、村に留（とど）まることを許されなくても、仕方ないと疲れた足を引きずって、言われるままに次の集落に向かうだけである。追いはぎに遭っても、相手にもやむにやまれぬ事情があったのだろうと思いやった。

目の前の現実を受け入れる。それは、武四郎が旅で身につけた処世術の一つであったのだろう。

不思議なことに、そういうときに限って、山の中で木こりなどに出会って助けられたりしたのである。

雨風の自然現象も、人の心も、受け入れること……そうした平常心が、結果として何か良いものを引き寄せるのかもしれなかった。

「追いはぎや盗賊などは、何ということはないんじゃ。命さえあれば何とでもなる。一番こたえたのは体を壊したときやのう」

松浦老人は、しみじみと呟いた。

「松浦先生でも、体を壊すことなんてあるの？」

思わず豊は聞いてしまった。

「そりゃ、人間だから風邪もひけば腹もこわすさ。あれは十八のときの信州の旅じゃったか……」

武四郎が、能登(のと)から越中に入って〈籠(かご)の渡し〉を見てみようと飛騨(ひだ)に入ったときのことである。武四郎、旅に出て二年目、十八歳のときであった。

下呂(げろ)温泉のぬるい湯に浸かって風邪をひいたのか、その後猛烈な寒気(さむけ)とともに発熱してしまった。木賃宿で赤い顔で荒い息をしている武四郎は、どう見ても重篤な病人だった。

庄屋が駆けつけて村人たちと相談したあと、村の人々の取った行動は、武四郎を戸板にのせて、村はずれのお堂に運ぶことであった。わずかに筵一枚が与えられ、日に一度、村人が握り飯を運んでくるという。

村人たちにしてみれば、原因のしれぬ流行病は恐怖以外の何ものでもなかった。今まで、何度も親切心から病に倒れた旅人を看病して、そこから流行病が村中に蔓延し、村が壊滅状態に陥った経験がある。流行病を持ち込む旅人は、人々にとって文字通り疫病神だったのだ。

さすがの武四郎もこのときは、お堂にうち捨てられ、熱にうなされながら、このまま死んでしまうのかな、と思ったという。

それが、翌日であったか……朦朧としながら目を覚ますと、三人ほどの人々が武四郎の顔を覗き込んでいた。男か女かわからない。乞食のような風体である。

「……これを飲め」

差し出された木の椀を前にして武四郎がぼんやりしていると、「薬だ」と一人の男が言うのにしたがってもう一人が武四郎を起こしてくれた。そのときはじめて、その三人のうち、一人は年老いた男で、残りの二人は女であることに気付いた。

この者たちは、村人ではなかった。もちろん浮浪者でもない。

「山に住んでいる」

とだけ言った。

男たちは、ふだん山奥に住んでいる。山の木を切り、ザルや簓、あるいは草鞋などの実用品を作って、女たちがときどき里に下りて、そして売り歩く……というより、必要なものと物々交換してゆくのである。彼らが里に下りて来たときの拠点がこのお堂であったらしい。彼らは、闖入者である病人に対して親切だった。夜、同じお堂に寝込んでいると、熱にうなされている武四郎を案じて、女の一人は額に濡れた布をあててくれたりした。

不思議にその薬はよく効いて、武四郎は日をおかず、次第に復調してきた。どうやってこの薬を作るのかと尋ねても、彼らは曖昧に笑うばかりだ。口数が非常に少なかった。

ある晩、魚を捕ってきたと、自分たちも焼いて食べながら、「食べろ」と一尾分けてくれた。まだ、とても魚など食べられる状態ではなかったので、武四郎は丁重に断った。

「梅干と握り飯だけでは、だめだ」

村人が一日一回、恐る恐る来ては置いてゆく握り飯だけでは体力が付かないことを彼らは知っていたのだろう。

武四郎は、彼らが分けてくれた魚を食べた。翌朝目が覚めると、気力が充実していた。起き上がれたのである。

武四郎は礼を言って、懐から一朱取り出して彼らに渡そうとした。

男は首を振った。

「そんなもの、もらっても何の役にも立たない」

武四郎は、一言もなかった。

彼らは、数日後、行商を終えるとまた山へと戻っていった。

「ご隠居さん、そういう人たちは、今も山の中にいるんですか？　この開化の世の中になっても？」

豊は不思議そうに尋ねた。

「おそらくいるじゃろう。彼らは何も変わらんのじゃ。そのあと旅を続けるうちに、わしは、こうした山に住む人々が方々にいることを知った。この者たちは、山を転々として決まった家を持たぬ。いくら村の者たちが人別にいれようとしても、里の暮らしには馴染まぬという」

「山姥みたいなものですかねぇ？　金太郎に出てくる」

豊は、春になると五月の節句のために金太郎と山姥の絵を嫌というほど描いているから、そんなことを思い浮かべた。

「ははは……この山に住む人々は、遠い昔からこの日本という国に住んでいた者たちの末裔なんじゃ。そうして山の中で、源平が覇権を争っていたときも、権現さまが江戸に都を移されたときも、世の中が徳川さまから天子さまに替わったときも、何も変わらずに太古の昔のままの生活を続けている……いわば、わしらの元々の姿なのじゃよ」

中央の為政者に、まつろわぬ者たちがいる。しかし彼らは反発するわけでもなく、粛々と自然の中で暮らしている。武四郎とはどこか響き合うものがあったのかもしれない。

武四郎を助けてくれた山の老人は、別れ際に「我々の仲間に出会ったら、〈郡上の爺〉と言えば、みな心やすくしてくれるはずだ」と言い置いて去って行った。実際に、そののち山の中でこのような山の民に〈郡上の爺〉に出会った話をすると、みなとても親切にしてくれたという。

「それで、江戸には例のおこし売りのお爺さんを訪ねて行かなかったのですか？」

「ははは、もちろん訪ねて行ったとも。この飛騨やら何やら諸国を漫遊していよいよ江戸に出たので、その爺さんに教えられた店を訪ねた。わしは千里を踏破したひとかどの探険家になっておった。ところがそこで突然、奉公先を紹介されたのじゃ」

「えっ、先生、いきなり旅をやめて奉公人になっちゃったんですか？」

「うむ、いろいろと諸訳あったのじゃ」

松浦老人は、ちょっと歯切れ悪く答えた。

「……まぁ、世並があまりに悪すぎた。天保の飢饉の真っ最中じゃ。さすがに旅を続けるのもどんなもんかと思ってのぅ」

「ふぅん……」

豊は、なんとなく納得がいかない。松浦先生は、そんな〈柔な御仁〉ではないような気がしたのである。

松浦先生は、そんな豊の表情に気付いたのか、ニヤッと笑った。

「……その奉公先というのが、時の老中水野越前守さまの奥向きじゃった」

「水野さまって……水野忠邦？〈天保のご趣意〉の？」

「そうじゃ、その水野越前守。わしは、十八の頃その奥向きに半年ほど奉公したのじゃが、若気のいたりでちょっと粗相をしてしまってのぅ……」

松浦老人、いつものごとく、水野家でも何か〈やらかした〉らしい。

「半年辛抱したが、いやになってまた旅に出た」

「ええっ」

半年の出替わりで長年せず追い出されてしまったというのである。

「わしはそのまま高野山に登り頭を丸めて法体となり、そのまま四国へ八十八ヶ所遍路の旅に出たのじゃ」

「なんとまぁ」

呆れてしまうほどの場当たり的な生き方である。

のちに武四郎が生家に送った手紙にはこう記されている。

（天保六年の）五、六、七、閏七、八、九月と、水野越前守様奥向へ奉公仕候処、少しの間に少し立身の形も相見へ候処、若気の麁々にて転散仕、真言宗の寺へ参り

「そんなこんなで旅を続けておったが、それから数年後……二十一のときじゃったか、わしは長崎で疫痢に罹って、本当に死にかけたんや。親切なお坊さまに助けられて、蘇生したときは、さすがにこれは神仏のご加護と思うて、せめてもの御礼にと、わしはそれまでも旅の便宜上、僧形にしておったんじゃが、本当に得度して、〈文桂〉という名の正真正銘、まことの坊さんになった」

「えっ、いきなりお坊さまに」

豊は、「あっ」と気付いた。

「そういえば、ご隠居さん、小さいときお坊さまになりたい、って言ってましたもんねぇ」

一応、初志貫徹というわけだ。

「それで、翌年、長崎から平戸島に渡り、その島にある宝曲寺の住職になった」

武四郎と同苗の〈松浦〉の源流には、この肥前平戸の松浦党と、佐賀の松浦党があるらしいのだが、家紋からすると松浦先生の家は、この平戸の松浦党の末裔のようであった。何か不思議な縁を感じたことも、武四郎を平戸に引き止めた理由の一つかもしれない。

二年ほど宝曲寺の住職を務め、二十五のとき粉引村千光寺の住職になった。この寺からは、遠くに朝鮮の山々が見えた。見ているうちに、武四郎はだんだんとまた旅に出たい気持ちが抑えきれなくなってきた。

「それで対馬に渡ったんじゃ。海のすぐ向こうに朝鮮が見えるのだ。イカ釣り船に乗って、沖を通る鯨捕りの船に乗れば、朝鮮に渡れると考えた」

「ご隠居さん……まさか、本当に唐天竺に行くつもりだったんですか？」

豊は、びっくりして聞き返した。松浦老人、十六で家出したときの書き置きに、「唐天竺まで……」と記したというが、本気だったのである。

「そうさ、行ってみたいと思ったら矢も盾もたまらぬ」

「……で、行っちゃったの？」

「うんにゃ」

松浦老人は、首を振った。

「この年は、イカが不漁じゃった」

武四郎は、ことあるごとに機会を窺っていたが、そのうちに漁民たちから不審に思われ、「国禁の片棒を担ぐのは御免被る」と拒絶されてしまった。まだ幕府が鎖国していた天保年間の話である。

「そんなこんなで、平戸には、かれこれ三年ほどおったかのぅ……我が人生で、旅にまったく出なかったのは、後にも先にもこの三年だけじゃ」

聞いていた豊は、「うーん」と首を傾げた。

「なんかへんだなぁ」

何があったのだろう、と豊は思う。

「それ、好きな女の方が平戸にいらっしゃったからですか?」

年頃の娘らしく、好奇心にみちみちた表情で尋ねた。

「なに馬鹿なことを言いよる」

松浦先生は憮然(ぶぜん)としている。

「もしかして……」

豊は、先ほどからずっと何かが引っかかっている。

「水野さまの奥向きで、何かとんでもないことをしでかして……それで逃げ回っていたとか」

松浦老人は弾(はじ)けたように笑った。

「ははは、まずは当たらずといえども遠からずということかのぅ。水野さまは、若い頃から権謀術数(けんぼうじゅっすう)のお方でな、よくお庭番などの密偵を使ったものじゃ」

「それにしても、よくまぁ水野さまなどに……」

世にいう天保の改革の、時の老中、禁令を出しまくって江戸中の人々を恐れおののかせた張本人である。

「それが、凮月堂の肝入(きもい)りじゃった」

「えっ、凮月堂? 岩おこし売りのお爺さんじゃなくて?」

いきなり凮月堂が出てきたので、豊がポカンとしていると、松浦先生はおかしそうに笑った。

「水野忠邦のおっ母さんというのが、凮月堂の初代の娘だったのじゃ」

「ええーっ」

「凮月堂の初代というのは、宝暦の頃大坂から江戸へ出てきて菓子屋を始めたのだがのぅ、子がおらなんだので、姪を養女にしたのじゃ。この娘がたいそうな美女で、水野和泉守忠光公のお妾に上がった。そしてその腹へできたのが水野越前守忠邦というわけじゃ」

忠邦を産んだ娘は子を置いて実家に戻り、そして婿を迎えて凮月堂の二代目とした。その間に生まれた三代目は、俗にいえば水野忠邦の〈種違い〉の弟だったのである。

「旧幕の頃は〈お庭番〉という密偵がおったが、水野さまはよくこうした密偵を使った。この凮月堂の初代は水野さまが京都所司代になったとき随従して京で亡くなったから、向こうに墓がある。菓子屋の親爺が所司代について回るというのもおかしな話じゃが、天保のご趣意の頃、凮月堂の三代目などは、『あれは水野の高等探偵だ』といわれて江戸の市中をピリピリさせたものじゃったよ」

「まぁ……〈かるるす煎餅〉が、水野さまの弟とは」

「水野さまというお人は、周囲の者を誰も信用しておらなんだ。唯一、血のつながりのある実弟で養子に行かれて大坂奉行になった跡部さまと……凮月堂だけは信頼していたようじゃ」

「あれ、跡部さまって、大塩平八郎の乱のときに狙われた大坂奉行?」

「そうじゃ、まさに大塩先生は跡部を爆殺しようと目論(もくろ)んでおった。わしが、大塩塾に何も知らずにノコノコでかけていったのが、天保五年、そのあと諸国を遍歴して、水野家に奉公したのが天保六年……大塩先生のところがきな臭くなるのが翌七年のことで、事件が勃発したのは八年の二月のことであったよ」

「もしかして、先生も隠密(おんみつ)にさせられそうになったの?」

何か裏では関連があるように思われた。

「ははは」

松浦先生は笑いながらも真顔になった。

「そうさの。わしに声をかけた岩おこし売りの爺さんというのが、実は凮月堂の二代目であったよ。岩おこし売りに化けて大坂の情勢を探っておったのじゃ」

「……えっ」

実際の話の方が、芝居よりずっと作り話のようなことがある。凮月堂の二代目も、自ら情報収集に上方(かみがた)に立ち回ることもあったというのである。

「そんな、嘘みたいな話……」

「ナニ旧幕の頃のお庭番などというものは、みなそんなものであったよ。初代新潟奉行の川(かわ)

村修就など、若い頃は飴売りに化けて全国を行脚し薩摩の密貿易について探り、水野さまにいたく取り立てられてのぅ、のちにはおそろしいほど出世したもんじゃった。凮月堂の親爺もそうした水野さまの手足であったのじゃ」

その男に、武四郎少年は目をかけられた……というか、目をつけられたのだろう。

豊は、かるるす煎餅を齧りながら、今さらながら感慨深く〈聖跡二十五社霊社〉にある凮月堂清白という鏡を見つめた。

「そんな昔からの付き合いだったんですね」

現在の当主は五代目であるが、武四郎の息子が彫金家加納夏雄に入門するときも、その口利きがあってのことという。

「結局、凮月堂との縁は五十年あまり、その後もいろいろあったものじゃ」

松浦老人は含み笑いをした。まだまだ、いろいろ話は尽きぬらしい。

「ところで、先生……なんで、天神さまなんですか？」

松浦先生、生家の宗派は一向宗で、子供の頃は曹洞宗のお坊さまになりたくて、そののち剃髪した高野山は真言宗だし、長崎で実際の坊さまになったときは、今度は禅宗でも臨済宗……そして、今は熱心に天神さまを信仰している。いくら信仰とはいえ、あまりに節操がない。

「うむ。数年前、夢枕に天神さまが立たれてのぅ。あれはありがたい夢じゃった。それからわしは天神さまを信仰することに決めたのじゃ」

「夢枕に……」

「ま、この国はありがたいことに八百万（やおよろず）の神じゃからのぅ」

カラカラと大声で笑っている松浦老人を見ているうちに、豊は、なんだか急に壮大な法螺（ほら）話（ばなし）に付き合わされたような気分になってきたのだった。

四、武四郎、北をめざす

年が明けて明治十七年（一八八四）になった。

立春の前日、地元では〈摩利支天さま〉と呼ばれる上野の徳大寺に豊は出かけていった。お堂に入ったとたん、いきなり「お豊ちゃん！」と割れ鐘のような大声がしたので振り返ると、背の低い松浦武四郎先生が伸び上がるようにして参拝客の中から手を振っていた。

「松浦先生……すごい格好ですね」

老人は唐草模様の大風呂敷の一辺の両端を腰に巻き付け、だらりと床まで前掛けのように垂らしている。どうやらもうすぐはじまる節分の豆まきに備えてのことのようだ。

そのとき、どーんどーんと太鼓の音がして、裃を着けた年男やら相撲取りやらが、「福は〜〜〜うち！」と伸びやかな声を張り上げながら威勢よく豆を撒きはじめた。豆を拾う善男善女で騒然としている堂内で、松浦老人は悠然と大風呂敷の端を持ち大きく広げ、ここへ撒け！　とばかりにぐいぐい前に出るので、気の弱い関取衆などは困ったように老人の大風呂敷にばかり投げ入れている。

豆まきが終わってみると、大風呂敷の中にはギッシリと豆がたまっていた。豆どころか福銭まで入っている。

豊は松浦老人の背後に回り、風呂敷を腰からはずすのを手伝おうと屈んだ瞬間、なにやら背筋にヒヤッとしたものを感じて、驚いて顔を上げると、松浦老人はニヤニヤしている。豆をいっぱい取って、よほどうれしいようだ。

「わしはのぅ、お豊ちゃん。世の中で一番好きな食べ物は、炒り豆じゃ」

「まぁ」

松浦老人は、豆を中央に集めた風呂敷をくるくると丸め、大事そうに襷掛けに背負った。

「さて、帰りは伊豆栄で鰻でも食べて帰るかのぅ。お豊ちゃん、ご馳走してあげよう」

鰻を食べる金はあるのだから、豆まきの豆をガツガツ拾わなくてもよさそうなものなのだが、それとこれとは別らしい。

「松浦先生、炒り豆が大好物だなんて、ずいぶんと安上がりでございますなぁ」

池之端の方へと、ずんずん歩いてゆく小柄な松浦老人の後を追って、太り肉の豊は砂埃を蹴立てるように小走りについてゆく。七十にならんとする老人とは思えない足の速さだ。

「わしは昔から諸国を歩いていたとき、いつも袂に炒り豆を入れておいたものじゃ」

なるほど、炒り豆は旅の友であったらしい。

「そういえば、この間は、長崎でお寺のお坊さまになったところまで伺ったのでございましたなぁ。それがまた旅に出たくなったのは、なぜなんです？」

「それはのぅ……母が亡くなったという知らせを受けたからだったのじゃ」

松浦老人は、ちょっと沈んだ声になって、急に歩調をゆるめた。

旅暮らしだった武四郎は、それまでも故郷との音信を絶っていたわけではない。どこを旅していても、「これから伊勢参りに行く」という人とは出会うものなので、そのたびに「伊勢に向かう街道筋の須川という村に松浦という家があるから」と武四郎は手紙を託した。もちろん、手紙を持参した人には一晩泊めてやって欲しい、とも書き置いてある。こうして、一方的にではあるが、ときどきその消息を実家へは伝えていた。

それが長崎には珍しく三年も定住していたので、武四郎はその住所を実家の兄に知らせたところ、兄の佐七から丁寧な手紙が届き、不在中の家族の様子が知れた。

父桂介は、すでに亡くなっていた。奇しくも、武四郎が長崎で得度して文桂と名乗ったその日であった。そして母の登宇も昨年亡くなったという。知らせを受けたのは、天保十四年（一八四三）、武四郎二十六歳のときのことである。

武四郎は泣いた。いつまでも親は元気でいるものと思い込んでいた自分の浅はかさがやりきれなかった。

武四郎はたまらなくなって伊勢に帰ろうと思い立った。思い立つとすぐ行動に移すのが武四郎である。平戸の寺を後にして大坂まで船で渡り、飛ぶようにして須川の懐かしい我が家に帰り着いた。

松浦家の下僕の金蔵は、早くも髪に白いものが混じりはじめていたが、武四郎の姿をみとめたとたんに泣き出した。

「坊ちゃん……なんとまぁ、願人坊主みたいにならさんして」

たしかに武四郎の姿は長崎で得度したままの僧形であったから、端から見ると乞食坊主のようであった。

武四郎が帰ってきたと聞いて、津からは幼なじみの川喜田崎之助がやってきた。

「……たけちゃん」

そう言って武四郎の手を握り、顔いっぱいに笑った崎之助は、すっかり立派な津の豪商〈川喜田〉の若主人になっていた。今は隠居した父親の跡を継いで、十四代川喜田久太夫として店の屋台骨を支えている。

「……嫁をもろたよ」

ちょっと照れくさそうに崎之助は笑った。

「そうか……」

武四郎が十七で放浪の旅に出て……すでに十年の月日が流れている。崎之助が妻を娶(めと)り自分の家庭を築いているのも当然のことであった。

「楽斎(らくさい)先生は達者か」

「ああ。いつも、たけちゃんのことを案じておられるよ。今度、一緒に挨拶に行こう」

「いや……」

武四郎は口ごもった。

「何かきちんと事をなすまでは、先生に顔向けできない」

それは、自分自身に対する戒めのようでもあった。今の自分はまだ、先生に顔向けできるようなことを成し遂げてはいない……ふと、そう思ったのである。

「竹斎(ちくさい)さんのとこへは行くやろ？」

一緒に行こうと思って……と、崎之助は、庭先に向かって声を掛けた。

「実は、うちの嬶(かか)どのは……竹斎さんの一番下の妹なんや」

「なんと！」

崎之助は、庭先に待たせていた新妻を呼び寄せて武四郎に紹介した。まだ髪には薄桃色の手絡をかけ、眉も落としていない初々しい崎之助の妻は、ゆかと名乗った。

「……ああ」

武四郎は思い出して笑った。

たしか、その昔、射和の延命寺での物産会の後で竹川家に二人が泊まったとき、まだ下げ髪の小さな女の子がいたけれど、あの子が、まさか崎之助の伴侶となるとは……。

竹川家は、津の川喜田家と並ぶ豪商であったが、その嫁入りのとき、いよいよ津へ渡るという雲出川の手前で、花嫁御寮は絹の花嫁衣裳から木綿の着物に着替えて川を渡ったという。伊勢商人とは、それほど堅実なものであった。

「兄上も武四郎さまがご無事でお帰りになったと聞き、それはお喜びで、お会いするのを楽しみにしております」

武四郎の乞食坊主のような外見にとらわれることなく、ゆかはにこやかに話しかけてくる。素直に夫の親友を大事に思う気持ちが伝わってくるようだった。それは、夫や兄に対する信頼や敬愛の気持ちのあらわれであるようにも思われた。

「楽斎先生は、天保の飢饉の折には、それはもう八面六臂のご活躍やったんや」

平松楽斎は、儒学者であると同時に、すぐれた本草学者であり民政家でもあった。

飢饉で食べるものがなくなったときに、野生の草のどれが食べることができて、どのように調理すればいいかということを記した『食草便覧』を著したり、食用の野草を少量の米や麦に混ぜて作った〈骨董粥〉というものを窮民に施したりもしたという。

武四郎の不在の十年は、日本中が未曾有の大飢饉に見舞われた時代であった。

「よくそのような時代に諸国放浪したもんや」

再会した竹斎は、半ば呆れながらも武四郎の無事を喜んでくれた。

竹斎にしても、この十年は、灌漑用水を二つ造り、救民策に身を粉にして走りまわった十年であった。

「この十年、武四郎はどうやった」

そう竹斎に聞かれて……一瞬、武四郎は押し黙った。たしかに旅暮らしで珍しい体験は重ねている。たくましくなった部分もあるだろう。だが……楽斎先生や竹斎先生のように世のためになることは何も為し得なかった。あるいは、崎之助のように自分の地盤を固めるようなこともいまだできずにいる。今の武四郎は諸国を放浪して乞食坊主のようになって帰ってきた、単なる親不孝者でしかなかった。

「……これからですんさ」

小声で武四郎は呟いた。言いながら、一つのことが頭をよぎっていた。

北のことである。

長崎で、酒屋町の組頭の津川文作という長老から聞かされた話を思い出していた。

当時の長崎には、〈世界〉の情報が入ってくる。津川は当時、〈長崎の奇人〉と呼ばれていた町の名士で、出島に出入りしている役人たちと親しいことから、様々な噂を耳にしていた。

その頃、長崎では、不気味な〈ほうき星〉が出現して、〈異国船来航〉の前触れではないかと人々を不安にしていたのである。

遠く蝦夷地にはロシアの船が頻繁に出没しているという。

「赤蝦夷は……」

その頃、ロシア人のことを人々は〈赤蝦夷〉と呼んでいた。

「真冬に凍らぬ港を求めて、蝦夷地を狙っているという」

「蝦夷地……」

「今、世界は陣取り合戦のように、いち早くその地を探険し測量し我が領土、と印をつけた国のものになっている。八丈島のはるか南にある小笠原貞頼が発見したとされる無人島などは、いまやボニン島などというて異国の人々が住み着いているよし、あるいは捕鯨船の中継地点として諸国が我が物にせんと狙っているという。うかうかしていると、いつの間にか蝦夷地も赤蝦夷の領民が住み着いて、オロシャの領土になってしまいかねない」

幕閣は北方のことは松前藩に任せておけばいいと無関心であった。ところが肝心の松前藩は、北辺に外国船が接近していることすら幕府に報告していないという。実状がどうなっているのか誰にも皆目わからなかった。津川老人は、松前藩や幕府の無為無能を歯がゆがったが、現実には、冬になれば雪に閉ざされてしまう広大な大地を前にして誰も為す術もなかった。

そのとき、ふっと、武四郎の心がうずいたのである。だが、それは知らない土地を見てみたいという、いつもの好奇心に過ぎなかった。

しかし……。

竹斎たちと話をしているうちに、武四郎の心の中に明確な志が生まれはじめていた。

「蝦夷地を探険して、測量してみようと思います。日本国の領土だとはっきりさせ、その土地の地図を作り、物産を調べて……」

自分の旅が、日本という国のためになる、と武四郎は今さらながら気付いたのであった。しかも、いつも肌身離さず携えていたあの〈羅針盤〉が役に立つ……次に戻ってくるときこそ、楽斎先生に顔向けできると思った。

「うむ……武四郎、ええところに目をつけたな」

竹斎は、ふいに立ち上がると奥から〈新訂万国全図〉を取り出してきて広げた。

武四郎は十年ぶりに目の前に広げられた世界地図を感慨深く見つめた。

「武四郎、この朱線を覚えとるか」

「はい。英国人コーク船長……キャプテン・クックの航海路ですなぁ」

この地図を見たとき、武四郎はコーク船長のように未開の地を探険したいと思ったのが、振り返ってみれば旅の始まりであった。

やがて武四郎は、〈西洋人コーク〉と記されたその人が、世界を探険した〈キャプテン・クック〉であることを知った。

「そや。そのコークが……」

竹斎は、地図のある一点を指し示した。〈サントウイス諸島〉と記されている。クックが〈発見〉したハワイ島のことである。クックは、探険の出資者であるサンドイッチ伯爵の名を島の名前とした。

航海路を示す朱線は、その島の辺りだけがジグザクに行ったり来たりしている。

「コークは、どのようにその生涯を終えたか知っとるか？」

「いいえ」

「コークは、このサントウイス島で現地の人々によって殺されたんや」

聞いていた武四郎と崎之助は、顔を見合わせた。

「……武四郎。われわれの目からは〈探険〉であっても、もともとそこに住む人々にとっては〈闖入者(ちんにゅうしゃ)〉に過ぎない。そのことを忘れてはならぬ」

「はい……」

武四郎は素直に頷(うなず)いた。そのことは、たぶん……この十年の旅によって誰よりも骨身にしみていた。金もなく、ひとりぼっちの旅を続けてきたことは無駄ではなく鍛錬になっているはずであった。

「たけちゃん……」

崎之助は、心配そうに武四郎を見つめた。十年前の家出する晩、今生の別れみたいな顔をしていたのと同じような表情だった。

「崎ちゃん、心配せんでもええ。約束通りこうして帰ってきたんや。またちゃんと戻ってくるよってな」

「いや……」

と、崎之助は首を振った。

「あのあと十年間ずっと心のどこかで、どうしてあのとき、たけちゃんを止めえへんだんかと……いつもコツンと引っかかっとった。たけちゃん、もう一度、同じことを繰り返すのはいやや」

思いがけないはっきりした言葉に、武四郎は少したじろいだ。武四郎より年下で、いつも心細そうに武四郎のあとをついてきていた少年の面影は、今の崎之助にはなかった。

「たけちゃん、旅に出るんはええ。たけちゃんは、旅をするのがきっと天命なんやろう。そやけど、まわりを心配させるのはよくないよ。そやで、これからは、必ずどこへ行っても便りをしておくれ。これからは、行く先々に少しばかりやけど、川喜田が資金を送る。その報告として便りをよこして欲しいんさ」

「……崎ちゃん」

遠回しに崎之助は資金援助を申し出ているのであった。すでに崎之助は十四代川喜田久太夫として、それくらいの金を動かすことができる男になっていたのだろう。

「便りは賃先払い(ちんさきばら)でええでな」

そう言って、崎之助はニッコリ笑った。

その瞬間、ふいに武四郎は涙ぐんでしまった。今まで、いつも泣いてついて回るのは崎之助の方だったのに……。

十年という月日は二人の立場をやわらかく逆転させてしまったものらしい。そのことが素朴に武四郎はうれしかったのだ。〈故郷〉のあたたかさが身にしみた。

「こうしてわしは北を目指すことになったのじゃ」

松浦老人は、そう言って後ろをついてくる豊を振り返った。

「母の三回忌、父の七回忌を済ませて、いよいよ蝦夷地へと旅立つ前に、わしは伊勢神宮を参拝したよ」

今回は旅の目的が明確であった。

前人未踏の北の大地を探険して、日本の国を守る……どうしても伊勢神宮に参拝しなくては、と思ったのである。

「ところが、わしは神宮に入れてもらえなんだ」

「え、どうしてですか？」

松浦老人は、自分の禿げた月代のあたりをぴしゃりと叩いた。

「そのときわしは僧形だったからに、当時、坊主など頭を丸めた者は神宮には立ち入りを許されなかったのじゃ」

かつて西行法師も伊勢神宮に参拝できず、風日祈宮橋を渡ったところの僧尼拝所から遥拝し、「何事のおわしますかは知らねども　かたじけなさに涙こぼるる」という歌を詠んだとされている。

「ところが何ごとにも抜け道はある」

そんなことであきらめる松浦先生ではなかった。

「神宮の前には、そのために鬘屋があってのぅ……わしは、そこで付け髷を買って頭にくりつけて参拝した」

豊は思わず噴き出してしまった。

どこまでもめげない人なのだ。

「しかしなぁ、お豊ちゃんよ。わしはそのときはじめて玉垣の中まで入ってお詣りしたのだが……玉砂利の上を踏みしめながら歩くうちになんともいえない、心が澄んでいくような心持ちになってのぅ……それから旅の途中、どんな辛苦に出合っても、あのときの心持ちを思い出すと心が静まって力が湧いてくるようじゃった。不思議なものだの」

そのとき、松浦老人は考えたのだという。のちに老人は記している。

此時ふと思ふには皇国の民にして今皇神の御前に額拝すること叶わざるぞ、うたてける。是れ我が髪を卸せしが故なり。いざ今日限りと思い切って……

この日を境に、松浦老人は僧形を改め、再び丁髷を結うべく髪を伸ばしはじめたのであった。

かくして松浦武四郎は、「是より蝦夷ヶ島の隅々まで探りいつの日か国の為たらん」と草鞋の紐を結び直して旅立った。

おしゃべりをしているうちに、二人は不忍池のほとりにある伊豆栄の前までやってきた。

「おや……」

松浦老人は目がいい。老眼のせいか特に遠くはよく見えるらしい。

「あれに見えるは、柴田是真先生ではないか」

「ええっ！」

江戸の頃から、柴田是真は世に名を轟かせた漆芸家であった。漆の工芸品だけでなく、絵師としても超一流の人として知られていた。

是真は、暁斎のような町絵師が〈画工〉と呼ばれ、職人のような格好をしているのとは一線を画して、家にいるときもいつも黒紋付きに萌葱色の博多献上の帯を締めていた。職人がよく着ている縞ものは粋ではあるが、それだけに人柄を卑しくみせるというのである。今日も遠目にもわかるほど大きな太輪に剣片喰の紋のついた黒紋付き姿であった。

もちろん、豊も是真の名はよく知っている。というより、父暁斎の師匠である浮世絵師の歌川国芳は……他人に阿らない人としてつとに有名であったが、その国芳が、唯一その技量を認め、みずから頭を下げて「弟子にしてくれ」と頼み込んだのが……この是真だったのだ。国芳が鳴かず飛ばずの若かりし頃の話である。当の是真など、まだ二十歳になるかならぬかの青年であった。もちろん、国芳の方がずっと年上だった。

「松浦先生、あの、あたしは、ここで……」

鰻に未練はあったけれど、豊は是真先生と聞いた以上は退散するしかなかった。実は……父暁斎は柴田是真に毛嫌いされていたのである。これは当人同士が認めているだけでなく、周囲の誰もが知っている事実であった。

是真ははじめ、暁斎の技量を高く評価していたという。たしかに浮世絵師に学び、そしてのちに狩野派の本格的な絵も習得した暁斎は、仏画から軽妙な風刺画までなんでもござれであったから、どこか是真の作風とも通じるものがあったかもしれない。

だが、暁斎が明治のはじめ、いきすぎた風刺画で一時獄につながれ、しかも酒席ではたびたび（というか飲めばほとんど）悪酔いして醜態を晒しているという噂を聞いて、

「そうした不行状な者とは交わることはできぬ」

と、ピシャリと言い放ち、間に入ってとりなそうという人があってもいっさい相手にしなかった。

しかも柴田是真という人は、その風貌が異様に怖かった。〈閻魔塩舐め〉という表現があるが、まさしく閻魔さまが塩を舐めてしかめっ面しているような顔である。みごとに禿げ上がった坊主頭に薄い眉毛、その下に目だけが炯々として光っているのだ。

すると、そのとき、是真の方も松浦老人の姿に気付いたとみえて……驚いたことに、

「おお、松浦先生！……松浦先生！」

とその名を連呼しながら、こちらに向かって突進してきたのである。

豊は縮み上がった。

「これは、松浦先生、よいところで会うた！」

さすがに松浦老人も伊豆栄の店の前で棒立ちである。

「あの、じゃ、あたしはここで……」

と、豊は慌てて立ち去ろうとした。

「あいや、待たれよ」

是真にいきなり袖を摑まれて、豊は恐怖のあまり蒼白になった。

「いや、娘御も一緒でなにより……これより蕎麦を食いに参ろう」

「……蕎麦？」

この辺で蕎麦といえば、蓮玉庵という有名な蕎麦屋がある。当時、蕎麦通の間では、「蓮玉の汁で更科の蕎麦を食べたい」といわれていたほどの店であった。

「あの、私は……」

豊は泣きそうになりながら、ぐいぐい是真先生に引っ張られている。

伊豆栄と蓮玉庵は目と鼻の先だ。

「しかたない、鰻はやめにして、是真先生のお供で蕎麦とするか……」

是真先生の方がさらに年上であるから、さすがの松浦老人も言いなりであった。

「ふふふ……」

よほどうれしいのか、是真は不気味な笑い声をたてた。元々怖い顔だから、笑っても怖い。

「……しめたぞ、しめた、しめこのう〜さうさ、だな」

などとほくそ笑みながら、蓮玉庵の店の戸を開けたとたんに、

「太打ち蕎麦！」

と、大声で注文した。老人はみんな声が大きい。耳が遠くなっているせいもあるのだろう。

「おや……」

蓮玉庵の女将のヤスが、入ってきた三人の顔ぶれを見てギョッとしたような顔になった。どう考えてもおかしな面子である。

実は、暁斎もここの蕎麦は大好きだから、豊もしょっちゅう連れてこられていた。暁斎の

娘と知れているのだ。

「ああ、この者は、わしの遠縁の娘であってな、摩利支天さまの豆まきに同道したところ、是真先生のお目に留まって、伊豆栄の鰻から蕎麦に鞍替えと相成ったのじゃ」

松浦老人は、女将を目で制しながらことさら大声を張り上げた。

豊は泣きそうな顔で、ヤスに目で訴えている。こんなところで暁斎の娘と知れたら一大事だ。

「女将、今日は太打ちだ」

もう一度、是真は注文したあとで、松浦老人の方を向き直り、

「松浦先生、この店で一番うまいのは太打ち蕎麦です」

と喜色満面で言った。よほどの好物であるらしい。

「是真先生、申し訳ありませんが、太打ちは五人前からしかお作りできないんです」

女将が腰をかがめて慇懃に言っているのに、是真先生の耳にはまるで入らないようだ。

「松浦先生とわしが二枚ずつ食う。娘御も一人前は食べるから、しめて五人前」

是真のその有無を言わさぬ口調に、やれやれとヤスは仕方なく奥に注文を通した。

「いやもうここの太打ちは名代のものでしてな、酒でつなぐからこう、蕎麦の香りと酒の香りがふわっとして、他ではなかなか食べられぬ味で……しかし、手間がかかるものだから人数が揃わないとありつけないのが……今日は、よいところで松浦先生に会いました」

是真先生の蕎麦好きの噂は、豊も聞いている。だが、これほどだとは思わなかった。

「今日は、龍池会のお帰りですかな」

松浦先生は如才なく尋ねた。

龍池会というのは、数年前から始まった日本の古い美術品を修復保存してゆこうという集まりで、是真は顧問のような形で参加しているらしい。もちろん暁斎のような品行のよくない町場の職人上がりのような者たちはお呼びでない。もっと高尚な博覧会関係者など学術的な人々の集まりであった。

だが、さすがにいつも黒紋付きの是真でも、上野の弁天堂での会の下がりに、そうした人々を誘って蕎麦を一緒に食べる気はしなかったとみえる。

松浦先生の姿を認めて、思わず「しめたぞしめた」と思ったのだろう。

蕎麦を打っている間は酒である。太打ち蕎麦は汁も特別だし、茹であげたばかりはうまくないので時間がかかる。松浦先生も是真先生も酒はいける方だから、差しつ差されつ……ぐいぐい飲み始めた。

「そうじゃ、こちらもよいところで是真先生にお目にかかりました」

と、松浦老人は思い出したように、腰に差していた渋団扇を取り出した。

「一筆お願いいたします」

隣にいた豊は、ぎょっとしてその渋団扇を見つめた。

松浦老人は、いつも外出するときは腰に渋団扇を差している。真冬でも……である。実際、夏の間は旅に出ているので、豊は秋から冬にかけてしか老人の姿を見ることはなかったが、冬でもいつも団扇を腰に差しているのは……絵師や文人に会ったとき、すかさず取り出して揮毫(きごう)を頼むためなのである。

何ごとも用意のいい老人は、筆と胡粉(ごふん)を丸めたものを懐から取りだし、店の者に皿と水をもらって手際よく溶いた。

「うむ……」

さすがの是真も、困ったように渋団扇を見つめている。渋団扇というのは、家にある反古(ほご)紙(し)の類を貼り付けて渋を引いた手作りの粗末なものである。暇があると、老人はせっせと書き損じなどを集めて自ら渋団扇を作っているらしい。

よく見ると、その渋団扇にも、借用書の書き付けのような文字が浮かんでいた。

そんな団扇を差し出して天下の是真に絵を描けと言っているのだから、さすがに松浦老人にしかできぬ芸当である。

唸(うな)りながら筆を握っている是真の顔はますます険しく、両老人を前にして、豊は冷や汗が出てきてしまった。

「そういえば……」

と、松浦老人は、長閑(のどか)なものである。

「是真先生の名を初めて知ったのは……もうかれこれ四十年前になりますかな……」

「ほぅ、王子の扁額ですかね」

是真が最初にその名を世間に轟かせたのは、王子稲荷に奉納した〈茨木〉の鬼女の扁額であった。

「いや、私は在方の者ですから江戸の評判は知りませなんだ。それよりも……東北ですよ」

「ほぅ、東北？」

渋団扇をにらんで考え込んでいた是真は、意外そうに顔を上げた。

「わしが最初の蝦夷地探険のために北へ北へと歩いていたときのこと……是真先生、天保の頃、お弟子たちをつれて東北地方を旅されたことがござったろう」

「おお……」

是真先生は驚いたように顔をほころばせた。

蝦夷地を目指した松浦先生は、一直線に蝦夷地を目指したわけではなかった。各地で様々な人たちと交流し、さらには名峰と呼ばれる山々にも登り、寄り道しながら北上していったのである。酒田や秋田など江戸の頃から文化的にひらけている町の、その土地の文化人の家を訪れると、そこには決まって是真の絵が残されていた。

松浦先生に先立つこと数年前に、是真は弟子たちと東北を旅してあちこちに絵を残しており、先生は、その是真の足跡をたどるように東北の町々を訪れていたのである。

「田舎にこのような絵師がいるのかと驚いたところ、数年前に江戸から来た旅の絵師であるという……のちに、それが是真先生と知り、大いに驚くとともに納得もしたものでござった」

是真はその話を聞くと目を細めて懐かしがった。

「なんとそうでございましたか。あれは私がまだ若い頃で……芸の修業をするものは、何でもかでも胸の袋に取り込めるだけ取り込んでおけば、何かのときにそれが役立つと……あれはたしか、頼山陽（らいさんよう）先生にそう教えられ、ずいぶん遠くまで参りました」

「たしか野辺地（のへじ）のあたりまで」

「そうそう。松前に渡ろうとさえ思ったのですが、あれは何といったか……下北半島の突端にある……ええと、たしか、尻屋崎（しりやざき）と申しましたか、その辺りはたいそう恐ろしいところと聞き、こんなところで命を落としては修業も何もないと、這々（ほうほう）の体（てい）で引き返したものでした」

「ははは、尻屋崎は、当時そのような噂がございましたな」

「あなたも聞きましたか」

「はい。それを聞いたら、行かずにはおれません」

「なんと、あの恐ろしい村に？」

是真は、思わず身を乗り出した。

その突端の村は、たいそう貧しい村だといわれていた。雪深く寒風が吹きすさぶその村に一歩でも足を踏み込めば、ぶち殺され金品を奪われるという。沖をゆく船を篝火を焚いてだまして座礁させ、助けると見せかけて水夫たちを海に突き落とし、船荷を奪うともいわれていた。

明治初年の本にも次のような口碑が記されている。

「尻屋の岬角は暗礁散布海霧濃く波濤怒り古来舟人の神に祈りて寒心する所……難破船ある時は万死の間に一生を得たる船員を之に誘き置酒してこれを饗し酔いに乗じこれを海中に擠し米穀貨物の残れるものを掠め取りて一得となせる蛮風行はれし口碑あり」

近くの村の人々は口を揃えて武四郎を止めた。だが、武四郎はそう言われるとますます行ってみたくなった。

ところが。

武四郎が尻屋村に入ると、純朴そうな人々が湧くように出てきて武四郎を取り囲んだ。周囲の村の噂から、外の人が来るということのない村である。大騒動になって、果ては「何のために来た」と村長まで出てきた。

「わしは伊勢の者で、諸国の風俗を見聞するために来たのだ」

と、武四郎が答えると、集まってきた人々がどよめいた。

……伊勢の人が来た。

伊勢という言葉に村人たちは反応したのである。

「今まで、伊勢の人など御師(おんし)でさえこの田舎には来たことがなかったのに……」

江戸時代、〈神宮大麻(じんぐうたいま)〉と呼ばれる御札や伊勢暦を配り、伊勢神宮参拝の斡旋(あっせん)をするために御師という人々が、全国津々浦々をまわっていた。

武四郎は、こうした草深い田舎に来ると、篆刻(てんこく)などの文化的な話ではなく、かつて崎之助にもらった碧い琅玕翡翠(ろうかんひすい)の勾玉(まがたま)を懐から取り出して見せることにしていた。

村の人々は、三種の神器の勾玉はこのようなものかと驚愕(きょうがく)し、ありがたがってひれ伏したりした。武四郎が世の探険家と違っていたのは、その旅の中にどこか風雅な文化的趣味が漂っていたことであろう。

もはや村人たちは、大歓待である。

とはいえお茶もない土地なので、粟(あわ)を薄い粥のようにして、それをお茶がわりに振る舞ってくれた。どの家からも、なにかもてなしたいと、蕪(かぶ)の煮たのとか、鮑(あわび)とか蛸(たこ)の茹でたのを持ってきた。これらが彼らの常備食であるらしかった。

あまりに親切にしてくれるので、武四郎はこの村を去るとき、村人たちに一朱ずつ渡そうとしたところ、村長に断られた。

「このあたりで金を稼ごうと思えばいくらでも稼げますが、さりとて金を使うことがありませんので金を欲しいとは思いませぬ」

たしかにここでは年貢もなく課役もないので、自分たちが食べてゆく物さえあれば贅沢はできないものの暮らしていける。

「まことに言い出しにくいことでありますが……」

と、村長は言うのだった。

「この村には伊勢神宮の御札がいまだにありませんので、それを記していただけませぬか」

武四郎にとって、それは造作もないことであった。さっそく半紙を四つ切りにして〈天照皇大神宮〉と書いて渡すと、村長は泣かんばかりに喜び押し頂いた。

すると、戸の向こうで覗き込んでいた村人たちが、我も我もとせがむので、武四郎は結局全戸……二十三枚、御札をしたためた。

その村を後にしようとすると、お礼だといって、干し鮑二升と、上等な肉厚昆布を百枚進呈するという。とても持ちきれないと断ろうとすると、若者が二人荷を担いで隣村まで送ってくれた。実はこの村、たいへん豊かな村だったのである。

「なんと……そのようなことが」

是真は話を聞いて驚き返った。

「いやもし是真先生が絵を描いていたら、やはり昆布の土産があったことでしょうよ」

「いや、彼の者たちには、私の絵などよりもやはり伊勢神宮の御札でしょう」

是真はそう言って笑った。

「しかし、肝心の蝦夷へは、そのときは渡れませなんだ」

「あの海峡を船で渡るのは難儀なことでしょうな」

「いやそれより……高野長英でござる」

「高野長英？」

ちょうど蛮社の獄で獄中にあった高野長英が火事による切りほどきで牢脱けし、蝦夷地に立ち回るのではないかという噂があったため詮議が厳しく、旅人がフラッと蝦夷地に渡るようなことはできない状況だったのだ。

あきらめきれない武四郎は、それでも竜飛岬まで道なき道を進んだ。

途中、氷結した沼に落ちてあわや命を落としそうになったりもしたが、とにかく本州の最果ての地までは到達したのである。

「この海を渡れば蝦夷地……と無念の思いを嚙みしめて、いったんは江戸に戻ったのでありますよ」

松浦老人が、しみじみ語っているうちに、ふと見ると、是真先生は渋団扇の反古紙の汚れの部分を避けるようにして、こんもりと白い塊を描いている。

「しめたぞ、しめた、しめこのう〜さうさ」

と、呟きながら、是真は白い塊を兎の姿に仕上げた。

「ほう、歌舞伎の〈法界坊〉……兎ですな」

出来上がった渋団扇を受け取り、松浦老人は上機嫌である。

そこに蕎麦のセイロが出てきた。たしかに普通の蕎麦よりだいぶ太い。

「うーむ、なるほど。これは何やらコクがあってうまいものだ」

一口食べた松浦老人は、思わず唸った。是真はもう蕎麦が出てきた瞬間、ものも言わずに黙々と蕎麦をたぐっている。

「はい、残りの二枚もここに置きますからね」

女将がセイロを三人の前に置いたが、誰もが食べることに夢中で蕎麦を啜る音だけが響いている。

「お豊ちゃん、もう一枚お上がり」

豊は、緊張のあまり汁もあまりつけず、啜った勢いでほとんど嚙まずに飲み込んだので、あっという間に一枚食べ終えてしまっていた。

「いえ、あたしはもう……」

「わしは、一枚でいいよ。さぁ、お食べ」

と、松浦老人が勧めるので、一人早く食べ過ぎてしまった豊は頭を下げて、もう一枚に箸をつけた。

「お豊ちゃん、この蕎麦はゆっくり嚙んでお食べよ。汁も太い蕎麦に絡みつくようでいつものとは違うようだ。よく嚙まないと酒の香りが味わえぬぞ」

豊が顔を赤くしてひたすら蕎麦を丸呑み(まるの)して腹に収めている様子を見かねて、老人は声を掛けたらしい。

そのときであった。ガラッと戸が開いて、

「おぅ、ちっと蕎麦たぐって帰(けえ)ろうぜ」

と、大声でわめきながら、あろうことか曉斎が入ってきたのである。

豊は、驚きのあまり蕎麦が喉につかえそうになった。

松浦老人も飛び上がらんばかりに驚いて、口に蕎麦を入れたまま何か言おうとして思わず咳(せ)き込んだ。店の奥にいたヤスもあわてて出てきて、

「あの、今日は珍しいお客さんが……松浦先生の〈娘さん〉だかが摩利支天さまの豆まきに……」

と、目で曉斎に訴えながらへどもど言い訳している。

「……な、なんでぇ」

曉斎が棒立ちになっているのを見て、松浦老人は、咄嗟(とっさ)に、目の前にあったまだ手つかずの太打ち蕎麦のセイロを持ち上げ、

「おおそうだ、今日は珍しい太打ちというものがある。おまえさんもひとつ馳走になったら……」

と、言った瞬間、是真は傍らから、手にしていた箸を口に入れて思いっきりねぶり、その箸で松浦先生の手にしていたセイロの蕎麦に唾をつけ、こねくり回したのである。

一瞬、みんなポカンとして見つめた。

……ぜったいに、やらん。

という強烈な意思表示であった。

相手が暁斎だったから、というより、久しぶりにありついた太打ち蕎麦を思う存分食べたかったのだろう。

「……し、師匠のところには、あとで出前させていただきますよ」

と、ヤスが、棒立ちになっている暁斎の背をぐいぐい押して店の外へ出した。

松浦老人は、プッと噴き出している。

「是真先生、これは失礼いたしました。どうぞ、ゆっくりお召し上がり下され」

「うむ」

是真先生は駄々っ子のように黙々と食べている。

柴田是真という人の絵が端正でありながら、ときどき稚気に溢れている理由が……豊は初めてわかったような気がした。

また、しばし三人は黙って蕎麦を啜り続け、蕎麦湯を飲んでやっと我に返ったように満足げなため息をついた。

「はぁ、うまかった。やっぱり蓮玉は太打ちだな」

「たしかに、酒の風味と蕎麦の香りが絶妙でござる」

松浦老人もニッコリと答えた。勘定はもちろん是真が払ってくれた。後で聞いたところによると、是真はこのとき暁斎の家への出前の分も支払ったそうである。豊は緊張のあまり蕎麦がどこに入ったかもわからぬまま、とにかく胸がいっぱいであった。

「是真さん、お礼に炒り豆をやりましょう」

老人が、豆の入った風呂敷を広げようとするのを是真は押しとどめた。

「いや、もう年の数だけ豆を食べるのも難儀でござる」

「ははは、是真先生はおいくつになられた」

「七十八でございます。豆は年の数よりひとつ多く食べねばならぬから七十九でございますな」

節分の豆は、翌年まで息災に過ごせるようにと年の数より多く食べるものであった。

「わしは炒り豆が好物なので、年を取るとたんと食えるのがうれしゅうてなりませんが、この頃は肝心の歯が悪くなりましてのぅ」

松浦老人は、柄にもなく弱気なことを言った。

「なに、私などは歯は丈夫でまだ全部あります」

是真は、イーッと歯を見せた。なんとも堅牢な老人である。豊は、是真が恐ろしい顔で歯を見せている顔を間近に見てしまい、夢でうなされそうな気がした。

是真と別れた後、松浦老人は楽しそうに是真に描いてもらった渋団扇を眺めながら歩いた。こうして集めた団扇は、もう二百以上あるという。老人は団扇から絵だけ剝（は）がして屏風（びょうぶ）にでもするつもりだというが、出来上がったら、さぞきらびやかな交友の記録となることだろう。今、手にしている汚らしい粗末な渋団扇には、可愛い兎が描かれている。〈是真〉という署名もあった。反古紙に描かれているのがかえって、えも言われぬ鄙（ひな）びた趣がある。

「それにしても、この兎はなにやら変わっておるのぅ。手遊（てすさ）びかの？」

「ご隠居さん、ご存じないんですか？　〈とんだりはねたり〉っていうオモチャですよ」

江戸っ子は、みんな小さいときから親しんでいる玩具である。仕掛けがあって、ぴょんと跳ねるのだ。もともとは、雀の〈飛んだり〉と、兎の〈跳ねたり〉の二種類きりであったが、のちに歌舞伎にちなんで助六とか弁慶とか、さまざまな人形ができた。今では浅草寺（せんそうじ）の門前の〈助六〉という店で売っている。

いかにも生粋の江戸っ子の是真らしい絵柄であった。

豊が戻ると、ちょうど家では曉斎が「鬼は外ッ！　鬼は外ッ！　鬼は外ッ！　……福は内ッ！　早く閉めろッ」と弟子たちを叱り飛ばすように喧（やかま）しく豆まきをしているところだった。

普通の家庭では晩方に豆まきが始まる。

「おぅ、豊、おまえいつから松浦先生ンちの子になったんだよッ」

と、暁斎は豊の姿に気付いて怒鳴った。

豊はくすくす笑いながら着物を着替えようと帯を解いたところで、ぽとんと何かが畳の上に落ちた……豆まきのときの福銭であった。豊が松浦老人の腰の風呂敷をはずそうとかがんだときに、先生が後ろの衣紋を抜いた首筋から背中に一枚投げ込んだものらしい。

豊は、厄払いになったような気がして、大事に拾い上げて押しいただいた。

「そうだ、今度松浦老人に、助六の〈とんだりはねたり〉をひとつ買って持っていってあげよう」

と、豊がそう呟いた瞬間、勝手口から、威勢のいい声が聞こえてきた。

どうやら蓮玉庵から蕎麦の出前が届いたようである。

五、武四郎、アイヌと出会う

明治十七年（一八八四）の六月のはじめのことであった。

今日は朝から暁斎は、根岸（ねぎし）の笹乃雪（ささのゆき）で開催されている書画会に出かけていた。書画会とは、絵師や書家などが、その場で人々の求めに応じて即興で絵を描く集まりのことで、絵師によってはこうした見世物のように人前で絵を描くことを蔑（さげす）む者もいるが、暁斎は「画工が仕事を選ぶのは恥だ」と、融通無碍（ゆうずうむげ）に描きまくり、いつも満座をわかせては大得意になっている。日銭が入るので、家族にとってもありがたい行事であった。

豊も本当は手伝いに行く予定だったのだが、急に団扇絵（うちわえ）の追加注文が来たので、それを仕上げてから行くことになったために、いまだ家でぐずぐずしている。

すると朝の静寂を破るように、玄関から「お豊ちゃん！　お豊ちゃんはおるかッ！」と、大音声で呼ばわる声が響いてきた。

「……え？」

豊は筆を止め、顔を上げて首をかしげた。

松浦武四郎先生の声である。今年も三月からまた旅に出ているはずなのだが……もう帰ってきたのだろうか。

玄関に出た豊は、仁王立ちになっている松浦武四郎先生の姿を見て驚愕した。

「松浦先生……どうしたんですか！　その頭！」

それには答えず、松浦先生は手にした一冊の冊子を掲げて呵々大笑した。

「お豊ちゃん、よくやった、よくやった」

「……あ」

豊は、気付いて赤面した。

松浦老人が手にしていたのは、『第二回内国絵画共進会　出品人畧譜』という冊子で、表紙には〈農商務省博覧会掛版〉という麗々しい文字がおどっている。

実は旅に出る前に、豊は松浦先生から、「いつまでもお父つぁんの手伝いをしていてはいかん。自分の名で人となるような絵師にならんと」と諭されていたのであった。

昔の人は、一人前になることを〈人となる〉などと言った。ふつうの娘は、嫁いで子を産んで、はじめて一人前となるが、豊は、せめて絵師として人となりたいと心の内では思っていたので、それで今年は思い切って出品してみたのである。

「今、上野の山で展示されているお豊ちゃんの絵も見てきたぞ。いや、なかなか立派なもんじゃった」

年の割には驚くべき行動力のある松浦老人は、旅から帰ると展覧会を見に行き、そこに豊の絵を見つけるやいなや、その場で売っていた出品者名簿を買って喜び勇んで飛んできたのであろう。

松浦先生の、そのわかりやすい喜びの表現が、豊は素直にうれしかった。

「それより、松浦先生……その頭どうしたんですか？」

豊は思わず老人の頭頂部をまじまじと見下ろした。

娘にしては、五尺をこえる大柄な豊のちょうど目の高さに、松浦老人の頭のてっぺんが見える。

この開化の世の中にあって、松浦老人の象徴のような存在であった……自慢の小さな丁髷（ちょんまげ）が消失していたのである。

「チョンマゲ、切っちゃったんですか」

とうとう禿（は）げ上がって髷が結（ゆ）えなくなったのかと、小声で尋ねた。

「おお、チョンマゲはのぅ……高野山に納めてきた」

「……髷を？」

「そうじゃ。高野山に参拝して、髷を切って骨堂に納めるのが今回の旅の目的であったのだ」

「髷を……高野山に」

豊は呆れながら聞いている。明治も十七年になるまで丁髷を頭にのせていると、ザンギリにするにも大仰に一芝居打つ必要があるようであった。

「それより、お父つぁんはいるかい？」

老人がズカズカと家に上がり込もうとするのを、豊はあわてて押しとどめた。

「いえ、今日は笹乃雪さんで書画会があって、出かけているんです」

「そりゃ好都合じゃ。お豊ちゃん、一緒に行こう」

老人はせっかちだから、もう踵を返している。

「おーい、早うせい！」

豊は団扇絵の仕事を放り出して、仕方なしに老人と一緒に根岸への道をてくてくと歩きはじめた。

松浦武四郎という人は、旧幕の頃は〈蝦夷通〉として知られ、明治になってからも、蝦夷地のことを〈北海道〉と名付けたり、いろいろと関わりがある。

だが、考えてみたら、ふだん豊の知っている松浦老人は、古物蒐集の話はするものの、あまり〈北海道〉については語ることがなかった。

「結局、松浦先生が、はじめて津軽海峡を渡ったのは、いつのことだったんですか？」

豊は、足の速い松浦老人に遅れまいと懸命に歩きながら声を掛けた。老人は、話しながらだと、さすがに歩調がゆっくりになるのである。

「弘化二年のことじゃったよ。わしは二十八歳だった」

当時の蝦夷地は、松前の周辺部だけが〈和人地〉として松前藩が治め、その他の広大な地域との間には関所が置かれ、出入りの際には人別改めが行われていた。蝦夷地は松前を中心に、東蝦夷地と西蝦夷地の東西に分かれていたのである。

武四郎は、まず江差の商人の持ち船に乗船して江差に渡ったあと、箱館の商人の手づるで和賀屋孫兵衛の手代という名目で東蝦夷地……モロラン（室蘭）、ユウフツ（勇払）、サル（沙流）、クスリ（釧路）、アツケシ（厚岸）、ネモロ（根室）といった大きい〈場所〉と呼ばれる漁場をたどるように歩き、知床岬にたどりついた。

「ところで、お豊ちゃん。蝦夷地にはアイヌと呼ばれる人々がおるのじゃ」

豊は、もちろん知っている。浮世絵などにも描いたことがある。髪は蓬髪、髭は長く、イレズミなどをしている人々だ。

「なんだかこわい顔をした人たちでしょう？」

豊がそう言うと、松浦老人は声を立てて笑った。

「そうそう、昔の蝦夷絵はわざと誇張しておそろしげな顔に描いてあるから、そう思うのも無理のないことじゃ。わしもはじめは、どんな人々だろうとまったく見当もつかなんだ。ところがな、たとえばアイヌの人々は、初めて出会ったときに、『イランカラプテ』と言うんじゃ」

「……イランカラプテ。なんだか異国の言葉みたい」

「ははは。アイヌは民族も言葉も……そして考え方もわしらとは違う。この『イランカラプテ』というのは、『おまえさまの心に寄り添ってよいか』というような意味なんじゃよ」

「まぁ」

「なんともゆかしいじゃろう。アイヌの人々は、すべからくそのような態度で人や自然に接する民なのだ」

世間では、アイヌの人々は猛々(たけだけ)しい野蛮な民族だと思われていた。だが、実際のアイヌたちは、自然を神と信じ、獲物の動物も、採取した食べ物も、みな神からの贈り物と考えているような人々であった。

アイヌの男たちの体軀(たいく)は大きく、その髪は肩を覆い、静かな動作は威風堂々としているが荒々しくはない。武四郎は、その鋭いが温かい眼差(まなざ)しに、かつて飛騨で出会った山の民の〈郡上(ぐじょう)の爺(じい)〉の横顔を重ね合わせていたのかもしれない。

「あの頃のわしは、混沌未踏の大地に……いや、そこに住むアイヌの人々の姿に夢中になった」

ふっと老人は、黙りこくった。

「まだその頃は、彼らの本当の苦しみも悲しみも、よくわかってはおらなんだのだろうのぅ……」

雨上がりの道に、松浦老人と豊の足音だけが響いていた。


武四郎が最初に蝦夷地に渡ったとき、アイヌの言葉はまったくわからなかった。

「蝦夷地は不毛の地である」と松前藩では言われていたが、最初の蝦夷地探険で太平洋岸を北上してゆくと、夏は緑の木々が生い茂り、スモモやアンズなどの実がなっているのが見えた。農作物もできる。実際に歩いてみると、現状はずいぶん違っていることがわかってきた。

アイヌの案内人と一緒に知床岬の突端に到達したときのことである。

朝日の上るのを見ながら一杯やろう、と武四郎が瓢簞に入れた酒を振ってみせると、アイヌの男は無言でふっと消えてしまった。

どうしたことかと武四郎がぼんやりと待っていると、戻ってきたアイヌは、両手に鮑を七つも八つも持っている。瞬時に海岸まで駆け下りて獲ってきたらしい。慣れた手つきで岩の上で刻み、塩水で洗うと酒の肴にしよう……という顔つきで差し出したのである。

「……おおっ」

武四郎とアイヌの案内人は、海から上る大きな太陽を眺めながら、鮑を肴に酒を酌み交わした。のちに武四郎は記している。

思わざる一瓢の酒に興を得て直ちに海岸へ下り、しばし致す間に鮑を七八ツ程取り来たり、是を岩の上にて切り、汐水にて洗い、是を肴に彼のエトロフ、クナシリの島々を旭影に眺望し傾ける

武四郎はさすがに感無量だったのだろう、今までどこの神社仏閣に行っても、その名を残そうとはしなかったのに（便所に落書きがあることさえ、いつも悲憤慷慨していた）、この知床岬では、「弘化二乙巳歳七月十二日卯ノ下刻勢州一志郡雲出川南　松浦竹四郎」と大書した標柱を立てた。

松前藩は、身元のしれない旅人を警戒した。表向きは脱獄中の高野長英が立ち回ることを懸念してということであったが、本当のところは、松前藩と結託する商人たちによるアイヌの人々の酷使、虐待などの惨状を幕府に知られることを恐れていたためといわれている。

東蝦夷地を知床まで歩いた武四郎は、いったん江戸に戻ると、翌年は樺太へ渡ろうと考えた。だが当時、個人の樺太への渡航は厳しい取り調べがあったため、武四郎は知り合いの松前藩の医師が樺太詰になったことを聞き、その従者として法被に草履取姿の〈下僕の雲平〉として西蝦夷地から宗谷に出て樺太に渡った。樺太を検分したあとは、武四郎一人また蝦夷

地に戻り、アイヌの案内人とともにエサシ（枝幸）、モンベツ（紋別）、アバシリ（網走）経由で再び知床に向かった。

前年に立てた標柱はそのままであったということは、ロシアの上陸などがなかった証しと武四郎はひとまず安堵して、その柱の裏面にも同じようにその日の日付と郷国と姓名を書き入れ、ふたたび西蝦夷地の海岸部を歩いて江差に戻った。

その間にも、異国船がぞくぞくと日本近海に出没しているという情報に、武四郎は危機感を強めていた。蝦夷地にもロシアの脅威がひたひたと近づいてきているような予感がしたのである。

明治の開化の町を歩いているというのに、豊は松浦老人の話を聞いていると、まるで浦島太郎や桃太郎のお伽噺を聞いているような気持ちになった。

「松浦先生、いくら旅慣れていても、そんな人里離れたところを旅して、恐ろしい目にあったりしたことはなかったんですか」

「そりゃあるさ。まず、夜の闇の深さが江戸などとはまったく違うのじゃ。月のない夜などは、自分の指先さえ見えぬほど暗い。それでも不思議なことに、次第に慣れてくるのか、その息もできないほどの闇の中でも、さまざまな動物が目を光らせていることにも怖じずに野宿できるようになってしまうのだから、慣れというのはおもしろいものだのぅ」

聞いているうちに、豊は、やはり松浦老人は変わっていると思った。肝の据わり方がふつうの人とはよほど違っている。

「そうそう、それより蝦夷地では、はじめのうちは熊が恐ろしかった」

あるとき、松浦先生は熊にバッタリと道で出くわし、あわてて横の藪に飛び込んで転がるように逃げたという。

「ホッと、人心地ついたと思ったら、今度は目の前の川端にまたもや一頭の熊が水を飲んでいる。すわもう今度こそは助からないと、五、六歩後ずさりしながらよく見ると……それは、大きな黒い石であったよ」

豊は、思わず笑ってしまった。

「いや笑い事ではないぞ。以来しばらくは岩を見ても、木の根を見ても、熊に見えてしかたなかったもんじゃ。ところがこの熊の通った足跡のところには、不思議なことにキノコが出るという」

「……キノコ?」

アイヌたちの間では、熊の足跡にはキノコが出ると言い伝えられていた。

「だんだんにわかってくると、熊は非常に賢くて、山の中では人間よりずっと歩くのが達者なのじゃ。歩く道の選び方がすぐれていてのぅ。熊の足跡をたどってゆくと地形がよくわかる。熊が道筋を教えてくれるのじゃ」

松浦先生の地図の作り方は、羅針盤で方位を確かめ歩幅で測量する。あとは高い山を見つけては登り、そこから地形を俯瞰(ふかん)した。

「……でも、熊のあとをついてゆくなんて」

豊は首を傾(かし)げた。いかにも危ない感じだ。

「熊がクルッと後戻りしたりしたら……」

「ははは。熊は人を見てもむやみに襲ってきたりはしないものじゃ」

「でも、バッタリ出くわしたら驚くでしょう？」

「そうだのぅ。わしは何度か大きな熊に遭遇したが不思議なことに大きな熊は悪さをしないんじゃ。慣れてくると熊の顔つきもわかってくる。顔を見たとき、顎(あご)が出ていて普通より顔の長い熊は、悪いのが多いのぅ」

松浦老人、かの蝦夷地では熊の顔つきまでわかるほど、熊に慣れ親しんだらしい。一人旅では、草木や獣や鳥、熊さえも……自然のすべてが旅の伴侶であった。

「ところがあとでアイヌに聞いたところ、熊に関しては逃げるのが一番だめだという」

「えっ、逃げちゃだめなの？」

「どのアイヌからも、熊に背中を見せて逃げるな、と言われた。逃げるということは、自分の命はいらない、と熊に教えてやるようなものだというんじゃ」

「そんな……じゃ、逃げないでどうするんです？」

「しっかり熊の目を見ながら、『うおぉぉー』と腹の底から大きな声を出す。このとき熊を凝視するのが肝要じゃ」

松浦老人は、実際に大きな声を出してみせた。

たしかに熊もびっくりして逃げ出しそうな大声である。往来を行く人が一斉にこちらを見たので、豊は思わず赤面した。

「……そ、それでご隠居さん、そんな大声になっちゃったんですね」

「ははは。大声は生まれつきじゃ。それでわしは考えて熊よけに法螺貝(ほらがい)を吹いて歩くことにした」

今でも、松浦老人がすぐ法螺貝を持ち出すのは、その名残(なご)りであるらしい。法螺貝のビョウビョウとした音は、熊よけだけでなく自らの心をも鼓舞するものだったのだろう。

ところが、法螺貝を吹き鳴らしながらアイヌのコタン（村）に到着してみると、アイヌの人々は、はじめて耳にする不気味な音に怖がって、みな家の中に隠れてしまった。

「やっと家から出てきたアイヌたちは、法螺貝を不思議がってのぅ、親しんでくると、今度は『おまえは、こんなものを吹いて、さては祭文語り(さいもんがた)だろう、ひとつ語ってみせろ』などと口々に言い出すので往生したよ」

そう言いながらも、老人は懐かしそうに笑った。

そんな話をしているうちに、根岸の里にある笹乃雪が見えてきた。ここは、江戸ではじめて絹ごし豆腐を出したという店で、豆腐料理の専門店である。

「知っているかえ、ここの豆腐は腐った豆とは書かずに、豆が富むと書く」

曉斎もこの店の常連だから、豊も店の蘊蓄（うんちく）は耳にタコができるほど聞いていた。

「わしが二度目に蝦夷地の探険に行くとき、江戸の友人たちがこの店で送別の宴（うたげ）を開いてくれたよ」

店の前まで来たとき、ふと思い出したように松浦老人はそう言って、豊を振り返った。

「そのとき、近くに住んでいた儒者の家に集ってからここまで来たのじゃがのぅ……その儒者は、水戸の藤田東湖（ふじたとうこ）先生が一番恐れておった男ともっぱらの評判じゃったが……それが、今のうちの婆さまの前の亭主であった」

「えっ、ええ？」

珍しいことに、松浦老人がいきなり奥方の話をしたので、びっくりした豊はあわてて聞き返したけれど、老人は照れたように聞こえないふりをして、ずんずん店の中に入って行く。

もしかしたら、松浦老人は、別の人の妻だった今の奥方と、この笹乃雪に来るときにはじめて出会ったということかもしれなかった。

そのとき、二人がどのような感情をお互いに抱いていたのか……豊はちょっと聞いてみたいような気がしたけれど、老人が恥ずかしがって怒り出しそうだったので黙っていることにした。

座敷では、画家や書家を取り囲んだ人々が、あれを描けこれを書けと注文をしている真っ最中で、妙な熱気にあふれかえっていた。その中で暁斎もせっせと求めに応じて差し出された色紙や画帳に筆を走らせている。

松浦老人は、一人の書家を目ざとく見つけると、さっそく「ひとつお願いします」と、周囲の人にわけてもらった大きな和紙を広げた。

「おや、松浦先生。さて、何と書きますかな」

書家の先生は市河万庵(いちかわまんあん)といった。松浦先生とは顔見知りであるらしい。

「うむ……〈なべ〉とお願いいたします」

「……なべ?」

「わしは、近いうちに〈なべ塚〉というものを建立したいと思っておりましてな、その碑文をぜひ市河先生にお願いしたい」

「うーん……」

もちろん書画会なので、客の注文には応じない訳にはいかないのだが、市河万庵といえば、当代一流の書家で、紙幣の文字まで書いている人である。その大家に向かって〈なべ塚〉と書いてくれなどというのは、なかなか言えないことであった。

ちなみに、松浦老人がいつも腰に下げている擬革紙の煙草入れには、この市河万庵による〈火の用心〉という文字や、暁斎の得意な烏の絵などが描かれていた。伊勢土産として売られているこの安い擬革紙の煙草入れは、緒締めだけは凝っていて珍しい玉や勾玉がついているのだが、肝要なのはその字とか絵の方で、老人は会う人ごとに、「この火の用心の字は……」、「この烏の絵は……」と自慢のタネにするのである。

「その昔、蝦夷地を歩いているときは、鍋を担ぎ、野宿のときはこの鍋で煮炊きしたものでござった。今日のわしのあるのも、この鍋のおかげ。老い先短くなった昨今、せめて鍋供養などしておきたいと思いましてな」

滔々とそう語る松浦老人の話を聞いていた周囲の人々は声を揃えて笑った。老い先短いなど言いながら、そのみなぎる行動力には、恐れ入るばかりだ。

のちに、この〈なべ塚〉は大津の三井寺の敷地内に建立されている。いわく……、

君初めて蝦夷に入り到る、天保弘化の際にあり。山野闢けず人獣雑居、到る処荒漠投宿すべき里無く、投宿すべき家無く、食を求むべき家なし。君は三小の鍋を造り、米塩をはこびて、飢えれば即ち枯枝落葉を拾い、鍋をもって米を炊き、或いは草木を嘗め煮て之を食す。而して鍋は生命の係る処、其の功あに忘るべけんや

碑文は武四郎の隣の家に住んでおり、武四郎が〈隣翁〉と呼んでいた小野湖山という有名な漢詩人によるものだ。もちろん石碑には、万庵の〈なべ塚〉という典雅な三文字が大きく

刻まれている。

ちなみに、武四郎は鍋で米を炊くだけでなく、鍋で湯を沸かして、〈あられ茶漬け〉もよく食べた。

伊勢松坂周辺の人々はかき餅のような小さなあられを飯の代わりに椀（わん）にいっぱいに入れて、そこに湯を注いで〈あられ茶漬け〉というものを食べる。武四郎は、短冊に切った堅餅（かたもち）を携行し、炒（い）ってあられにしてはそれを茶漬けにして、どこへ行っても郷里の味を懐かしんだ。

「そういえば松浦先生は、蝦夷地探険の折、かの頼三樹三郎（らいみきさぶろう）と、詩歌と篆刻（てんこく）の試合をなさったとか」

客のひとりが、松浦老人にそんな話を向けた。

「頼三樹三郎？」

聞いていた豊は、「ええっと……」と首をかしげた。

「『日本外史』でしたっけ？」

「ははは、お豊ちゃん、それは頼山陽（らいさんよう）じゃよ。維新の頃の尊攘派の志士の愛読書じゃな。三樹三郎は、その頼山陽の三男じゃ」

ついでに、と老人は付け加えた。

「先ほど話した……わしが蝦夷地に再航する際、この笹乃雪で送別の宴を開いてくれた男は、この頼山陽の従兄弟（いとこ）であったよ」

「へぇ……」

いつもあまり表に出ることがないまるで御殿女中のようだと噂されている松浦老人の奥方は、どうやらかつては〈頼山陽の従兄弟〉の妻であったらしい。

いやはや松浦先生の奥さんは、たいへんな女の人だったんだと、豊は口を半開きにしたまま大きく息をついた。

頼三樹三郎は、安政(あんせい)の大獄(たいごく)で処刑された勤王の志士として知られている。頼山陽の三男で、志士というよりは詩人と呼んだ方がふさわしいような、奔放で情熱的な男であった。その名前は、ちょうど誕生したときに日本酒を持って駆けつけた人があり、父親の頼山陽が〈醇(みき)〉と付けたところから三樹三郎となったという。

武四郎がこの頼三樹三郎に出会ったのは、二度の蝦夷地探険を終え、江差に戻ってきたときのことである。当時、北前船の絢爛(けんらん)たる文化圏の最北に位置する江差は、現実生活から逃避してきた文人たちの吹きだまりのような様相を呈していた。三樹三郎もあちこちで借金を重ね、食い詰めて北のこの地にたどり着いたようであったが、その横顔に悲壮感は見られない。まだ二十二歳と若かった。懐は寂しくても旅をして見聞を広げることが楽しくて仕方がないという様子である。武四郎は、三樹三郎に会った瞬間、かつての己の姿を見たような気がしたのだろう。

まだ、自分が何者かわかっていない。

それはさまざまな可能性を秘めた原石の輝きのようでもあった。

武四郎と三樹三郎はすっかり意気投合して、酒の肴に……お互いが得意の、詩と篆刻の技を競い合って無聊を慰めることにした。

「はじめは酒の席の座興だったのじゃ。ちょうどそのとき、三樹は寺に投宿しておってのぅ。同席していた者の一人がまず、その寺の鐘を撞く。その鐘の音が響いている間に三樹は詩を作る、わしはハンコの文字を刻むのじゃ……」

二人とも熱中しやすい質だから、「もう一回」「もう一回」と、勝ったり負けたりしているうちに……鐘をゴンゴン撞くので、町中の人々は何ごとが起きたのか、すわ火事か？　すわ異国船の来襲か？　……と大騒ぎになってしまい、果ては番所から役人までやってきて、二人は大いに怒られたという。

「それならば、いっそのこと、〈一日百印百詩の会〉を開催しよう」

ということで、一年で一番日が短い冬至の日を選び、参会者からお題を自由に百個出してもらって、三樹三郎は詩を詠み、その間に武四郎が篆刻で印を作って競い合うことにしたのである。

たとえば、「清晨」と、お題が参会者の間から出ると、三樹三郎はその文字にちなんだ詩を作る。書き終わるまでに武四郎が手元の蠟石にその出されたお題の文字を刻むことができれば、武四郎の勝ち。先に三樹三郎が詩を作って読み上げることができれば、三樹三郎の勝ちである。前半は、三樹三郎の方が圧倒的に優勢であったが、後半になってくると、三樹三郎も苦吟しはじめて、武四郎が印を刻む方が早くなってきた。

九十九番目の詩の題は「閉戸」。

開窓到閉戸　九十又九詩　運刀君亦就　一笑了文嬉

(朝窓を開けしより夕戸を閉じる至り、九十九詩。印刀を振るう松浦君もまた成就せん。一笑のうちに嬉しく雅興を終えんとす)

そして、とうとう「清課了引太白」というお題と共に、百印と、そして百詩が完成した。もはや勝ちも負けもなく、集まった人々の感嘆の声とともに、三樹三郎と武四郎は抱き合って泣いて喜んだ。参会者から集めた金を、武四郎はすべて三樹三郎に渡した。

二人はそのあと痛飲し、そのまま布団を引っ張り合うように座敷にごろ寝して、気付くと朝を迎えていたという。

こうして翌日には、武四郎はまた松前へと向かい、三樹三郎は津軽海峡を渡って都へと去って行った。まだ武四郎も三樹三郎も、世間にその名を知られる前の話である。

武四郎は最初の蝦夷地探索では、ほとんどアイヌの人々の言葉を理解できなかったので、案内のアイヌとは身振り手振りで伝え合うばかりだった。それで武四郎は、二度目の蝦夷地探険では、積極的にアイヌ語を習得しようと努力を重ねた。武四郎は、毎日その日の記録を綿密につけていたが、アイヌ語やアイヌの地名は耳にするとすべて〈野帳〉と呼ばれる帳面に記入した。その日の記録は、一日の行程を終えて、草鞋を脱ぐ前に必ず書き上げることにしていたので、記録し終わるまでは突っ立ったままで、時には休憩しているアイヌを叩き起こしてまでも、忘れてしまった土地の名前を書き記していたという。

武四郎は、さらに嘉永二年（一八四九）、みたび蝦夷地に渡った。今度は、箱館から船でクナシリ、エトロフに上陸した。まさにこの頃の武四郎は、北の大地とアイヌの人々に取り憑かれたようであった。

そのような中で、武四郎は一人の少年を身の回りの世話係として連れ歩くようになっていた。

武四郎が少年の名を聞くと、少年は俯いて押し黙っている。アイヌの間では、あまり名を尋ねたりしないものなのだという。武四郎が、ちょっと困った顔をすると、少年はしばらくしてから、「……ソン」と消え入るような声で答えた。ソンというのが名前であるらしい。

やがて武四郎は、〈ソン〉というのがアイヌ語で〈糞〉を意味する言葉と知った。しかしそれは、子供が魔物に取り憑かれないように、魔物が逃げていくような汚い名をつける、という習わしからついたものだったのである。

「うむ。それは辟邪名というもんやな。古い書物の中には糞麿などという名も見たことがあるぞ。……だが、おまえがその名が嫌ならば、別の名をつけて呼ぼうか」

と、武四郎が尋ねると、少年は首を振った。親のつけてくれたこの名が好きだという。

「……そうやな、ええ名や」

健やかに育って欲しいという親の願いは、おそらくどこの国に生まれた子に対しても共通のものであろう。

ソンは十三歳で、いつも真っ白な犬を連れていて、最初に会ったときは、ザンバラの縮れ毛に真っ黒い顔をしたまるで狼の子のような野性児であった。父親と兄は漁場の仕事に駆り出されてもうずっと帰ってはいない。生死も不明であるという。母親は和人の地役人の妾にされてソンを産み落とすと、また和人の住む町へと去って行ったまま行方も知れなかった。

ソンのようなアイヌと和人との間に生まれた子は、〈チポエップ〉と呼ばれていた。アイヌ語で〈混ぜ煮〉という意味であるという。

武四郎が最初に出会ったとき、ソンは目の見えない祖父と、足の悪い祖母の面倒を一人で見ていた。山に湧き水を汲みに行き、食事を作り、畑を耕し、そして犬とともに山に入って小動物を捕らえる。白犬は川に入って魚を器用に捕まえてはソンの元に駆け戻ってきた。

ソンの祖母は機織りの名人として知られていた。ソンは山に分け入り織物の糸となる樹皮を剥いでくる。それを水につけ、繊維をほぐすように糸にするのである。

「足は悪くても、こうしてソンが手伝ってくれるので、美しい織物が織れます。幸せです」

ソンのおばあさんは、そう言いながら武四郎の前で、機織りをしてみせた。

それは気の遠くなるような緻密で単純な作業の繰り返しだった。それを厭うことなく、ソンの祖母は、よりよいものを作ろうと工夫しながら毎日機を織り続けてゆく。

「ないこと」よりも「あること」を……「できないこと」よりも「できること」を見つめ、そうしたささやかな幸せと感謝を噛みしめながら生きている人々に、武四郎は出会うたびに心を動かされた。こうした人々の生活を、広く世界の人々に知らしめたいとも思ったのである。

だが、次に武四郎が出会ったとき、祖父母を亡くしたソンは、ひとりぼっちで犬と暮らしていた。

「一緒に来るか」

というと、ソンは白犬を見つめている。犬と一緒ならば行ってもいいという。

「熊よけにいいだろう」

と、武四郎は少年と犬を連れて旅を続けることにした。ソンの白犬は耳と耳の間の間隔が広い。こうした犬は度胸があるという。アイヌたちが飼っている犬は小さい体に似合わず、勇敢で、大きな熊にも果敢に立ち向かっていくことで知られていた。

ソンは、犬を自分の分身のように可愛がっていて、食事も自分が食べているものを分けてやり、寝るときも一緒に寝ている。

江戸では、白い犬は人の生まれ変わりともいう。

武四郎がそう言うと、ソンは、「この犬は、人じゃない。きっと狼の子だ」と言い張った。どう見てもただの白い犬にしか見えないのだが、ソンは自分の犬は特別だと思いたかったのだろう。

寒い日などは、武四郎を真ん中にソンと犬が両脇に寄り添うように固まって寝た。

武四郎が雪だまりの中に転がり落ち、凍死寸前になったときは、焚(た)き火にあたって暖をとろうとすると、ソンは無理矢理火から遠ざけ、自分と犬とで武四郎の体を一晩中温めてくれた。のちに武四郎は知ったのだが、体全体が冷えているときに、急に手足だけを温めると血流が脳に突然流れ込み、倒れることがあるらしい。ソンはそのことを祖父母から聞いて知っていたのだった。

「ソンは、わしの命の恩人やな」

そういうと、ソンはちょっと得意そうな顔になった。

蝦夷地の探険中は、床屋があるわけでもないので、江差に戻ってくると武四郎の髭はアイヌのように伸び、丁髷(ちょんまげ)は〈チョン〉どころか、長々と額に垂れ下がってすこぶる滑稽な風体(ふうてい)になっていた。

ところが、本人はまったく気にする風もないのである。毎日、武四郎の髪を結っているソンの方が気を利かせて、伸びすぎた髷の先を器用に切り揃(そろ)えたところ、

「……あっ、あああーっ」

と、気付いた武四郎は、悲痛な声を上げた。

武四郎は、どうやらこの額に垂れた髷が気に入っていて、大事に伸ばしていたらしい。こんなに髷が伸びるまで原野を歩いたと、得意に思っていたようであった。

「……せっかくここまで伸ばしたのに、ソンに切られてしまった」

と、意気消沈する武四郎の姿を見て、周囲の人々は笑いを嚙み殺した。どう見ても武四郎の言っていることの方が滑稽であり、だがまたそこが武四郎の、憎めない人を惹きつけるところでもあったのだろう。

笹乃雪の名物〈あんかけ豆富〉は、小さな椀に二つずつ出てくる。その椀をいくつも重ねながら食べるのだが、いつの間にか松浦老人の前にはお銚子と〈豆富〉の椀が堆く積み上がっていた。たいへんな健啖家である。

「松浦先生、おつむりのチョンマゲ、どこに落っことしてきたんですかい」

厠にでも立ったのか、暁斎が松浦先生の脇を通るとき、そう声を掛けた。

すでに足元がおぼつかないほど飲んでいる。途中からは、飲みながら描いていたのだろう。だいたい絵を描くための筆洗を、酒の盃にしてしまうほど酒好きなのだ。

「うむ、師匠。ついては、今、描きかけのわしの絵は、ザンギリ頭になったからに、描き直していただきたい」

と、平然と松浦老人は答えた。こちらも、そうとうきこしめしている。

「えっ……？」

一瞬、暁斎は耳を疑うように棒立ちになった。

実は数年前から、暁斎は、松浦老人から大作の絵の依頼を受けている。松浦老人がお釈迦(しゃか)様の涅槃図(ねはんず)のように大きな木の下で横になっていて、周囲に老人の愛玩(あいがん)している蒐集品の数々が（擬人化されて）悲しんでいる……という構想の作品である。すでに名前は決まっていた。まだ、松浦老人は元気でピンピンしているので〈涅槃図〉とはせずに、〈北海道人樹下午睡図(ほっかいどうじんじゅかごすいず)〉とするという。

暁斎は、真ん中に松浦老人が横になっているところまでは描き上げたのだが、周囲のコレクションのあまりの多さに辟易(へきえき)してしまって、いくら松浦先生が催促に来ても、そのままほったらかしてあったのだ。

「……描き直す？」

暁斎は、口の中で呟(つぶや)いた。

もちろん、注文時は丁髷だったから、松浦老人の姿は丁髷のまま描かれている。

「いまやわしもザンギリになったからの、絵の方のわしの姿もザンギリにしていただきたい。絵は写実が肝心じゃ」

「……ンな、ばか言うねぇ」

暁斎は目をむいて真っ赤になっている。写実も何も、自分が釈迦になっている絵を描けというあつかましい話に、丁髷も散切りもないものだ、と暁斎は言いたいところだったろう。

ははは、と松浦老人は朗らかに笑った。

「そりゃ、師匠が悪いんじゃ。期日を忘れて怠けておるから、わしのチョンマゲがなくなってしまったのじゃよ」

松浦老人は、いけしゃあしゃあと呟いている。聞いていて、豊は、ちょっと松浦老人が憎らしくなってきてしまった。しわ寄せは、きっとみんな豊のところにくるに違いない。

暁斎は苦虫を噛み潰したような顔になった。ぐうの音も出ないとは、このことだろう。

「……わかった。チョンマゲ取って描き直してやらぁ。ちぇっ、今日はもうしめえだ！　飲むぞ、飲むぞ！」

と、暁斎は駄々っ子のように喚き散らして、その場で、冷めたお銚子を取り上げキューッと一気にあおった。

……やけ酒だ。

豊は、ハラハラして肩をすくめていると、

「さぁ、お豊ちゃん、わしらは、そろそろおいとましよう」

と、松浦老人は涼しい顔で立ち上がった。

あれだけ飲んで食べているというのに、ピンシャンとしている。

外に出ると、もう日は暮れかかり、街灯の灯りが瞬きはじめていた。

「アイヌの男の子は、その後どうしたんでしょうね」

豊は歩きながら、ふと気になって尋ねた。

「うむ。……わしが江戸に帰るときに、ソンは、自分も江戸というところへ連れて行ってくれと言ったよ」

「それで……江戸に連れてきたんですか?」

「いや……」

松浦老人の口ぶりは、めずらしく歯切れが悪かった。

「実はな……わしも迂闊(うかつ)じゃったのだが……ソンは、女の子じゃった」

「えっ」

「狼の子のような蓬髪で、ちっとも気付かなんだが、箱館の宿で、おかみさんに言われて、びっくりして尋ねると、まぎれもなく女子(メノコ)だという」

原野を旅しているときは、風呂にも入らず、裸になることもなかったので、気付かなかったのだと、老人はちょっと言い訳するような言い方をした。松浦先生、もともとそういうことには鈍く生まれついている堅人(かたじん)なのである。

「それで……」

「ソンは、メノコでいるのがいやでたまらぬという。男になりたいと言い張ったが……成長すれば、否が応でも女は女にならざるを得ぬものじゃ」

ふっと、豊は歩きながら空を見上げた。そうだ、自分にもいつか〈女の子〉ではいられなくなる日が来るのだ。

「その頃、ソンの可愛がっていた白い犬が子を産んでのぅ。ソンは、そのうちの一番母犬に似ている白い一匹を取り上げて、この犬を江戸に連れて行ってくれと言いおった」

自分の代わりに、という意味だったのかもしれない。

「……白い犬は、人の生まれ代わりなのだろう?」

ソンはそう言って子犬を差し出し、武四郎をじっと見つめた。

「ソン!」

武四郎は、子犬を置いて、とぼとぼと親犬と去って行こうとするソンを呼び止めて、懐の紙入れからいくつかの丸い玉を取り出し、ソンの小さな手の上にのせた。一番大きいのはアイヌ玉と呼ばれる水色の玉だった。アイヌの女性たちは特にこの青い玉を好んだ。

「嫁に行くとき、胸を飾るタマサイにするといい」

それは、武四郎が各地で集めた色とりどりの石やガラスで出来た丸玉だった。

「つなげてタマサイにするには数が足りぬだろうが、足しにはなるだろう」

アイヌの女性は〈タマサイ〉と呼ばれる首飾りを祖母から母へ、そして娘へと伝えてゆく。それは胸元の装飾であるとともに魔除けでもあった。家族の庇護を受けられなかったソンは、身を守る首飾りのひとつも持っていないことが、武四郎にはいかにも不憫に感じられていたのだ。

玉は女の魂ともいわれていた。

ソンは、じっと掌の玉を見つめている。

これを受け取ってしまえば、いよいよ女であることを認めなくてはならないような気持ちになったのかもしれない。

「……ニシパ」

ソンは、ギュッと手の中のいくつかの玉を握りしめると、

「……サランパキ！」

と、ただひとことだけ言って、振り返りもせずに犬と一緒に走り去っていった。

和人たちの「さらば」が転訛した「サランパ」から、「サランパ・キ（さらば、する）」という言葉がある。ふだんアイヌたちは、この和人の言葉を使いたがらなかったが、ソンはそれをわかっていながら、あえて口にしたのだろう。

松浦老人は、ソンにもらった犬の子を連れて江戸へ帰ってきた。

「……あ」

豊は、そのとき気付いて、思わず声を上げてしまった。

松浦先生の家に、リキ丸という白い犬がいる。

「もしかしたら、先生の家にいるリキ丸は……」

「そうじゃ、うちに今いるリキ丸は、蝦夷から連れてきたソンの犬が、近所の犬と掛け合わさって……もう何代目になるかのぅ。今では普通の犬になり果てたが、それでもいまだにさかんに遠吠(とおぼ)えするのは、やっぱり血筋かの」

松浦先生の家のリキ丸は、とにかく人が近づくとよく吠えるのと、朝に夕に遠吠えをするので近所の鼻つまみ者であったが、豊は、松浦先生の家に行くたびに吠えまくるこの犬の姿がなんだかもの悲しいような気がして、いつも気になっていたのだった。懸命に吠えるその声は、どこか哀切に人の心に響いてくる。

「リキ丸は、遠い先祖の生まれ故郷に向かって吠えているのかな……」

「そういえば……」

ふと、気付いたように先を歩いていた松浦老人は振り返った。

「お豊ちゃんが今回の共進会に出品したあの絵だがのぅ……」

豊は、照れたように俯いた。

「ええ、先生ンちの……リキ丸を描いたんです。リキ丸は、なんだか白狼みたいで、あの遠吠えする姿が切なくて」

『第二回内国絵画共進会　出品人畧譜』より
河鍋とよ　東京府本郷區湯島四丁目ニ住ス河鍋洞郁（號惺々斎暁斎）ノ女ニシテ業ヲ父ニ受ク明治元年十二月十日生ナリ。
作品「狼の断崖に立ちて月に嘯く」

神田五軒町の松浦先生の家が近づくと、しきりに遠吠えの声が響いてきた。

「……あ、リキ丸がもう吠えてる」

松浦先生もちょっと困ったような顔で笑った。不在がちでも、やはり松浦先生を主と思っているのだろう。そこが先生は可愛くて仕方ないらしい。

「困った奴で、わしが家に入るまで吠えておるのじゃ」

そう言って松浦先生は、ふっと街灯を見上げて呟いた。

「街灯ができて、夜もこんなに明るくなって……人間、駄目になるばかりじゃのぅ」

たしかに……もう豊には、夜の闇の深さは想像もできない。

松浦先生の足音が近づくごとに、遠く蝦夷地からやってきた白犬の末裔の咆哮は、ますます哀切を帯びて夜のしじまに響いてゆくのだった。

六、武四郎、狙われる

明治十七年（一八八四）の夏の暑い盛りの頃であった。

豊は太っているので夏は苦手である。それでも食欲は衰えることなく朝から飯を二膳も三膳も掻っ込んでいる。

父の暁斎が団扇を使いながら台所にやって来て、

「おぅ、めェは長命寺の桜餅、大好きだろ。暑くなる前にちっと行ってこい」

と言い出した。

「長命寺さんに？」

今朝、まだ夜も明けぬ前から、松浦武四郎先生の家からの使いの者が手紙を持ってきた。長命寺の敷地内に窯を持っている陶工の三浦乾也に頼んでおいた人形が焼き上がったから、その人形に絵付けをして欲しい、という依頼である。

「お父つぁんが彩色するの？　焼物の人形に？」

当代一流の売れっ子絵師である暁斎に、素焼きの人形の彩色をしろというのだから、さすがに松浦先生だ。

「まぁ、乾也の焼いたもんだからサ。しかたあるめぇ」

三浦乾也という陶工は名工として知られていた。なにしろ尾形乾山の乾山焼五世西村藐庵から乾山伝書を授かり〈六世乾山〉といわれている人なのだ。しかも、その乾山伝書はずっと質屋に入れっぱなしになっているという。

要するに、少し変わった人物であるらしい。さしもの暁斎も、会いにいくのが面倒なのだろう。こういうときはいつも豊におはちが回ってくるのであった。

気むずかしい職人たちも、年頃の娘ならばあまり面倒なことを言い出さないだろうと、豊はいつも緩衝材のような役割で重宝がられている。

豊が汗をかきかき長命寺の寺内にある乾也の窯場にやってくると、雑然とした作業場で老人が黙々と土をこねていた。あたりには酒のすえた匂いが充満している。

「……暁斎ンとこの使い？」

酒臭い息を吐きながらじろりと豊を見上げた老人は、朝から飲んでいるようだった。よく見ると、頭には小さな髷をのせている。

「まだ、できてねぇよ」

「えっ？」

豊は窯場の土間で棒立ちになった。

「あの、でも……松浦先生から」

「ははは、タケの野郎がうるさいからサ。まぁ、明日か明後日には出来上がると思って、ちっとさば読んで知らせてやったのよ。チェッ、まったくせっかちでいけねぇや」

「あの……松浦先生も、もうすぐこちらにいらっしゃると」

「ああ、そうかい。じゃ、桜餅でも食って待ってな」

豊は一刻も早く帰りたくなったが、間髪を入れず、ものすごい大音声で「おいッ、桜餅ひとつ持ってこーい！」と、老人が桜餅屋の方に向かって叫ぶので、思わず身をすくめた。松浦先生の周囲の人は、年のせいかみんな声が大きい。

下駄の音を鳴らして、店から若い娘が桜餅とお茶を持って来た。ここの桜餅は、三枚の桜の葉にくるまれて、四角い盆に乗って出てくる。

「立ってねぇで、そのへんに腰掛けて食いねぇ」

豊は、困ったように桜餅を持ったまま、そっと上がり框のところに腰掛けた。

「昔、タケの野郎が初めてここの桜餅食ったときに、葉っぱごと食おうとするからサ、『皮むいて食いねぇ』って言ってやったら……あいつ、くるっと隅田川の方をむいて食いはじめるじゃねぇか。真面目な顔して。まったくおもしれぇ奴だよ」

「あのぅ……タケって、松浦先生のことですか？」

豊は、桜の葉を丁寧に剝がしながら尋ねた。

「おぅ、そうよ。あれはおれの弟サ」

「えっ？……弟？」

豊は驚いて桜餅が喉に詰まりそうになった。

「弟って……」

「おれの妹が、あいつの女房だったのさ。だからおれが兄貴分ってわけだ」

豊は、びっくりして言葉も出ず、ひたすらもぐもぐ口を動かしている。まがりなりにも〈北海道の名付け親〉といわれる松浦先生と、この飲んだくれの陶工が兄弟であったとは……。

「……あっ」

豊は思い出した。

「あの、そういえば……松浦先生は、昔、十日で別れた奥さんがいたって……」

「おう、それがおれの妹の加代だ。だが、別れたんじゃねぇ」

丁髷の老人は、泥だらけの手で傍らの茶碗の飲み物をあおった。おそらく中は茶ではなく酒だろう。

「妹を十日で突っ返してくるような奴と、そのあと平気な顔をして、こうして何十年も付き合っていられるもんか」

陶工の老人は、手を動かしながら鼻のあたりを袖にこすりつけた。

「……死んだのよ」

「え？」

豊が聞き返そうとした瞬間、「おおーい」と、これまた大声で松浦老人が入ってきた。

「おぅ、まだできてねぇぜ。早まるない」

機先を制するように、土をこねながら陶工の老人は怒鳴っている。

「……なんだ、そうかい。お豊ちゃん、無駄足踏ませてしまったね」

やれやれと、松浦先生はため息をついた。なんだか松浦先生も、〈兄〉の前ではいつもよりおとなしく見える。

名工なのに、作品の数が極端に少ないのは、気の向いたときしか仕事をしないからであろう。どうやら、その暮らし向きは、〈弟〉の松浦老人が相当面倒を見ている様子であった。

曉斎に絵付けを依頼した人形も、そうした〈兄〉に対する救済策のひとつであったのかもしれない。

「おい、ねぇさん。無駄足の駄賃にひとつやるよ」

ピシッと豊に投げてよこしたものは、小さな焼物の玉であった。

「簪にでもしたらいいや」

豊は、受け取った玉を掌にのせて眺めてみた。楽焼に花の絵付けが施されている何ということのない玉であった。

夏の照りつける日差しの中、松浦老人と豊は墨堤の桜並木の木陰を歩いた。

「……本当にあの陶工のお爺さんが、先生のお兄さんなんですか」

「おお、そうじゃよ。あの男……三浦乾也というのは不思議な仁でのぅ」

年は松浦先生より二つ下であるという。

江戸の生まれである。父親は御家人であったというが、歌舞伎のお囃子方をやっていた。

「当時、御家人の次三男などはみなお囃子方などをやっていたものじゃ。町奉行になったあの有名な遠山金四郎も兄が次々と死ぬるまでは冷や飯食いで、乾也の父親と一緒に笛を吹いておったらしい」

そのお囃子方の住田清七が、スミという芝居茶屋の女とわりない仲になって乾也が生まれた。幼名は豆太郎といった。もちろん正式な婚姻関係ではない。豆太郎を産み落としたスミは、父親に縁切りされて赤子と一緒に清七を頼ってきたが、清七も途方に暮れるばかりなので、スミは豆太郎を姉のマツ夫婦の養子にして、自分はある大藩の奥向きの女中として上がった。

このマツの夫というのが、吉六（きちろく）という陶工であった。人形など焼いては、縁日で売ったりして生業（なりわい）にしていた。

やがて、豆太郎の母親はふたたび赤子を連れてマツ夫妻の元に戻ってきた。殿様のお手がついて、ご落胤（らくいん）を宿したものの生まれてみれば女の子で、しかも、殿様にいろいろ身の回りのものをねだったことから放逐されたという。愛妾の数知れぬ奥向きの中で、スミの立ち回り方はあまりに幼稚であった。

子供のいなかったマツと吉六夫妻は、豆太郎と、彼の腹違いの妹になるご落胤の娘加代を、養い親として育てたのである。

だが……加代が十五になったかならぬかの頃、突然、吉六が加代を連れて出奔してしまった。長崎の窯場の仕事に誘われたともいう。なぜか〈娘〉の加代を連れて行った。血のつながりのない父と娘である。加代は、肌の色が抜けるように白い美しい娘に成長していた。実母のスミはすでに亡くなっており、残された豆太郎は、養父に習った楽焼を焼いて露店で売っては養母を養った。

あるとき、吉原江戸町の名主であり好事家として知られていた西村藐庵に見いだされた頃から、豆太郎はめきめきと腕を上げていった。やがて藐庵に見込まれて乾也の名を与えられ、その藐庵に伝わる乾山伝書を譲られたのである。だが結局、乾也は生涯、六世乾山とは名乗らず〈乾也〉で通した。変わり者ではあったが、陶工としては一流であっただけに、乾山には遥かに及ばないという自覚があったのだろう。

当時、乾也が世間にその名を知られたのは、諸侯の前で〈席焼き〉という実演によってもてはやされたことによる。絵師が殿様の前で即興で絵を描くことを席画といったが、そのように殿様の前で焼物を焼くので〈席焼き〉といった。もともと楽焼は、簡単に焼けることからその名が付いたというが、どこの庭でも焼けるので、〈お庭焼き〉ともいわれた。

弘化年間、乾也の〈お庭焼き〉は、諸藩の殿様の間で引っ張りだこになったのである。

その頃の武四郎はというと。

三度の蝦夷地探索を終えて、江戸に戻ってきていた。松前藩士の家に寄寓して、今までの蝦夷地での記録を精力的にまとめていた。

第一回の蝦夷地探索をまとめた「初航蝦夷日誌」、二回目の「再航蝦夷日誌」、三度目の「三航蝦夷日誌」は計三十五巻に及ぶ膨大かつ緻密な蝦夷地の報告書になった。

当然のことながら、そこには松前藩が北方の脅威に対しては無策のままアイヌを酷使し暴利を貪っている現状も克明に記されていたので、出版できる内容ではない。

武四郎は、写本を作っては諸侯に献上した。

当時人々は、外夷といえば、まずはロシアを想定していた。ロシアが不凍港を求めて蝦夷地に南下してくるだろうと考えたのである。

その肝心の蝦夷地がどのような地形で、人々がどのように暮らしているのか……当時はほとんどわかっていなかった。松前あたりを旅した人の記録が蝦夷地を知る唯一の手がかりだったのである。

武四郎の報告書は、ロシアの侵略から日本をどのように守ればいいかと考えている人々にとって衝撃であった。松前藩の現状とアイヌ政策では、とても蝦夷地は守れないと知ったのである。

市井の学者から諸侯にいたるまで、誰もが武四郎の『蝦夷日誌』を入手しようと躍起になった。

気付けば、武四郎は〈蝦夷通〉として、世間にその名を知られるようになっていた。

さらに、嘉永三年（一八五〇）には、『蝦夷大概之図』として、蝦夷地の概要をまとめた小型の地図を板行した。これは、従来からある蝦夷地地図を参照して作成したもので、蝦夷地の様子を広く人々に伝えようという意図で出版されたものであった。

しかも、武四郎は、この地図に漢詩をつけた。その中にいう……。

藩主頗弄権　緇徒事騙欺

（藩主はすこぶる権力を弄び　僧侶は欺きだましてばかりいる）

幾多人口日損逢欽　志士易嗟咤

（アイヌの人口は日々減っており　心ある者は舌打ちをしている）

アイヌの夫婦は、離ればなれに引き裂かれて、男たちは漁場などで強制労働に駆り出され、女たちは、番所の役人などの妾にさせられていたため、人口は減っていくばかりであった。このままではアイヌは根絶やしにされかねない、と武四郎はその現状を記さずにはいられなかったのだろう。

さすがに、板元は慮（おもんぱか）って〈藩主〉の部分を■■と伏せ字にして板行した。これは出版物として広く世に出回ったから、武四郎は松前藩の激しい怒りを買うことにもなった。

もともと蝦夷地の探険は、松前藩の協力を得ていたからこそ成し遂げられた、という事実がある。松前では、藩の役人も商人も、当初は武四郎に対して「ひとりで蝦夷地を探査するとは、見上げた若者だ」と協力を惜しまなかった。それが松前藩の内情や城下の風紀の乱れまで暴露するとは……と、まさに恩を仇（あだ）で返されたような気分であったろう。実地に蝦夷地のことを克明に記した者は武四郎のほかにはいなかったから、松前藩の矛先は武四郎ただ一人に集中した。

……松浦斬るべし。

といきり立つ声があちこちで上がった。

武四郎は、飄々としている。

「事実を書いたまでのこと」

自分が殺されれば、松前藩が事実と認めたようなものである、と気にもとめなかった。

それでも周囲の者があまりに心配するので、武四郎は友人たちの家を転々とするようになった。

この江戸での数年の間に、武四郎は生涯の友というべき人々の知遇を得ている。

まず、町儒者の鷲津毅堂、そして水戸藩士の加藤木賞三、そして三浦乾也である。乾也を通じて、画人の鈴木鵞湖とも親しくなった。

三浦乾也と知り合ったのは、もともと武四郎が焼物好きだったからである。同時に乾也は〈席焼き〉のときに、諸藩の大名に武四郎の『蝦夷日誌』を献上することで、殿様たちに一目置かれる存在になった。武四郎と乾也は持ちつ持たれつ……お互いに助け合う間柄であったわけである。

水戸藩士の加藤木を通じて、『蝦夷日誌』は水戸藩主徳川斉昭や藤田東湖の手にも渡り、この頃から松浦武四郎の名は、時代の中枢にいる人々にも知られてゆくようにもなっていった。

のちに、藤田東湖はこう記している。

「松浦生のこと、天下の奇男児に御座候。めったには死し兼ね申候、近来の愉快、此事に御座候」

そのような中で、ことさら武四郎の身を心配してくれたのは、幼い頃からの恩師であった津の平松楽斎先生であった。くれぐれも言動には慎重になるようにと、心配して何度も手紙を送ってきた。武四郎は、ずっと離れていても、この恩師に、折々便りを送っていたのである。

楽斎も次第に年を取り、弱気になったのか、

「何卒早く一寸にて宜敷、一度爰許迄参られ候よう祈り入候」

という切々とした手紙が来た。武四郎は矢も盾もたまらず、恩師のいる津へと旅立った。

嘉永五年（一八五三）。

武四郎は、約二十年ぶりに津の平松楽斎先生の家に向かっていた。『蝦夷日誌』三十五巻を携えて……。

楽斎先生の家の門前までくると、たくさんの人々が出入りするのが見えた。何か会合でもあるのかと、武四郎が入ってゆくと……集まっていた人々は、呆然と武四郎の姿を見つめている。

「たけちゃん！」

すっ飛んできたのは、幼なじみの川喜田崎之助であった。

「……たけちゃん、遅かった」

楽斎先生は、亡くなっていた。

その日はちょうど初七日の法要が執り行われていたのである。

崎之助は、楽斎先生の逝去の報を江戸の武四郎の元に送っていたが、行き違いになったのであろう。武四郎は、楽斎先生を驚かせようと、何の先触れもなく戻って来たのだった。

武四郎は声もなく、その場で泣き崩れた。

「楽斎先生は、ずっとたけちゃんのことを案じて……会いたがっとったよ」

武四郎は、号泣するばかりであった。

気を取り直して、武四郎は、『蝦夷日誌』三十五巻を、楽斎先生のその霊前に捧げた。参列の人々も思わずもらい泣きしたという。

十五の冬、塾からの帰り道でバッタリ会った楽斎先生が、自らの頭巾を取って、武四郎の小さな頭に被(かぶ)せてくれた、あの寒い冬の日の頭巾の温かさを、武四郎はまざまざと思い出していた。

あの頭巾を被ったときから、武四郎の人生は動きはじめたのかもしれない。あの頭巾と引き換えに、武四郎は懐中羅針盤を手に入れ、そしてその羅針盤で測量することによって蝦夷地の地図を作り上げることもできたのである。

武四郎は、三十五歳になっていた。

歴史の大きな局面は、日常の小さな変化から始まるものであるらしい。

「あれは、嘉永六年の六月のことであった。日本橋のあたりを歩いていたら、見慣れぬ早船が行くのが見えてのぅ」

ペリー来航を注進するための早船であった。

アメリカからの黒船が浦賀に来航したのである。

江戸市中は蜂の巣をつついたような騒ぎになった。いきなり海の向こうから異人が〈攻めてきた〉と誰もが思ったのだ。

武四郎にしても、外国からの脅威は北からと……ロシアのことばかりを警戒していたから、まさか、アメリカが、いきなり江戸の喉元である浦賀に出現するとは思いもよらなかった。

江戸に住む者は、上から下まで、風呂屋でも床屋でも、寄ると触ると黒船の話ばかりである。

「これからは、日本も黒船を造らなきゃならねぇんじゃないか」

三浦乾也はそう言って、すぐに黒船のような洋式軍艦の模型を作ってきた。もともと手先の器用な男なのである。西洋の本を調べたり、品川から沖に小舟を漕ぎ寄せて実物の黒船も見物してきたという。

「これがなかなかよくできた模型で、乾也は、わしに洋船建造の建白書を書けというから、夜なべして書いたもんじゃ」

乾也は、無筆であった。その点、松浦老人は字を書くのは人一倍早いから朝飯前である。

「……お庭焼きの陶工が」

豊は呆れてしまった。

「それが、時の老中阿部正弘さまの目に留まり、乾也は、長崎に洋船建造のための修業に行くことになったのじゃ」

「……ええっ？　ほんと？」

幕臣の勝海舟たちが、長崎海軍伝習所で海軍の基礎を学びはじめるより、さらに一年も前のことである。

「……世の中、なにごとにも裏がある」

松浦老人は、おかしそうに笑った。

乾也は、もともとこの向島に住んでいて、長命寺門前の桜餅屋の娘、〈おとよ〉とは幼なじみであった。恋仲ではなかったかと松浦老人は言う。だが、桜餅屋の看板娘は、絶世の美女として知られ、豊国の『江戸名所百人美女』の一人として一枚絵にもなったほどで、その噂を聞きつけた老中阿部正弘によって手折られて、妾となり寵愛を受けることになった。

一方で乾也は、かねてよりこの阿部正弘の前でもよく席焼きをやっていたから顔見知りである。世間では顔を拝むこともできないご老中も、お庭焼きの場では、一緒に絵付けをしたりするから、乾也はその場で洋船の雛形に建白書を添えて提出した。阿部に直々に話をつけたのだった。

その精密なる船の雛形と、しっかりとした建白書を見て、阿部はこの男を長崎に遣わしてオランダ人から造船技術を学ばせようと思いついたらしい。あるいはそこには、おとよの口添えもあったかもしれない。

ともあれ、乾也は〈幕命〉を帯びて長崎へと旅立ったのであった。

「……うそみたい」

「ははは、嘘ではない、まことの話じゃ。そのあと、今の勝伯爵らが麗々しく海軍伝習所で海軍の稽古をはじめたのじゃが、乾也は、そんなまだるっこしいことやっていられるか、と半年ほどで江戸に戻ってきてのぅ、幕府にすぐにでも船を造らせてくれ、と願い出たが……さすがに誰も真に受けなかった」

「……でしょうねぇ」

「ところが、それを聞きつけた仙台藩が、乾也を呼んで洋式軍艦を造らせたのじゃ」

豊は、信じられなくて首をかしげた。もし本当だとしたら、仙台藩というのは相当に懐が深いというか、あるいはよほど切羽詰まっていたかのどちらかとしか考えられない。

「安政三年に建造の命が下って、乾也は惣棟梁になってのぅ、出来上がった船は試運転を重ね、安政六年には品川沖までやって来た。当時の江戸では、黒船の再来かと大騒ぎになったものじゃ。スクーナー型で大筒十二門を搭載した立派な洋式軍艦やったよ。その名も開成丸という」

「……ほんとにできちゃったんですか」

「勝さんは面白くなかったやろうね。海軍伝習所の者たちが軍艦を造るよりもずっと前に、陶工ふぜいが、わずか半年聞きかじっただけで、洋式軍艦もどきを造ってしまったのじゃから……だから、日本海軍の正史には、開成丸のヵの字も出てこない。日本海軍史は、勝さんの歴史じゃからのぅ」

「それにしても本当に海に浮かんだ、っていうのがすごいですね」

「ははは、進水式のとき、乾也は水夫(かこ)たちに揃いのウサギの半纏(はんてん)を着せたそうじゃよ」

「ウサギ？」

「ほれ、カチカチ山の泥舟(どろふね)にならぬようにさ」

「まぁ……」

どこまで本当の話かわからないまま、豊は笑った。

「……すごい人だったんですね」

豊は、思わずため息をついた。

「あの、松浦先生の最初の奥さんって、その三浦乾也の妹だって……さっき、聞きました」

「うむ、そんなこともあったかのう……」

松浦老人は、額の汗をぬぐうと、ふと大川の川面(かわも)を眺めた。

乾也が洋式軍艦建造のために仙台に行っていたときのことである。

射和の竹川竹斎から、江戸に出てきているので会いたいという連絡が武四郎の元に来た。

武四郎は、銀座にある竹川家の江戸屋敷を訪ねていった。屋敷の廊下を歩いているときに、ふっと通りかかった座敷をのぞくと、法衣をまとった……尼僧なのだろう、頭のかぶり物を取った髪は、妙な具合に伸びて、その横顔が妙になまめかしい。気付いた尼僧は、あわてて髪を隠したが、その様子に、武四郎は何か見てはいけないものを見てしまったような気分になった。

待ち受けていた竹斎から聞いたのは、信じがたいような話であった。

もともと射和で産業を興し、民の生活を豊かにしようと考えていた竹斎は、久しく絶えていた萬古焼を復活させようと、窯を作り試作を重ねていた。だが、そう簡単にはいかない。あるとき……不思議な話なのだが、竹川家の家の前に珍しい形の月琴を弾く門付けがやってきた。みすぼらしい老人が、その月琴を弾き、連れの若い女が細い声で歌を歌っていた。

竹斎が屋敷に招き入れると、曲が終わったあとで老人がふと庭の窯を見て、「焼物を作っているのか」と問う。萬古焼を作っているがなかなかうまくいかない、というと、老人は不敵な笑いを浮かべ、それならば私が作ってみましょうか、という。

その老人こそ、乾也たちを置いて失踪した養父吉六のなれの果てであった。

門付け芸人に落ちぶれたとはいえ、吉六はもともとは陶工である。吉六は、そのまま射和に住みついて、射和萬古復興につとめることになった。

そのとき……一緒にいた若い女というのが、十五のときに一緒に家を出た乾也の異父妹の加代であった。すでに三十に近いはずなのに振り袖を着て、まるで娘のように見えたという。

吉六と一緒に射和に留まることになった加代は、ある日、ふらっと家を出ると……夕方帰ってきたときは、ざっくりとその髪を切り落としてしまっていた。

「髪切りにでもあったのか」と、竹川家の人々は驚いたが、加代は首を振った。もともと口数の少ない娘であったらしい。ポツリポツリと語ることには、この薄幸の娘の唯一の楽しみは神仏を詣でることであり、里の人に聞いて出かけていった丹生神社で……ここは、女人高野とよばれた丹生大師が隣接してあり、その社の格子に、女の髪が黒々と結わえ付けられているのを見た瞬間、加代は衝動的に、いつも懐に忍ばせていた短刀で自分の髪を断って奉納してきたというのである。

「江戸に帰って、尼になりたい」

ポツリと言う加代の姿に、吉六は何も答えなかった。

十五のときから、養父と共に諸国を放浪し、精も根も尽き果てていたのだろう。

それで、竹斎は、このたび江戸に来るに際して加代を同道してきたという。

「先ほどの……」

蓬髪(ほうはつ)の尼さんは、松坂から旅を続けて髪が伸びた状態の加代であったらしい。

「あの娘は、水戸の老公のお手がついてできた子だと、本人は言っておるのだが……」

竹斎も半信半疑の様子で、まずは兄の乾也に引き渡そうと連れてきたのだった。

「水戸の……」

武四郎は、口の中でその名を反芻(はんすう)した。水戸公は艶福家として知られており、正式に認められているだけでも男女とりまぜて三十人以上の子がいるといわれていた。

武四郎が、乾也は洋船建造のため仙台に出張しているという話をすると、竹斎は大いに驚いた。もともと竹斎は勝海舟の金銭的な庇護者であり、海軍についても、海舟の海防案は、もとはといえば竹斎の構想だったのである。

「そのような陶工上がりの造船技術者の話など、聞いたこともないぞ」

驚く竹斎の前で、武四郎は思わず苦笑した。たしかに、当時は仙台藩が海に浮かぶ船を造ることができるのか、誰もが半信半疑……というか、ほとんどの人々には本気にされていなかったのである。

「水戸藩ならば……」

武四郎は、すぐに加藤木を呼び出して、誰か家中の者の養女にでもしてもらうことはできないだろうか、と相談した。

「……なんと」

加藤木は、加代の顔を見るなり言葉を失った。

「……殿と面差しがそっくりだ」

これには、武四郎も竹斎も驚いた。どうやらご落胤の話は本当かもしれなかった。

「たけさん……」

突然、加藤木は思いついたようである。

「どうだ。おまえさんが、もらったら」

「え？」

犬猫の子をやり取りするように言うので、武四郎は一瞬耳を疑った。

「そうや、武四郎。おまえ、いくつになった？ もういつまでもフラフラしている年でもないやろ」

竹斎までそんなことを言い出した。

たしかに蝦夷地の探険も『蝦夷日誌』にまとめ上げて、何かひとつけじめがついた気持ちにはなっていた。身を固めたら、と周囲の者が言い出すのも当然であった。

「うん……」

武四郎は、願人坊主のように伸びた断髪の加代のうなじの美しさを思い出していた。

しかもあの丹生神社に……。何か不思議な縁でつながっているような予感がした。

武四郎は、十七で故郷を飛び出す前に、竹斎に連れられて、丹生神社と丹生大師を訪れたことがある。あのときに、社の格子の桟のところにくくりつけられた女たちの髪の毛のことを、武四郎は鮮明に覚えていた。

あれは、女の決意の場所でもあったのか。

ふとそのとき、武四郎は、加代を娶りたいという気持ちになった。

ところが、加代は、頑なに俯いている。

「煩悩は、髪と一緒に丹生に捨ててきました」

長いこと旅暮らしをしてきたので、懐かしい江戸で一人静かに暮らしたいという。

「それならば、ちょうどいいぞ」

加藤木は、快活に笑った。

「武四郎は、いつも旅に出てしまうので、のんびり仏いじりでもしながら留守宅を守っていればいいのだ。こういう男には、一人は寂しいという女はだめだ」

竹斎も、すっかりその気になって盛んに勧めた。

「加代さん、この男は、体は小さいが頑強や。しかも、入れ込むのが物の蒐集やら、調査やら、記録することばかりや。こういうのは女には入れ込まへんから、無用の心配をせんでええぞ」

竹斎は、武四郎の資質をよく言い当てていた。武四郎は、褒められているのか、けなされているのかよくわからなくなって困った顔をして聞いている。

ふっと、加代は武四郎を見つめた。年は二十七と薹が立っているが美しい。そういう武四郎の方もすでに三十六であるから、年回りは釣り合いがとれていた。

「……では、髪が伸びましてから」

消え入るような声で、加代は答えた。

髷が結えるようになるまで、どれくらいかかるのだろう、と一瞬思いながら、武四郎はこみ上げてくるうれしさに、思わず笑った。

結局、髷が結えるようになるまでは待ちきれず、元結が結える長さになったところで、加代は付け髪で髷を結って、二人は普段着のまま、仙台から駆けつけた乾也と、友人たちに囲まれてささやかな祝言を挙げた。乾也は思いがけない展開に、実際の武四郎と加代の姿を見るまでは、現実のこととして信じられなかったようであった。出奔した養父が、武四郎の故郷の恩師の元で作陶をはじめ、義妹が、あろうことか武四郎の女房に納まることになってしまったのである。

だが同時に、乾也が、祝言の席に同席していた竹川竹斎と懇意になったことは、仙台における開成丸建造にとっては僥倖であった。竹斎は、先に述べたとおり、当時、日本においてはもっとも海防に詳しい男だった。

「陶工ふぜいに……」と、乾也はよく言われたが、その成功の裏には、射和萬古復興に名を残した陶工吉六を通じて、竹斎からの技術的な支えもあったのだろう。

「おお、ちょっと小用を思い出したから、お豊ちゃん、わしはここで」

と、松浦老人は話の途中、吾妻橋まで来ると突然そう言って、そそくさと脇の道へと消えていった。

その最初の妻と、どうして別れることになったのか、とうとう豊は聞けずじまいであった。

暁斎の家には、錺職人がよく出入りしている。簪や櫛の意匠を暁斎に頼みに来るのである。豊は、乾也にもらった陶製の玉を簪にしてもらおうと出入りの錺屋に見せた。

「おや、乾也玉でござんすね」

柳橋でも、新橋でも、粋を売りものにしている芸者衆は、この頃みんな乾也玉の簪を挿しているという。

出来上がった簪を豊はそっと髪に挿してみたが、鏡に映してみるとなんだか老けてみえるような気がした。それでも、慣れてくると不思議に馴染んで飽きがこない。そのへんが乾也玉のもてはやされる理由なのかもしれなかった。

しばらくして、乾也の人形……〈妙楽菩薩像〉が焼き上がったと連絡が入り、今度は暁斎と一緒に豊は向島に出かけた。

乾也のところに行けば、酒になることはわかっていたので、その前に近くの言問団子で団子を食べた。豊は、桜餅も好きだが、この言問団子も大好きだ。さすがにいっぺんに両方は食べられないので、今日は、言問団子を食べようとくっついてきたのである。

この店では団子の皿には、都鳥と〈こととひ〉という字が描かれている。乾也が絵付けして焼いた楽焼だ。

かつて洋式軍艦を造って、仙台藩の作事奉行格にまでなった人が、また元の陶工に戻って団子皿を焼いている……豊は、なんだか不思議な気持ちになって、団子を頬張りながら都鳥の描かれた皿を見つめた。

「お父つぁん、知ってた？　ご隠居さんの最初の奥さんって、三浦乾也の妹だったんだって」

「えっ、そうなのか？」

暁斎も知らなかったらしい。驚きのあまり言葉に詰まって、黙々と団子を飲み込んで音をたててお茶を啜った。

乾也の工房にやってきた暁斎父娘が中を覗き込むと、入口近くの土間で、小さな男の子が熱心に蠟石で床に絵を描いていた。

「おやまぁ……ヘマムショ入道」

いわゆる〈へのへのもへじ〉のように、〈ヘマムショ〉とカタカナを並べると、入道の横顔になるので、ヘマムショ入道という。昔から塀や厠の悪戯描きによく見られる絵だ。

「あっ、満公、なんじゃ、こんなヘマムショ入道ばかり描きおって……」

暁斎の呼ばわる声に出てきた乾也は、まず土間の悪戯描きに気付いて大声を上げた。

「……まんこう？」

「このガキゃあ、おれの孫の満吉だ」

乾也はいつもの仏頂面で答えた。

〈満吉〉なので〈満公〉と呼ばれているらしい。正式には、乾也の養子の子なので血はつながっていないが、「養子の子だから、おれが名前をつけるのが当然」と、誕生の報を聞くやいなや駆けつけた乾也に〈満吉〉と命名されてしまったというのである。

「ははぁ、鈴木鵞湖の孫ならば、筋がいいはずだ」

松浦先生の親友の鈴木鵞湖は、幕末の頃、山水画や人物画で知られた絵師であった。息子は、この乾也の養子となっている。

「満公には、女房の石井の家を継がせるんだ」

変わり者の乾也でも、人並みに孫は可愛いようであった。

「さすがに満公ちゃん、おじいちゃんやお父つぁんの血を引いて、絵が上手だねぇ」

豊はしゃがみ込むと、どやしつけられてコソコソと描いた絵を手でなぞって消している満吉の頭を撫でた。

満吉のヘマムショ入道は、子供の書いたものとは思えないほど、字配りがよくて立派な入道の横顔になっている。

たしか松浦先生の家にも、満吉の祖父の鵞湖が戯れに描いたヘマムショ入道の絵があった。いつもは美しい絵を描くことで有名だった鵞湖も、なぜか松浦老人の前では好んでヘマムショ入道を描いたものだという。ヘマムショ入道は〈ひまむし入道〉ともいって……『うかうかりと暇を盗みて一生を送る者は、死してもその霊が〈ひまむし入道〉となって、灯の油をねぶり、人の夜なべをさまたげる』ともいう。松浦老人は話し好きで長っ尻なので、親友の鵞湖も辟易（へきえき）してそんな絵を描いたのだろうか。

「ところで、あの松浦先生は弟なんだそうですね」

と、曉斎はぶしつけに乾也に尋ねた。

「ああ、そうだよ」

乾也は、もう茶碗を二つ並べて酒を注いでいる。二人とも酒好きだから、すぐにでも酒盛りをはじめるつもりのようだ。

それにしても松浦老人も相当変わっているが、この老陶工もずいぶんと変わっていた。類は友を呼ぶというが、まさに曉斎もその奇人の輪の中にぴったりと納まる人物なのだろう。

風変わりな職人も、アイヌも、お大名の殿様も……松浦先生は誰とでも対等に付き合う。そこが松浦先生の人物の深みであるのかもしれなかった。

「あれは、祝言を挙げた何日かあとのことだったなぁ。おれは、また仙台にとって返さなきやならなくて、タケは、千住まで見送ってくれるというので……奴さん、御徒町の鷲津毅堂の家の隣に新居を構えていたんだ。二人で歩いていると、あれはどこだったか……浅草を抜けて吾妻橋を渡ろうとしたときだったか……向こうから来た男が、すれ違いざまに、『気をつけな』と声を掛けてきたんだ。振り返ると、『おまえの女房もアイヌのメノコのようになる』って吐き捨てて……なんだか気味の悪い男だったよ」

二人は、一瞬、何のことかわからず、何もなかったようにそのまま歩き続けたが、武四郎はだんだんと黙りこくって、しだいに歩き方が遅くなり、突然、引き返そうとした。

何かいやな予感があったのか、乾也が聞いても何も答えずに、武四郎は足を速めて家へと戻ってゆく。不安になった乾也も一緒に戻ったという。

松前藩の妨害や嫌がらせは、今までも幾度となくあった。だが、まさか累が家族におよぶとは、武四郎もそのときまで考えもしなかった。

二人が息を切らして家に駆け込むと、

「どうなさったんです？　何か忘れ物でも……」

と、仏壇から取り出した真鍮仏を磨いていた加代は驚いたように顔を上げた。

「……ああ」

武四郎は、その姿を見て腰を抜かしたようにホッとしてへたり込んだ。よほど慌てていたのか、履物をはいたまま上がり込んでいた。

「なんだよ」

乾也は思わず苦笑して、やれやれとまた来た道を戻り、仙台へと戻っていった。

その数日後のことである。その日は、武四郎も家にいた。というより、隣家の鷲津の家で毅堂と歓談し、毅堂の妻が蕗を煮たというので、その煮物の皿を手にしたまま家に戻ると、あたりがシンとしている。夕闇で暗くなっているというのに、火の気がなかった。

「……加代？」

暗い部屋に入った武四郎の足元に、加代が倒れていた。

「加代！」

加代の着物の裾は乱れ下半身は剝き出しのまま、首には腰紐が巻き付けられ息絶えていた。武四郎が何も知らないまま毅堂と歓談しているその隣の家で、声もなく何者かに加代は犯され殺されていたのである。

「おれが仙台に帰り着くと、追いかけるように便りが来て、加代の死んだことを知った。あれからタケの奴は……変わったよ」

事件から数日を経ずして、武四郎の姿は江戸から消えた。

旅の中でしか……歩くことでしか、心の傷は癒えなかったのか……。

そののち武四郎は、この妻の件をいっさい語っていない。記録に残そうともしなかった。思い出したくもない痛恨事であったのだろう。

武四郎は、また独り身に戻った。旅がまた日常になった。

そして、著述の中では以前にも増して、激しく松前藩を糾弾した。

蝦夷地のことを世間に知らしめることは、松前藩の現状を暴くことと表裏一体であった。

誰も踏み込まなかったところにまで、武四郎は以後ますます執拗(しつよう)に分け入っていくようになったという。

「……てめえの痛みとして何かを悟ったのかもしれねぇな」

茶碗酒をあおると、乾也はポツリと呟いた。

乾也の焼き上げた〈妙楽菩薩像〉は、唐風の着物を着た男が、酔っているのか夢を見ているのか酒樽に寄りかかっている。

荘子にいう……。

夢飲酒者　旦而哭泣
方其夢也　不知其夢也

（夢の中で酒を飲んで楽しんでいた者も、朝には悲しい現実に声をあげて泣いている。夢みているときは、その夢が夢であることを知らない）

のちに、この人形の箱書きには〈隣翁〉こと小野湖山の筆で、次のように記された。

三浦乾也一代名工也　北海翁命造此像　又使曉斎加彩蓋可謂無雙
酒佛徒弟　湖山居士拝題

「加代が殺される前に……仙台に戻る前のことだ。一度だけタケと加代の新所帯(あらじょたい)の様子を見に行ったっけ……独り身の長かった男と、旅暮らしの長かった女が、取り膳(とぜん)で額を寄せ合うように飯を食っていてさ、ままごとしているみたいだったなぁ」

朝から飲んだくれている老陶工は、そんなことを思い出して小さく笑った。

帰る頃には暁斎は足元もおぼつかないほど酔っていたので、豊は、この〈酔仏〉の人形を大事に抱えて家路についた。

男の人は、妻が死んでも、なんでもないみたいな顔をしているのが、豊には不思議だった。亡くなったら、また別のをもらえばいい、と思っているみたいだ。

男とはそういうものだ、という暗黙の了解が、世間にも本人にもあるような気がする。それが、豊にはなんだか理不尽な気がする。

暁斎も、最初の妻を病で亡くして、豊の母を後妻に迎えた。

男は、それなりであればいくらでも後妻は見つかるという。

「早く嫁にいかねぇと、おまえも後妻の口だぞ」

と、口の悪い暁斎は、このごろよく豊にそんなことを言う。

後妻にいくくらいならば、ずっと一人の方がまし、と豊は思う。

加代の墓はどこにあるのだろうか。今も詣でる人はいるのだろうか。

どんな風に生きたのか、お墓がどこにあるのかもわからない女の人が、世の中にはごまんといるのだ。そうした女たちの生きた証しは、どこにも残らない。

……あたしには、絵がある。絵が残る。残るような絵を描きたい。

道端で立ち小便している曉斎の丸めた背中を見ながら、豊は胸の土人形を抱きしめたまま

ふとそんなことを思った。

この妙楽菩薩の焼物に曉斎は細かく丁寧な彩色をほどこして、出来上がったものは、豊が

松浦先生の家まで持参した。

その日、柳の揺れる神田五軒町の屋敷の前の道で、小柄な白髪の老人とすれ違った。

老人はジロリと豊の頭を一瞥すると、「ふん、素人が粋な簪を挿しているじゃねぇか」と

せせら笑って行き過ぎた。

豊は咎められたような気がして、ちょっと悄気ながら松浦先生の家に入ると、まだ玄関先

には客を見送ったばかりの先生が突っ立っていた。

豊が、髪から乾也玉の簪を引き抜きながら、表でへんなお爺さんに声を掛けられたことを

話すと、松浦老人は屈託なく笑った。

へんなお爺さんの正体は、勝海舟伯爵だった。

「ははは、『乾也憎けりゃ、玉まで憎い』ってことかね」

今日は、勝伯の来訪があったためか、珍しく松浦先生の奥方がしずしずと家の奥へ戻って

ゆく後ろ姿が見えた。

勝海舟の編纂した『海軍歴史』という黎明期の日本海軍についての記録に、三浦乾也の名はどこにもなく、開成丸も〈邦製諸船〉の欄でなく、仙台藩の諸侯船譜欄にその名を小さく記されているだけである。

歴史というのは、生き残った人の……そして、今、生きている人のものなのだろう。人は自分に都合のいいことしか書き残さない。歴史というのは、そうした記憶が重なりあってできた蜃気楼のようなものだ。

いち早く洋式軍艦を造った人の名は記憶の海の底に沈み、松浦先生の最初の奥さんも、人々の記憶から忘れ去られ、いつしか〈なかった〉ことになってしまうのかもしれない。

豊は、乾也玉の簪を髷に挿し戻しながら、世間を漂うように生き、そして陽炎のように消えてしまった美しい女の人に思いを馳せた。

七、武四郎、国事に奔走す

明治十八年（一八八五）の正月のことであった。絵師河鍋暁斎の家には年賀の客が次々とやって来るので、家の者はその対応で新年早々てんてこ舞いである。

「ところで、周さん……かの松浦武四郎先生の涅槃図はどうなった」

暁斎のことを、本名の周三郎から「周さん」と呼ぶのは、條野採菊という新聞記者だ。旧幕の頃から山々亭有人という名で人情本などを書いていたが、時代が変わって今は新聞社を興して自らも記事を書いたりしている。

「ちぇっ、伝平よぅ、正月からいやなこと思い出させるんじゃねぇや。相変わらずよ」

條野とは二十年来の付き合いの暁斎は、一つ年下の採菊のことを本名の「伝平」と呼び捨てにしている。

「こっちはのらくらやっているんだが、先生からは早くしろと矢の催促さ。ありゃ、当分は死なねぇな」

「ははは、死んじまったら手間賃もらいそこねるぜ」

などと、正月から縁起でもないことを言い合って大笑いしている。

「ところで、周さんよ。その松浦先生が幕末の頃、〈唐人お吉〉を京に連れて行った、っていう噂を耳にしたんだが……そんな話、聞いたことあるかい？」

黒船来航後、下田のアメリカ領事館で、ハリスの相手をしていた〈唐人お吉〉は、ハリスの帰国後下田にいられなくなったところを松浦武四郎に助けられ、共に京に上ったのちに、お吉は祇園の芸妓となり松浦武四郎の片腕として開国のために奔走した……という内容の噂を聞いたと條野は語るのであった。

「ええーっ、なんだそりゃ。聞いたことねぇや、そんな話。だいたい、あの先生は探険家だぜ」

「いやさ、そんな昔話を下田の古老から聞いたもんでね。今度、本人に会って裏を取りたいんだけど」

「おおーい、豊!」

台所で立ち働いていた娘の豊は、暁斎に呼ばれて座敷に飛んできた。気はしがきくので、燗をつけた銚子まで持ってきている。

「おめぇ、松浦先生から、そんな話きいたことあるか?」

豊は首を振った。だいたい、〈唐人お吉〉という名前さえはじめて聞いたくらいだ。

「はぁ、もう今の若い娘は、〈唐人お吉〉も知らねぇか」

條野は嘆息した。

「おい、豊。今度、松浦先生に会ったら、めぇ、〈唐人お吉〉のことを聞いてみな」

「えっ、あたしが?」

「そうよ、めぇは松浦先生の気に入りだ。何か聞き出せるかもしれねぇぜ」

暁斎は、豊の肩をつつくとちょっと自慢げに笑った。

「あのな、伝平よ。松浦老人は、俺たちの前ではすましてやがるが、なんか豊の前では、まぁ、ペラペラよく喋るんだぜ」

「ははは。花街で半玉相手に喋り込んでいる爺さんがいるが、そのクチかね?」

「年を取るとアクが抜けて、女口説くより、半玉に昔話する方が楽しくなるのかねぇ。まったく、年は取りたかねぇや」

年頃の娘を前に、あけすけに語ってガハハと笑っている。朝から飲んでいるから、二人ともすでにそうとう出来上がっているようであった。

その数日後、豊は、上野の護国院(ごこくいん)でばったり松浦先生と出くわした。

護国院は大黒天を祀(まつ)っている。年が明けての最初の〈甲子(きのえね)〉の日は大黒様のご縁日で、この日、近在の人々は家にある大黒像をそれぞれ持ち寄って、加持祈禱(かじきとう)により自分の家の像に活力を注入してもらうのだ。

豊の家にあるのは、暁斎が昔、雑司ヶ谷(ぞうしがや)の護国寺からいただいてきた〈将軍大黒〉という黄銅製の憤怒(ふんぬ)の顔をした古い形の大黒像で、右手には金嚢(きんのう)、左手には宝棒(ほうぼう)を持って臼(うす)の上に座っている小さなものである。

時間よりだいぶ早くに寺に着いた豊は、懐に大事に入れてきた大黒様を取り出し寺の者に預けた。

すでにやって来た人々の持ち込んだ大小様々な大黒様たちは、行儀よく並んで加持祈禱が始まるのを待っている。

「おおーい!」

大声で呼ばれて振り向くと、お堂の端の方に松浦老人がちょこなんと座っていた。

「松浦先生、またずいぶんと早いですね」

今日は、松浦老人は中年の男を連れている。

「一雄、こちらは、絵師の河鍋暁斎の娘御のお豊ちゃんじゃ」

「……いつも父がお世話になっています」

紹介されたのは松浦老人のひとり息子の一雄であった。

「まぁ、倅さんとご一緒なんて珍しいですね」

豊がニコニコすると、一雄はやれやれという表情で父親を見た。

「一雄は、大阪の造幣寮で貨幣を作っておる」

松浦老人は、ちょっと得意そうに言った。自慢の息子であるらしい。

「……まぁ、お金を」

「いや、お金ではなくて……金貨や銀貨などの型を」

「お金の型？」

「私はもともとは、彫金家なんです。それが師匠が造幣寮の仕事を引き受けることになって……」

「一雄の師匠は、加納夏雄先生じゃ」

またまた老人は誇らしげに背を反らした。

「……加納夏雄！」

豊でさえその名は知っていた。

彫金の世界では、暁斎の元に出入りしているような、簪などを作っている錺職人は下に見られていて、なんといっても刀の鍔や目貫など……いわゆる〈三所もの〉といわれるものを作る彫金家の方が上なのである。なかでも加納夏雄は明治天皇の御刀金具の彫刻を命ぜられるほどの当世最高位の彫金家であった。

「一雄は、子供の頃からおとなしい子でのぅ……」

それは、このうるさい親父の前では、自然おとなしくもなるだろう、と豊は聞きながら、この苦労人らしい色白の倅さんがちょっと気の毒になった。

「これは、手に職を持たせておいた方がいいだろう、と……まだ旧幕の頃の話じゃ、加納夏雄先生にお預けしたのじゃが……」

ほどなく幕府は瓦解して、廃刀令と共に夏雄の仕事は激減した。

「まさか、刀がこの世からなくなるとは……あの頃は、誰も考えませんでした」

一雄も、感慨深くため息をついた。

「それにしても、あの加納夏雄によく弟子入りできたものですね」

「うむ。束脩をはずんだからのぅ」

加納夏雄という人は吝嗇で有名で、布団の下には小判を敷いて寝ているらしいという噂がまことしやかに囁かれていたほどである。

明治になって刀の需要はなくなったが、彫金の超絶技術は思いもかけぬところで発揮されることになった。

日本ではじめて硬貨を発行することになったとき、万事お雇い外国人の技術指導を仰いでいた中で、せめて金属彫金だけは日本人の手で……と、時の会計官副知事大隈重信の決断によって、加納夏雄に白羽の矢が立ったのである。以降、貨幣の図案と彫刻はことごとく夏雄とその一門の手によって製作されることになった。

それにしても、父親の松浦老人が小柄で頑丈そうなのに対して、息子の一雄はひょろりと背が高く、まったく似ていない。

それもそのはず、この息子は松浦老人にとって養子であった。

「一雄の父親は、水戸でも名の知れた志士だったのじゃ」

松浦先生の養子の一雄は、水戸藩士加藤木賞三の三男であった。松浦老人に結婚を勧めた親友の加藤木である。ふたたび独身に戻った松浦先生に、加藤木はちょうど妻が懐妊中であったことから「男の子ならばおまえの養子にしろ」と言いだし、約束通り松浦老人は養子に迎えたのであった。いわば、二人の間の友情の証しのような存在だったのだ。

加藤木の妻である一雄の母親は、のちに甥が井伊家に間者として入り込みその内情を探ったときの連絡係をかって出たという烈婦である。その情報によって井伊家の警護が厳しいことを知ったことから……かの桜田門外の変は登城中を狙って企てられたのだともいう。

豊はそのとき、あっと思い出した。

「松浦先生、〈唐人お吉〉って知ってますか？」

「ああ、知っておるよ」

あまりにあっさり言うので、豊は驚いた。

「えっ、本当にお吉さんと開国のために奔走したんですか？」

「いやまさか……今でこそ、こうしてアメリカやロシアと平気で付き合うておるが、当時、いきなりアメリカが黒船で大砲を轟かせてやって来たのじゃ。いつ攻め込まれるか、いつ戦争が始まるかと、開国などもってのほか、誰もが攘夷を唱えておったものじゃよ。あのときの切迫感は、いまのような生ぬるい世の中では、想像もつかぬことやろう」

松浦老人は思わず嘆息した。

ペリーが黒船四隻を率いて浦賀沖に現れたのが、嘉永六年（一八五三）六月三日、武四郎三十六歳のときである。

「その十日ほどあとに、吉田寅次郎という男がわしの家を訪ねてきた」

「……吉田寅次郎？」

「吉田松陰じゃよ」

「ええっ！」

吉田松陰は、長州出身の有名な幕末の志士だ。

「松浦先生、吉田松陰とも友達だったのですか？」

「うんにゃ。そのときが、初対面じゃった。いきなり面識もないのに訪ねてきたのじゃ」

当時、松浦武四郎という名は、すでに蝦夷通として諸侯志士たちの間に知れ渡っていた。

松陰は、武四郎に会ったときの第一印象を次のように記している。

……松浦武四郎、一奇人なり。

寅次郎という名のとおり、吉田松陰は武四郎と同じ寅年の生まれ、ちょうど武四郎より一回り年下だったが、すぐに、「最も善く吾徒の心事を諒する者は松浦氏なり」と意気投合した。

……蝦夷地の開拓。

という言葉が松陰から出てくるようになったのも、武四郎と出会ってからである。

外夷に対する具体策……海防論と、北辺の警備と蝦夷地の開拓は一緒に語られるようになると、そこから蝦夷通の武四郎の名前は志士たちの間に一気に広まっていった。

一方で、武四郎は、加藤木賞三を通じて、吉田松陰を藤田東湖に紹介した。この出会いが、のちの水戸と長州の志士たちの間で交わされる〈成破の盟約〉（水戸が「破」……破壊行為を行って世の中を混乱させ、長州がそののち「成」……正しい世の中に作りかえてゆく、という約定）の原型になったといわれている。

松陰が武四郎を高く評価していたことは、江戸の武四郎を訪ねたその年の夏に記した『急務条議』の第三条の記述からも見て取れる。

……執政ノ各官ハ宜シク天下ノ士ニ交ハリ、天下ノ事ニ通ズベキ事。方今天下ノ士、吾ガ知ル所ヲ以テスルニ、佐久間修理（象山）、藤森恭輔（天山）、羽倉外記、古賀謹一郎皆名家ナリ。桜任蔵、斎藤弥九郎、松浦武四郎等皆亦交ハリテ益アリ……。

時代は大きく動いていた。ペリー来航の騒動のさなか、十二代将軍家慶が急死した。死因は熱中症ともいう。

そのような世情不安定な中で、一介の探険家であった武四郎は、この時期から日本を夷狄から守ろうという攘夷論者たちの活動に巻き込まれてゆく。

その年の八月、親友の町儒者鷲津毅堂から呼び出しがあった。

十三代将軍となった徳川家定に対する宣下に際し、国体を辱めざるようにとの〈攘夷の勅命〉の沙汰書が下されるよう朝廷に請願する計画が、藤田東湖を中心に立てられていた。鷲津は武四郎に、その密使として上洛して欲しいというのだった。

武四郎は身軽である。

さっそく藤田東湖たちの密書に加えて、その企てを耳にした吉田松陰の『急務策』などを油紙に包んで背負い、京へと向かった。万が一のことを考えて東海道は通らず甲州街道を信濃経由で西へと向かった。足が速く旅慣れている武四郎は使者にうってつけだった。

武四郎はまず伊勢に入り、師である平松楽斎と親しかった伊勢の神職足代弘訓より三条家などへの添書を書いてもらった上で京に潜入した。

京の同志の中には、かつて江差で出会った頼三樹三郎の姿や、のちに安政の大獄に連座する梅田雲浜、勤王詩人の梁川星巌などもあった。

武四郎は、将軍宣下の勅使として江戸に下る予定の武家伝奏の坊城俊明、三條実万たちに働きかけ、請願聴許の内報を得たのちに江戸へと戻った。

「なんだか、維新の英傑揃い踏みの舞台に躍り出たような感じですね」

豊は、軍談でも聴いているような心地がして、ほーっとため息をついた。

「たしかに当時は、時流の坩堝におるようなもんやったかもしれんが……わしは、どうもあの志士というものに馴染まんようじゃった」

「……でしょうね」

松浦老人からは、口角泡して議論を戦わせる〈志士〉という印象はまったく感じられない。

「とにかく……みな生国が違うから、お国訛り丸出しで言葉が通じぬのだ。水戸など江戸に近いようでいて、何を言っているのか、さっぱりわからん」

「ああ、薩摩の人たちもひどいですよね」

「薩摩もわからんのぅ。筆談する者もおったほどじゃ」

当時、志士たちの間で漢語が流行ったのは、それが彼らの間の唯一の共通言語だったからである。

若い頃から諸国放浪していた松浦老人でさえ言葉の聞き取りには苦労したらしい。

「みな言葉が通じないから、自然と大声になる。そのうち酔ってくると、今度は大声で詩を吟じたりするから、まぁやかましいもんじゃ」

「詩吟ですか」

豊の周囲にいる職人たちは、酔えばヤンレー節やら時節の流行歌を手拍子で歌い出すのが常だから、やはり志士ともなると趣味も高尚だ。

「……先生も好きですよね」

「うむ……少しはな」

実は、松浦先生も酔うと謡などを唸りはじめるクチであった。

「志士というのは威勢がええもんじゃ。大声で朗々と歌いだす。するとだな、たいてい、刀を引っこ抜いては剣舞をはじめる輩が出てくる。なんでだか、あやつらは剣舞が大好きだったのぅ」

「……剣舞」

「うむ。狭い座敷で鋒を柱にぶつけて刃をこぼしたり、まったく危なくていかん。こっちで剣舞をしているかと思うと、向こうでは口論がこうじて取っ組み合いの喧嘩がはじまったりする」

「賑やかですねぇ……要するに血の気が多いってことかしら」

「そうそう、血の気が多い。それで、たいがい最後は、泣くんじゃな」

「……泣く？」

「志士というのは、すぐに泣く。悲憤慷慨して、泣く。感激して、また泣く。喧嘩して、泣く。仲直りして、また泣く。まぁ、とにかくよく泣く」

松浦老人は、腕を目に当て天を仰ぎ、号泣する真似をしてみせるので、豊は思わず声を立てて笑った。

松浦老人は、どこか醒めた目で彼らを見つめていた。一緒になって酔えない観察者の視線が、探険家の松浦武四郎にはいつもついてまわっていたのだろう。

「かの者たちは、それだけ純粋じゃった。今思うと、本当にみな若かった」

松浦老人はしみじみと述懐した。

「……ところが、わしが上洛している間に、奇妙な噂が江戸では流れていたのだ」

「噂？」

「なんともはや、それは根も葉もない噂からはじまったことでのぅ。『松浦武四郎は、鷲津たちと水戸斉昭公の名をかたり、京都に〈錦の御旗〉をもらいに行ったという。まことにけしからん、江戸に入る前に召し捕らえご公儀に差し出すべし……』と騒ぎ出した奴がおって、わしは待ち伏せされておったのじゃ」

噂は江戸中を駆け巡った。

『松浦武四郎、錦の御旗を賜りしこと発覚し、逮捕収監され、昨夜箱根の宿まで到着』

という流言まで飛んだと記した資料もある。

驚いたのは加藤木賞三らである。あちこち奔走して誤解を解いてくれたので、何も知らないまま、武四郎は江戸にノコノコと戻ってきた。

「それにしても、〈錦の御旗〉とは、『太平記』の昔じゃあるまいし、なんと時代がかったことを……と、あとで聞いて、びっくりするやら呆れるやら……そのときは大笑いになったものじゃ。これをのちに、『武四郎の錦の御旗事件』という」

「錦の御旗って、そんな昔から言い出す人がいたんですね」

聞いていた豊も呆れて笑った。錦の御旗といえば、戊辰の戦のときの官軍の旗印だ。

「そういえば……」と、聞いていた一雄は、懐の財布から五円金貨を取り出して見せた。

「ここにも〈錦の御旗〉がありますよ……」

五円金貨の金貨の表には龍、そして裏には錦の御旗が彫刻されている。松浦老人は、ちょっと苦々しい顔になった。

「まったく、ご一新からこっち、なにかと言えば錦の御旗じゃ。いやさ、まさかあのときは、そののち錦の御旗が倒幕の旗印になろうとは、誰も思わなんだろう。だいたい徳川さまがなくなるなんて、考えもせんことじゃった」

明けて嘉永七年（一八五四）は、年末に安政と元号が変わる激動の年であった。

樺太の境界の件について取り沙汰されていた時期だけに、北方事情に詳しい武四郎は、幕府に行動を内偵されていた。相変わらず松前藩にも付け狙われている。あちこちの友人宅を転々としながらも、家人に迷惑がかかることを恐れて、武四郎は水戸屋敷に近い長屋の馬小屋を借りることにした。土間に柱が立っているだけの部屋に畳を三枚敷き、机と本箱、火鉢一つ、あとは土鍋と土瓶だけの生活である。飯も菜も土鍋で煮て、茶碗と箸は食事が済むと机の引き出しにしまっておく。江戸にいても、まるで旅暮らしのような生活であった。

だが、陋屋にも様々な人が訪ねてきて賑やかであったらしい。

「この馬小屋には、藤田東湖までやってきたよ」

「ええっ、藤田東湖が」

東湖は来るなりあまりの貧乏ぶりに呵々大笑した。

……附之一大笑。

と、半切の唐紙にしたためてくれた。

これを壁に貼っておくと、また来た別の人が、

……附之典厩中之一大笑。

と、わざわざ書き加えてくれた。

どのような状況でも、笑い飛ばそうという魂の健全さが武四郎にはあった。それが周囲の人たちをも明るく照らしていたのだろう。

そのような中で、吉田松陰は肥後の宮部鼎蔵を連れて訪ねてきて、海防論を一晩語り明かしたこともあった。宮部は、のちに倒幕の志士の大物の一人とみなされて池田屋事件で新選組に殺害される人物である。

北方事情について、林図書頭や、堀織部正などの幕臣からも呼び出しがある。また、ロシアとの樺太国境問題は、酒井右京亮か太田摂津守が使者に立つらしいという噂があり、その噂を裏付けるように、両侯からも呼び出しがあった。

そのような中で、水戸公からも、この酒井・太田両侯からも、武四郎を登用したいという話は出るのだが、そのたびになぜか立ち消えになるのは、どうやら松前藩の妨害によるもののようであった。

松前藩ではしきりに不穏な噂を流すので、心配した太田侯は、駒込にある掛川藩の下屋敷に武四郎をかくまうとまで言い出したほどだったという。

年明け早々、ペリーは約束通り再び艦隊を率いて浦賀にやって来た。世間はまたまた騒然となり、物価は高騰、武四郎の家には、吉田松陰はじめ志士たちが続々とやって来る。馬小屋の陋屋も、人の出入りであわただしくなった。

二月に入ると、今度は連日、堀織部正やら御目付方の永井玄蕃頭や、川路左衛門尉などの幕閣の要人たちからの招きが引きもきらない。

一方で、松前藩からの圧迫はいよいよ露骨になってきて、この幕閣方にあからさまに中傷讒訴するのだった。

三月になって、堀織部正の家に招かれ、北辺の事情と防備について話をしてきた翌日、前田某と名乗る人物が訪ねてきた。

「それがしは、このたび幕府より蝦夷地の事情調査方、蝦夷国名考定の任を拝命いたした者でございます。願わくは北辺に通暁されるそこもとにより、何かの便宜を与えられたく存じます」

と、慇懃に懇願するので、武四郎、その日は風邪気味であったのを押して出向き、その邸宅で蝦夷地の地形風土を述べること徹夜に及んだ。前田は熱心にいちいち書き留めていた。

だが、のちに武四郎が知ったのは、この前田某が我がもの顔で蝦夷地の地勢を論じ、さらには、

「松浦なるもの妄稽無知、蝦夷を知らざる者なり」

と、吹聴しているという現実であった。

「まったく、太平の世が続いて、徳川の人士も地に落ちたものよと、なんだかがっくりきてのぅ。しかもあのときは、翌日から大熱が出て、家族もなく、ひとりわびしく煎餅布団にく

るまって、薬どころか食べ物にもことかいて、ひもじさもさることながら、一杯の茶を飲むこともできずに、なんともやりきれないことであったよ」

松浦老人は、今思い出しても情けなくなるようで、思わず舌打ちした。

「あのぅ、お世話して下さる女の方などは、いなかったのですか？」

素朴な疑問を豊がぶつけると、松浦老人は、まったく動じることなく、

「ない」

と、にべもなく答えるので、豊はつい笑ってしまった。

「そのときは風邪(ふうじゃ)の熱にうなされ、もはやこれまでかと思ったところに、加藤木が駆けつけてくれてのぅ」

結局、松浦先生は男の友情で一命を取りとめたのである。

「加藤木の父は、お父さんのフンドシまで洗濯したとこぼしていましたよ」

一雄は、そう付け加えた。

それにしても、武士というものは偉いものと思っていた豊は、その陰惨な妨害の仕方に呆れるばかりであった。

一つの転機となったのは、その年の五月であった。浦賀に停泊していたペリー艦隊が下田にまわったという噂が聞こえてきた。

すると、以前より懇意にしていた宇和島(うわじま)藩士より、下田での談判状況を視察して欲しいという依頼が武四郎の元に届いたのである。

武四郎はただちに下田へと急行した。しかし、そこで最初に知った情報は……吉田松陰が、門弟の金子重輔(かねこしげのすけ)とともに停泊中のアメリカ軍艦に漕ぎ寄せ密航しようとして失敗し、囚人として江戸に送られたという話であった。

……まさか、本当に国禁を犯すとは。

武四郎にとって、それは思いがけない現実だった。吉田松陰という男の本性を今さらながら見た思いであった。

……蝦夷地の開拓。

そして北辺の防備、日本の将来、いろいろと語り合い、お互いが一番よくわかり合っていると思っていたはずなのに……一回り年下の〈寅〉は、思いがけない次元に漕ぎ出していってしまったのである。

一方の武四郎は、情報屋として暗躍している。

この頃の武四郎の手紙にいう。嘉永七年一月二十三日付、仙台藩士にあてたものである。

　何事ニ而(て)も其日之事、其四ツ時頃は私方へしれ申候

毎日、夜の十時頃には役所の情報が自分のところには入ってくる……実は、武四郎には、義兄三浦乾也(みうらけんや)との関係から、時の老中首座阿部正弘(あべまさひろ)とのつながりがあった。さらには、風月(ふうげつ)

堂との関係から、お庭番の各家筋……川村家であるとか、その親戚筋の明楽家、さらには村垣家の者と親しく交際していた武四郎は、それぞれ情報のやり取りをしていた。もちろん、武四郎からも下田情報を各方面に流している。

こうしたその日その日の出来事は、日誌のような形で送り、それぞれが回覧したり筆写して情報を共有した。

同じく仙台藩士に宛てた六月十四日着の手紙には、『異船出帆密話』として、

> 極密ニ此度出帆之船、二艘は本国へ行、三艘ハ琉球へ行、夫より広東へ行候由御座候。（略）右極々内対談にて御座候、必極密御洩達御無用

と、当時としては最前線の情報を知らせた。実際、六月一日に下田を去ったペリー艦隊は、帰路琉球に立ち寄っている。ただ、同じ手紙の中で、

> コロツキの私共ハ先々当時三十日も江戸ニ居不申候得共、直ニ不審がかゝり、また飛た評判が出来申候も、又々一笑（略）

などとも書いている。自ら〈ゴロツキ〉と称し情報収集の最前線にいる使い捨ての駒になりかねない危うい立場を自覚して揶揄しているようでもあった。文末には、「御火中奉願候」と、読んだあとは焼き捨てるよう指示している。同月二十四日付には、

> 一、アメリカもいよいよ仲良く相成候、おかしなものに御座候

と、日米和親条約の細則を定めた下田条約の締結の感想を書き送った。攘夷が声高に叫ばれ

ていたこの時代にあって、「おかしなもの」という武四郎の思いは当時の人々に共通の感覚であったことだろう。

武四郎は、このときつぶさに見聞したままを、アメリカの軍艦内部の様子なども交えて、『豆遊日誌』としてまとめ、宇和島藩に報告した。

六月になって、先の伊豆視察の謝礼として五両が入ったので、武四郎は呉服橋近くの借家に引越し、やっと人並みの家を借りることができた。

武四郎はことあるごとに、伊勢の足代弘訓と津の幼なじみの川喜田久太夫には近況を報告していたが、折り返し六月に届いた手紙で、六月十五日に起きた伊賀上野地震では伊勢地方も被害が甚だしかったことを知った。

これが〈寅の大変〉と呼ばれる天変地異のはじまりであった。

一方で武四郎は、この六月から蝦夷、樺太、千島の地図を作成し、水戸老公、仙台侯、藤堂侯、幕閣の川路左衛門尉や板倉周防守などに献上した。

十月、プチャーチン率いるロシア艦隊が下田に来たというので、幕府の要人が出張することになり、武四郎は今度はその配下として下田に向かうことになった。

「この二度目の下田では、大変なことが出来したんじゃ……」

日露間の談判は、十一月三日に第一回が開かれ、翌四日に第二回の会合が持たれるはずだったのだが、その朝……。

大地震が下田の町を襲ったのである。

武四郎は咄嗟に外に出た。

はじめはさほどの被害のようにも見えなかった。が、しかし、ほどなく未曾有の大津波が押し寄せ、下田の町を呑み込んでいったのである。

一瞬のうちに下田の町は全滅した。

このときの様子を、武四郎はのちに足代弘訓に宛てて次のように書き送っている。

下田の町を壊滅させた津波は、ロシア艦隊も大破させた。それを眺めながら、身ひとつでかろうじて助かった人々は、

「したりや。したりや」

と、よろこびの鬨の声を上げたというのである。

「やった、やった」という……まさに神風が吹いたという高揚感であったのだろう。

手紙を受け取った足代は、こう返信している。

「異船破損の節、災にあひ候人々も声をあげ悦び候ところは、見る人毎に感心仕候」

人々は争って武四郎の手紙を書き写し、その情報はあっという間に京都の志士たちへと伝播していった。

武四郎の〈神風〉情報は、まさに彼らの勤皇思想を鼓舞するものになったのであった。

「その下田で、唐人お吉と会ったんですか？」

と、豊が思い出して尋ねると、松浦老人は首を振った。

「いや、わしは直接お吉という女と会ったことはない。お吉が下田の領事館に上がったのは、それから数年後のことじゃ。しかも、ハリスが江戸に移った安政の頃は、わしは蝦夷地の探索に行っておった。今度は幕府の役人としてのぅ。お吉の話は、ずっとそのあと……文久(ぶんきゅう)か慶応(けいおう)の頃、それこそ勤王の志士たちの噂話で聞いたのじゃ。あの頃は、岩亀楼(がんきろう)の喜遊(きゆう)とか、唐人お吉とか……酔うとみなそんな話をしたものよ」

　豊も横浜の岩亀楼という遊女屋のことは横浜絵と呼ばれる錦絵で知っていた。

　岩亀楼の遊女は、「ふるあめりかに袖はぬらさじ」と、らしゃめんになるのを拒んで自害したという。でも、だとしたら、〈唐人お吉〉とは逆の話のような気がした。

「それがのぅ、聞いてみるとハリスは敬虔(けいけん)な耶蘇(やそ)教徒で、生涯女は近づけなかったらしい。単純に身の回りの世話をする老婆か何かを頼んだつもりが、役人たちがへんに気を回して、お吉を差し出したものだから、ハリスはたいそう立腹して、数日でお吉を返したそうじゃ」

「まぁ、そうだったんですか」

　ちょうどお吉の顔に腫れ物ができているのを見て、梅毒に冒されていると勘違いしたハリスはお吉を忌避した。

　ふつうならば、喜ばしい結末であったはずなのに、気の強いお吉は女としての面目を潰されたような気がしたのだろう、ハリスに詰め寄って、さらにハリスの気持ちを逆なでし解雇されたらしい。

「……先生、やけに詳しいですね」

もしかしたら、間者になって暗躍したのはお吉ではなくて、松浦先生の方であったのかもしれなかった。

「そうさの、あの頃は見聞きしたことや、江戸で評判の本などを買い集めて宇和島や仙台など遠国の諸藩に流すのも金になった。まだ、新聞などがない時代やからのぅ。まぁ、あの頃はわしも若かったし、いろいろやったもんじゃ」

当時、江戸には藤岡屋という書肆があり、江戸詰の者たちに江戸のさまざまな情報を流していたが、その頃は〈情報〉も商売になったのである。

「その頃、みんな若い志士たちは、遊女の話をまるで見てきたように話したものじゃ。そんな話をしながら激昂して、また泣く。今になって思うに、日本の女たちが異国の男に蹂躙される……そうした物語が、何か世の中を動かすときの下地に必要だったのかもしれぬのぅ」

「おそらく……」と、聞いていた一雄が口をはさんだ。

「例のお父さんの〈錦の御旗事件〉が語り継がれてゆく間に、いつの間にか〈唐人お吉〉の話と合体してそういう噂になって広まったのではありませんか？」

「ははは、たしかに下田には二度も行っておるしのぅ。しかしなんだ……今も、お吉は下田に存命であるというぞ」

「えっ、まだ生きているんですか」

豊は、目を丸くした。松浦武四郎が生きているのだから、考えてみたら生きていてもおかしくはないはずだ。

「この間、静岡に行ったときに、わしが聞いた噂では、お吉は下田で、〈安直楼〉という店をやっておったらしい」

「さても、ずいぶんな名を」

聞いていた一雄は、ちょっと眉をひそめた。なんとも自暴自棄な店の名である。まさに安直な酩酊屋だったのだろう。

「しかし、その店とて今はなく、お吉が物乞いをしている姿をあちこちで見かけたという話じゃった」

豊は、ふと、卒塔婆小町の姿を思い浮かべた。浮世絵の美人画でよく描かれる図だ。老いさらばえて、死ぬこともままならず巷を漂泊する美女……。

「あの頃は……夷狄からいかに日本を護るか……ということを、みな素朴に考えておった。しかし、その最初の頃の志のある人々は……ことごとく安政の大獄で消えてしまった」

ふっと、松浦老人は沈黙した。

「わしも、もし、あのとき幕府の御用で蝦夷地に行っておらなんだら、縛についていたであろう」

吉田松陰、梁川星巌、梅田雲浜、藤田東湖……処刑を逃れた者も蟄居をよぎなくされ、社会的制裁を受けた。加藤木もしかりである。

「藤田東湖が安政の大地震で圧死し、宮部鼎蔵も、佐久間象山も、その他の一流の人々はみな幕末の頃に殺されていった。今、生き残っておるのは二番手三番手の者であろうのぅ」

要するに俗っぽい人間が生き残ったということだ、と老人は自嘲気味に付け加えた。

しんみりと語る松浦老人に、「そういえば、加藤木の父も生き残っておりますな」と一雄は慰めるように言った。

松浦老人は、生き残った。

振り返ってみれば、夷狄から日本を護る、ということから始まった動きが、尊皇運動と連動しつつ、いつの間にか倒幕というお家騒動のようなものにすり替わってしまった結末を考えると、松浦老人はみごとにその修羅場をすり抜けて生きてきたわけである。

あえて権力に固執しようとしなかったのがよかったのだろうか。あるいは、権力より心惹かれるものをいつも追い求めていたのがよかったのだろうか。

ひとつだけ言えることがあるとしたら、安政の大獄以来、松浦武四郎は、志士であることよりも、本来の探険家として生きようと心がけていたということである。

そのとき、どーんどーん、という太鼓の音が境内に響いた。いよいよ初甲子(はつきのえね)のお加持が始まるようだ。

僧侶が、ひとつひとつ大黒像を手に取り、護摩(ごま)を焚(た)いた炎の上にかざして清めてゆく。

こうして、家に鎮座まします大黒様はまた一年、力を蓄えて一家を護ってくれるのだろう。

豊は、この七福神という身近な神様たちが大好きだ。

加持祈禱が終わると、人々はみな本堂に詣でて帰って行く。そのとき、松浦老人は、目にも留まらぬ速さで、護摩壇からかすめとってきたものを豊の掌(てのひら)に載せた。

「ほれ、お豊ちゃん！」

見ると、護摩木の燃えかすだった。

「厄除けになるぞ、お守り袋にでも入れておくとええ」

「まぁ……〈護摩の灰〉でございますね」

思わず豊がそう言うと、老人は笑った。

「まぁ、そう言うな。昔から、〈灰仏(はいぶつ)〉といって、お加持のあとの灰を固めて仏を作っては、ありがたがったものじゃ」

松浦先生は、こうした古物や仏様のことには本当に詳しい。

「どれ、お豊ちゃんの持ってきた大黒様を見せてごらん……ほほう、これは古い物のようじゃのう」

「あげませんからね」

松浦老人があまりに褒めるので、豊は急に心配になってはらはらしている。河鍋家で大事にしている大黒様を、松浦老人に取られたらたいへんだ。

「ははは、取りゃせんよ」

松浦老人が持参した小さな鉄の大黒様は、一雄が丁寧に風呂敷に包んでいる。たしかこれも描きかけの涅槃図に登場する蒐集品（しゅうしゅうひん）のひとつのはずであった。

それにしても、今や政府の高官や、御用商人となった、かつての志士の生き残りたちもまた、身辺が落ち着いてくるにしたがって、骨董にのめり込む者が少なくないところをみると、命のやり取りをするような修羅場をくぐり抜けてきたりすると、不思議とそういう古いものに心の拠（よ）りどころを見いだすような心境になるものらしい。

「おーい、お豊ちゃん。今日は、この間食べ損なった伊豆栄（いずえい）で鰻を食べて帰るかのぅ」

老人は、ふと歩をとめると豊の方を振り返り、のんきな声をあげた。

「……はい！」

豊は跳び上がるように答えると、小さな老人と長身の孝行息子の方へ、ユサユサと巨体を揺らしながら駆けていった。

八、――秘めおくべし

明治十八年（一八八五）の早春のことである。

河鍋暁斎の家に松浦武四郎先生が蝙蝠傘を持ってきた。広げてみると、妙なことに黒地の傘の真ん中に白い布地が縫い付けられている。

「この白いところに髑髏を描いてもらいたい」

と、松浦老人は言うのだった。

「蝙蝠傘に……」

暁斎は、提灯や唐傘などに絵を描いたことはあるものの、西洋傘に絵を描くなんてはじめてだ。

「なんで、よりによって髑髏なんぞを……まったく松浦先生、こんなの持ってどこへお出(いで)なさるおつもりですかい？」

　曉斎はブツブツ文句を言いながらも、根が職人気質なので、もう立派な髑髏を描きはじめている。残りの余白には、長寿にあやかろうと、七十歳以上の著名な書家などに揮毫(きごう)を頼むという。

「うむ。今年もまた旅に出ることになって、今回は、伊勢と奈良の国境にある大台ヶ原(おおだいがはら)という前人未踏の山を探険に行くんじゃ」

「大台ヶ原……」

伊勢は内陸で奈良や紀州の山と続いている。そこにはまだ人々が足を踏み入れたことのない秘境が残されているといわれていた。

　のちに松浦老人は、こう記している。

　　大臺山跨紀勢和三国人跡未通地也。役小角(えんのおづぬ)、行基(ぎょうき)、空海も不入錫域にて審之者なし。

　今回の松浦老人の旅の目的は、その役小角も空海も足を踏み入れたことのない秘境の踏破である。しかし、周囲の反応は冷ややかであった。

「大台ヶ原は人跡未踏のところ、毒蛇悪竜の類も多いと聞いております。七十にならんとするご老人がそのようなところを登山なさるとは、いかがなものか」

と、諫める人が続出したのである。松浦先生も、老人、老人と連呼されてちょっと気持ちが萎えかけているらしい。

「大台ヶ原は蝦夷地の山に似ているという。その上、山頂から富士が見えるというのじゃ」

筆を持つ暁斎も、さすがに苦笑した。

「ご隠居、いくら大台ヶ原が高え山だからって、さすがに富士は見えめぇよ」

「だから、自らの足で登って検分して参るのじゃ」

「……松浦先生、お元気なことでございますなぁ」

聞いていた豊は、ほとほと感心した。

「しかし、さすがのわしも、この頃、七十の声を聞くようになってからは足腰の衰えを感じてのぅ」

「……まだ、充分お元気そうですが」

「うむ。それで、これじゃ」

と、松浦老人は、得意げに蝙蝠傘を握りしめ、如意棒のように振り上げた。

「蝙蝠傘は、杖にもなり、雨が降れば傘にもなる。晴れても降っても便利なものじゃの」

松浦老人は、白浪五人男の稲瀬川勢揃の場よろしく蝙蝠傘を広げてみせた。黒地に髑髏の白が効いている。だが蝙蝠傘というのは、もともと黒無地と決っている。模様がついているというだけで異様であった。実際には、こんなヘンテコな傘をさして往来を闊歩していたら、チンドン屋と間違えられるのがオチであろう。

松浦老人の旅の姿は、明治開化の世になっても、肩に小さな竹行李一つである。

驚いたことに、旅の塵にまっ黒にすすけたその竹行李は、老人が十七歳で旅に出た時以来の愛用のものであるという。いまだに股引草鞋に木綿の着物一枚、着類はいっさい持たない。着たきり雀で旅を続けるのである。衣類が汚れると、知人宅に宿泊した際に、その着物を「誰かに呉れてやってくれ」とその家に置いて、また新たな着物をその家で作ってもらう。

そして手には革の手提げカバンを提げて、洋傘をステッキがわりについて旅を続けるのであった。

旅の計画を立て、準備をし、実際に旅を続けたあとは、その旅の記録を残す……松浦老人の人生は、その繰り返しだ。そして、その旅と一連の作業が松浦老人の活力の源でもあったのだろう。旅の非日常がもたらす緊張感がボケ防止にもなっているようであった。

「その昔……蝦夷地を旅していたときのことじゃった。わしが疲れて午睡をしておると、アイヌの子供たちが三人ほど近寄ってきてのぅ」

武四郎は、寝ているふりをして子供たちの会話に耳を傾けた。

「この男は、シャモ（和人）だろうか」

一人の子供が訝しげに武四郎を眺めながら呟いた。

アイヌの人々は、本州からやって来た人々をはじめは「シサム（隣の人）」と呼んでいたが、やがてその横暴な態度に、「シャモ（我々を食いものにする奴ら）」と呼ぶようになっていた。

すると、もう一人の子が、松浦老人の剝き出しの足をそっと撫でた。当時、松浦老人の足には、臑毛がごわごわと生えていたのである。

「見ろよ、こんなに足に毛が生えている。こいつはシャモじゃないよ。どこか違う村のアイヌだよ、きっと」

「ほんとうだ。毛がいっぱいだ。きっとどこかのアイヌだね」

そう言いながら、子供たちは、武四郎の臑毛を撫でてクスクス笑うと去って行った。

「……蝦夷地を歩いていると、髪も髭も……臑毛まで伸びて土地の人間のような風体になるから不思議なものじゃのぅ」

松浦老人は、今は薄くなった臑をみせてピシャリと叩いた。

「松浦先生は、蝦夷地には結局、何度行ったのですか？」

「都合六回じゃ。最初の三回は、前にも話したとおり自力で行ったが、のちの三回は、幕府の御用……徳川さまに雇われて、蝦夷地の地理を調査するために行った。安政三年……黒船やら異国の船が次々と押し寄せて、幕府は蝦夷地を直轄地として北辺の守りを固めようとしたわけじゃな」

松浦先生は、〈蝦夷地御用御雇入〉の幕命を受け、松前藩からの蝦夷地引き渡しのための幕府調査隊に加わったのであった。

「ロシアとの境界線をはっきりさせるために、自国の領地として蝦夷地の地理とそこに住む人々を精査する必要があったのじゃ」

聞いていた暁斎が、「ああ、あれか」と、奥から和綴じの版本を何冊も出してきた。

広げられたページには、鮮やかな多色刷りの見たこともないような美しい野の花々が描かれている。松浦先生は、自分の記録した絵を元に、友人の画家を総動員して、鈴木鵞湖や、義兄の乾也の養子となったその息子の鈴木鼎湖たちに挿絵を描いてもらっていた。これらの本は当時〈武四郎もの〉と呼ばれて人気で、暁斎たち画工たちもその珍しい動植物の図版にひかれて買い集めたものだ。

「蝦夷地には見たこともないような美しい野草が非常に多い。摘んで帰りたいと思ったが、同行のアイヌたちは山の神のたたりを恐れて、山の草花を取ることはいっさいならぬという」

「まぁ……」

「アイヌは非常に自然を大事にする民であるのじゃ。ある土地では、その土地の名を口にすると山霊が怒ると言って、どうしても土地の名を聞き出せなんだ」

口から出た言葉にも魂が宿る……言霊を大事にする人々なのであろう。

昔々の日本人にもまた、そうした信仰があったのかもしれない。

松浦老人の蝦夷地探険の後半三回も、現地のアイヌの人々の協力を得て進められた。

「その土地の地理にあかるく、山歩きに慣れている健脚の者八人ほどに案内を頼み、それから、イナウを作らせ旅の安全を祈ってもらうのじゃ」

「イナウ？」

「アイヌの者たちの祭祀具で柳の木を削って神に捧げるものなんじゃが……まぁ、こっちでいうところの御幣（ごへい）のようなものかのぅ。探険に行く前には必ず案内人のアイヌたちに、手拭い、煙草、濁酒、あとフンドシなどをやるんじゃ」

「……フンドシ？」

手拭いや酒は、江戸でも挨拶によく配るものだが、彼（か）の地ではフンドシも贈答品になるらしい。女たちに喜ばれるものは裁縫用の〈針〉であった。

旅も回を重ねるごとに実施要項のようなものが整ってきた。出立（しゅったつ）するにあたって武四郎は、アイヌたちとの間で決まり事を作った。

一、喧嘩や口論をしないこと。山中の鳥や獣が騒がぬよう静かに行動すること。
一、獲物を見つけたら、案内人の半数で追いかけること。その際、各自の荷物は残った者に預け、むやみに道に置いていかないこと。
一、先頭の案内人は、一日おきに交替し、行く先々の村ではその村の役付の者に案内させること。

一、犬は二匹だけ連れて行く。弓矢は各自持っていくが、むやみに毒矢は使わないこと。

一、どのような場所でも、一人暮らしの者、年老いた者、病人を見つけたら、必ず報告すること。

一、宿泊場所で漁に出るときは、決して一人では行かないこと。

一、鉞(まさかり)、鉈(なた)は各自所持し、その他無用なものは持っていかないこと。山脈、水脈を調べるときは、必ず皆で相談し、地名に見落としがないよう、すべて報告すること。

この蝦夷地の探険は、食糧に関しては米や味噌以外は、アイヌたちと共に、狩りや漁をしながら進んでゆく現地調達方式であった。

基本的な米、味噌だけは七日分ずつ前もって拠点となる村に小舟で回送しておく。だいたい一人あたり一日に、米は六合、味噌は焼いて味噌玉にしたものを三つずつ、梅干は六個、それに大根沢庵漬(たくあんづけ)という内容だった。

「アイヌたちは勇猛果敢でのぅ、氷水のような川の中にも裸で飛び込んで、泳いでゆく熊の親子に槍(やり)を投げ、矢を放って捕らえるのじゃ」

ところが相手は動物だから、いつ出現するかわからない。アイヌたちは獣を追うのに夢中になると、武四郎と荷物をうち捨ててみんなで行ってしまうことが何度もあったので、こうした一文が盛り込まれたのであろう。

「あのぅ、松浦先生も、そのアイヌの人たちと同じように獣の肉を食べたりしたんですか？」

「ははは、もちろんそうじゃ。持参した米も、ちゃんと平等にアイヌたちにも分けてやって、皆で食べたものじゃ」

このことは、アイヌたちにとって衝撃であったらしい。

それまで蝦夷地にやって来た和人たちは、米は貴重なので自分たちだけで食べて、アイヌの人々には与えようとはしなかったのである。

風待ちなどで野営が続いているとき、持参した米が尽きないか武四郎が心配していると、アイヌたちは、

「ニシパ、案ずることはないよ。ここは、魚がたくさん捕れるところだ。わしらは浜に出て魚を捕って食べるから、ニシパが毎日米を食べてもしばらくは大丈夫だ。味噌もあるしね」

アイヌの人々は、米を食べ慣れていないから、魚ばかり食べていても平気だという。逆にふだん米を主食にしている武四郎は、米がないとつらいだろうと心配してくれるのであった。

武四郎は、考えた。同じ人間なのに、同じ場所にいて、同じものを食べないのはおかしい。

その日から、米はみんなで少しずつ食べ、そのかわり武四郎もアイヌと一緒に魚を食べるようにした。

アイヌたちはみな「信じられない」という表情で、ぼんやりと飯椀を見つめるばかりであった。

「……ニシパ」

武四郎のような和人に、初めて出会ったのだろう。

山の中の村では、クロユリやウバユリの球根を搗いて粉にしたもので作った団子を食べた。山の中では、一日一回は、こうした草の根を食事にすることもあった。

「蝦夷地にはあちこちに温泉が湧いていて、風呂に入ることもできるのじゃが、海岸線を歩いているときなどは、二十日あまりも風呂に入れぬこともあってのぅ」

「……まぁ」

「あるとき、鰯を煮る大釜に湯を沸かし、底に筵を七、八枚敷いたから、そこに入れという。入ってみたら、魚臭いが、湯加減はよくて、ええ気持ちになって帰って寝て……翌朝、起きてみたらの」

松浦老人は、ニッと笑った。

「……どうしたんです？」

「顔といわず体といわず、体中に魚のウロコがびっしりとくっついておった」

豊は、想像しただけでゾッとした。

「体中が銀箔を押したように、ピカピカに光って驚いたもんじゃ」

松浦先生は大笑いした。その当時も、みんなで笑ったという。たいがいなことではめげない人なのだ。

豊は、感心することしきりであった。

蝦夷地は、それまで伊能忠敬（いのうただたか）、間宮林蔵（まみやりんぞう）といった測量家や探険家が調査測量をしている。しかし、彼らは蝦夷地の海岸線を踏破しただけであり、広大な蝦夷地の内陸部まで踏み込んだ者は少なかった。

当然のことながら、道なき道である。

獣道をたどるように先導に立つアイヌの後をついて進むのだが、背の高さを超えるクマザサなどが生い茂っている場所では、かき分けかき分け歩いているうちに、背の低い武四郎は埋もれてしまってはぐれそうになった。

「ニシパァ！……ニシパァ！」

クマザサの藪（やぶ）を進みながら、アイヌたちは武四郎の姿を見失わないように武四郎の名を連呼した。それはまるで子の名を呼び続ける親の姿のようであった。

その日の野営地に着くと、服はボロボロに破れ、髪はぼうぼうにそそけ立ち、手足には血が滲（にじ）んでいることもある。それでも山の上に立ち、眼下に霞（かす）む幻想的な青い湖が見えたときなどは、疲れはいっぺんに吹き飛んだ。

青は神秘的な色だ。空の青も海の青も……そして湖の青も、そのものの色ではなく何かを映して吸いこまれるような青になる。

アイヌたちは、その場でイナウを山の神に捧げた。武四郎も思わず大自然の前に額ずいていた。たとえ民族が違っていても、大自然の大きな存在を前にすれば、おのずと行動は同じになるのだろう。

カムイ岳に登ったときは、途中で、「本当にこのまま進んで大丈夫か？」と武四郎が同行のアイヌたちに尋ねたところ、「昔から、この山に登った者なぞおりません。ニシパがずんずん行くから、わしらも仕方なくついてきたんですよ」と言うので、武四郎は仰天した。

「わしは、おまえたちがあとをついてくるからよじ登ってもいいと思ってここまで来たのに」

武四郎があわてて下山しようとすると、一人のアイヌが、武四郎に代わって先に立ってどんどん登りはじめたから、みなつられて這いつくばるようにして登ってゆく。武四郎も「おい、待ってくれ、待ってくれ」などとわめきながら、必死に後をついて登った。もはや、一人取り残されたくない一心であった。

山頂に到達したときは、手も足も血だらけで、股引も脚絆も破れてボロボロ、寒風が吹きすさんでいるのに冷や汗が流れ、急に体がガタガタと震えた。

何か恐ろしくてたまらなくなったのだ。

……神とは、特定のものではなく、目に見えない大きな力を感じる心……感性なのではないか。

自分の心の中でどんどん膨らんでくる〈畏れ〉に追い立てられるように湖の方に降りて行きながら、武四郎はそんなことを心の中で反芻していた。大自然の中で人間はあまりに小さく、無力だ。大きな力にひれ伏して、祈り、融合するアイヌの生き方は、その中でまさに自然であった。翻って、おのれは……和人たちは、これからどのようにしてこの雄大な大地と対峙してゆけばいいのだろうか。

山を下ったところに広がる湖は、赤い岩に覆われ、湖面は血のように赤かった。湖畔にはアイヌたちの捧げたイナウがたくさん立ててある。

「カムイシュマ（神石）だ」

と、同行のアイヌが教えてくれた。

湖面を眺めると、突然、巨大な黒い魚が浮かび上がって大きく口を開けた。その口の中が真っ赤だった。

武四郎がびっくりして飛び退ると、アイヌたちは驚いた様子もなく、「あれは、カムイチエップ（神魚）だ」と笑った。

その晩、武四郎は目を閉じると昼間見た大きな魚の赤い口が浮かんできてなかなか寝付かれなかった。

　また、斜里川（しゃりがわ）の水源といわれる山奥を通ったときは、武四郎がすばらしい景色に見入っていると、にわかに黒雲が広がり天地の区別がつかないほどの大雨になった。そこを通るたびに三度が三度とも突然の雨に襲われるのである。

「ここは雨の多いところなのか？」

と聞くと、アイヌたちは、

「……ここの山の神さまは、和人が嫌いなんですよ」

と、答えた。

「たしかにそうかもしれぬな」

……この幽玄な大地は、神とアイヌのものではないか。

　ロシアでも、アメリカでも、もちろん日本でもなく、本来は太古からの神と……そしてその神と融和するアイヌの人々のものであるはずなのに、それを、ロシアの南下などと騒ぎ立て、日本の領土だとにわかに主張することの方がおかしいようにも思われた。

「久摺（くすり）（釧路）は霧の多いところでのぅ、じっとりと濡れそぼってしまうから、現地のアイヌは大きな蕗（ふき）の葉っぱを蓑（みの）のように肩に掛けて、もう一枚は腰蓑のように腰に巻き付けて紐で縛る。西洋のマントルとスカートのようじゃな」

「まぁ、蕗のスカート……」

「それで髪も髭も伸び放題、ほとんど化け物のような姿で歩いた」

松浦老人は、声を立てて笑った。よほどこのときの姿がおかしかったと見えて、のちにその姿を絵に残している。筆を執ったのは義兄の三浦乾也であった。乾也は陶芸家であったが、絵付けのために正式に絵の修業もしている。

豊はのちに松浦先生の著書の中に〈乾也〉と落款のある珍妙なその武四郎図を見たとき、乾也の意外にしっかりした筆力に内心舌を巻いた。

松浦老人は、北の果ての樺太にも二度足を運んでいる。

春を待って五月に出発したにもかかわらず、樺太に渡る海は荒れ、上陸したシラヌシの海岸は残雪が固く凍っていた。

樺太でも、アイヌのコタン（村）をたどるように北上した。武四郎たちが到着すると、アイヌたちは浜に出てヒラメを突いて持ち帰り塩焼きにして出してくれた。武四郎たちは持参した酒を差し出して一緒に飲んだ。話をしながら寝込んでしまった武四郎が夜半に目を覚ますと、家人はみな起きていて火をたやさないように気を配り、寒くないようにとアットゥシというアイヌの羽織り物を武四郎たちにかけてくれていた。武四郎は、その親切に感激してむっくり起き出すと、残りの酒を皆に配って夜明けまで飲み明かした。

武四郎が村にやって来ると、男たちは鹿などの獲物を求め、女子供は川に魚を捕りに行くなどして、どこでも歓待してくれた。よそから来た者を温かくもてなす、というのはアイヌの人々の習慣だったのである。

樺太の東海岸を北上すると、トッソ（突阻）の岬をかわして進むことになる。アイヌはこの岬をカムイ（神）としてうやまいイナウを海中に捧げるのがならわしであるという。

「カムイによくお願いして日和をもらわないと、何日も風待ちしなければならなくなる」

と、アイヌは言うので、武四郎も一緒に祈った。

海からの強風に吹き飛ばされそうな中、流木がゴロゴロしている浜を、どこをどう歩いたらいいのかわからずオロオロする武四郎は、アイヌに叱られ叱られやっとの思いで歩いた。暗礁が多い海からは、アザラシやトドが無数に頭を突き出し、キャアキャアと赤子のような声を出して鳴いていた。

樺太の寒さは想像を絶するもので、武四郎が焚き火をしながら雪の上に寝て夜を明かそうとしたところ、夜半に雪が溶けて焚き火の穴に転がり落ち、着物を焦がしそうになったこともあった。

あるとき、タコイを越えてナイフツに一里半ほど向かった川のほとりでは、同行のアイヌたちが、前日泊まったコタンでもらった干し魚をいきなり捨てはじめた。驚いた武四郎が訳を聞くと、この川では干し魚を持ち込むと川に魚が上がってこなくなるという。

武四郎は、ハッとした。

実は、前日泊まった家の者が、「船の中でのお楽しみに」と武四郎にはルイベ（凍らせた魚）を持たせてくれたのだった。このとき、他のアイヌの者たちは干し魚をもらったのだが、それを捨てるとなれば、このルイベも捨てた方がいいかと……と、武四郎が背負っていた荷物からルイベを出すと、

「ニシパは、捨てなくていい」

と、アイヌたちは、口々に言う。

「ニシパは和人だから捨てなくても大丈夫だ」

なるほどそうか、と武四郎は思いながらも首を傾げた。ここの神様は、アイヌと和人をちゃんと区別しているらしい。

武四郎は、ルイベをしまい込みながら、自分はこの地ではよそ者なのだとしみじみ思ったのだった。

モロコタン以北の住人はツングース系の、アイヌの人々からは〈オロッコ人〉と呼ばれているウィルタである。彼らはみな襟元をボタンで留めた右前合わせの着物を着ていた。髪は三つ編みにして垂らし、言葉はウィルタ語であり、アイヌ語ではなかった。

それより南はアイヌ地で、人々の髪はみなザンギリ、服はアットゥシ、左前合わせで、言葉はアイヌ語、容貌もウィルタの人々とはまったく違う。要するにモロコタン以北はツング

ース文化圏であり、以南はアイヌ文化圏で、ロシアにあれこれ境界線のことで口出しされる筋合いはない、と武四郎は考えていた。

のちに武四郎は、ロシアとの樺太境界問題に関して幕府に長文の建白書を提出している。清朝の勢力が衰えてくるに従い、ロシアが徐々に南下してきているのは事実であり、そのような中で松前藩は夏の間、わずかな人員を樺太に派遣するだけで、冬の間、そこに住んでいる和人はまったくいなくなってしまう。

そのことを武四郎は〈空島〉と表現した。

このままでは樺太は無法地帯となり、ロシアをはじめ、イギリスやアメリカがこの地に港を開き、捕鯨船が押し寄せてくれば、日本は撤退せざるを得なくなる、と武四郎は憂慮した。

こうした中で、武四郎はアイヌの人々に助けられながら蝦夷地の奥深くまで進んで、土地の名前を調べ、風俗を記録していった。

ウィルタの村では、墨が乏しくなって武四郎が困っているのに気付いた村の男は油煙(ゆえん)を鳥の羽で集めて墨のようなものを作ってくれた。武四郎はその知恵と親切心に驚いた。

この武四郎が訪ねた最北端のシツカという集落では、女たちは青玉を衣裳に縫い付け耳環や腕輪もたくさんつけて実に美しく着飾っている。だが、肝心の下の方は無防備で前を覆うものをつけていないから、座ったときなど陰部が丸見えになってしまうのだった。

そういえば、南のアイヌの村を出るとき、北のシツカまで行くと言うと、村の老人たちが、

「オロッコ　ホッキ　シクアンテ　アルキ（オロッコ　陰門　見て　来る）」

と言っていた意味がやっとわかって、思わず笑ってしまった。

武四郎は、旅を終えると必ずその土地の会所の役人に、介抱の必要のある老人や病人の存在を伝え、手当を頼んだ。

久摺を探険したときには、ナイポソというアイヌが先導役で、旅の間よく働いてくれた、と役人に話したところ、「では、今後、その者を〈土産取〉という役に取り立ててやりましょう」ということになった。

やがて、アイヌの支配人たちに連れてこられたナイポソの姿を見て、武四郎は驚いた。いつもは蓬髪でアットゥシを着ているナイポソは、その日はなんと和人のように髪を結い、月代を剃られて、綿の羽織を着せられていたのである。

「……鈴吉とやら。こたびは山道取り調べ中、たいへん骨折りであったので、これより土産取を申しつける」

役人からそう言い渡されると、ナイポソは赤面し泣きそうな顔でひれ伏し、そそくさと退出していった。

武四郎はそのときはじめて、ナイポソがその昔、帰俗（和人の風俗に改めること）して〈鈴吉〉という名を与えられていたことを知った。

翌日、武四郎が久摺の会所をあとにすると、ナイポソがアッケシまで送っていくと追いかけてきた。

「ナイポソ、おまえ、鈴吉という名やったのか」

肩を並べて歩きながら、武四郎が声を掛けると、ナイポソは、俯いたまま黙々と歩いている。

「土産取に取り立てられてよかったな」

「……ニシパ」

と、ナイポソは低い声で武四郎を呼ぶと、顔を上げた。

「これからお役がついて土産を取るのはうれしいが……昨日のように和人の真似をさせられて、髪を結わされて、こんな着物を着せられるのがいやでなりません」

「……うむ」

「それがいやで逃げ回ったのですが、山まで追いかけられて、とうとう捕まってしまい、こんなざまになりました」

と、言うやいなや、ナイポソは髪をほどいて羽織を脱ぎ捨てると、踵を返して走り去っていった。

「……ナイポソ！」

武四郎は呆然として、去って行くナイポソの姿を見送った。

……ナイポソよ、そんなつもりではなかったのだ。

いや、だが……武四郎の行いが、ナイポソを深く傷つけたのは現実だった。

武四郎は、内心忸怩(じくじ)たるものがあったのだろう。その日の日記にこう書き残している。

是非なき次第なりける也(なり)。

実は、幕府が当時熱心に推し進めていた〈対ロシア政策〉は、北辺の調査などではなく、このアイヌを和人へと〈風俗改め〉させることであった。

はじめは、酒や米、煙草などを与えて髪型を改めさせようとしたが、従わない者は、番人たちが追い回し、手足を押さえつけて無理矢理髭を剃り、月代を剃って髪型を変えさせた。

「今日は何人やった」

などと役人たちはまるで獣を狩るように数を競い合ったりしたという。

男たちはたまりかねて、妻を置いて逃げたり、子を残して山に隠れたりした。残された女たちは、食料を調達してきてくれる者もなく飢えながらも、「うちの夫はもう月代を剃られてしまっただろうか」などと心を痛め涙にくれるしかなかった。

武四郎は、あるコタンのエカシ（長老）の悲劇をのちに記している。

長万部のエカシのトンクルは、虻田、有珠、室蘭、幌別、白老、勇払、沙流、新冠の八場所の長と共に、箱館奉行所に参上することになったとき、このトンクルの風俗を和風に改めさせ、それを自分の手柄にしようと画策した者から、「今度のお目見えでは、エカシはみな和人の風俗でないと参上できない」と言われた。

トンクルは、「それならば、わしはお目見えできなくてもよい」と言ったのに、翌日には番人たちを連れてきて、よってたかってトンクルを押さえつけ、髭をそり落とし、髪を結わせ、名も徳右衛門と改めさせてしまった。

こうして箱館奉行所に出かけて行ったトンクルは、他の村のエカシたちの姿を見て驚愕した。

トンクル以外の者はみなアイヌの風俗のままだったのである。

よくよく聞いてみれば、お目見えは別に風俗を変えなくてもよかったという。

トンクルは、打ちひしがれて村に帰ってきた。

「わしは、箱館で人々の笑い者になった。これは、わしひとりの恥でなく、この村のアイヌすべての恥だ」

そう子供や孫に言い残して、それからは何も口にせず、絶食してみずからの命を絶った。

当時、和人たちはアイヌを無知蒙昧な輩と決めつけており、こうした志の高い、アイヌとしての誇りを忘れない者がいることを知らなかった。いや、知ろうともしなかったのだろう。

武四郎は、江戸に戻ったら、こうしたアイヌの人々の本当の姿を記して一冊の本にまとめよう……と思いはじめていた。

一方で武四郎は、沙流川下流にあるヒラカという村のバフラというエカシの話も書き残している。

日高地方の沙流川流域は、昔からアイヌの集落が多い地域で、このヒラカ（ピラ・カで〈崖の上〉の意）には戸数二十四という大コタンがあった。

バフラエカシは、武四郎が会ったときすでに七十七の老人であったが、耳は遠くなったもののの記憶力はたいへんなもので、問われるままに自分の先祖の系譜を十代前までさかのぼって、代々の夫婦の名をすらすらと語った。

アイヌは文字を持たない民族である。だが、人々の間には口承で伝えられてきたものがたくさんあった。かつての日本も古事記の時代までは文字がなかったことに武四郎は思いを馳せていた。

このバフラエカシも役所に呼び出され、村の人々の髪型を和人のように改めるように、と申し渡されている。

だかこのとき、バフラは毅然とした態度で承知しなかった。

「なぜ、われわれは和人のような髪型に改めなければならないのか」

と、逆に役人たちを問い詰めた。

「このたび、松前藩から幕府の直さばき（直轄）になったので、アイヌの者たちも風俗を改めなければ、箱館奉行所への沙汰がよくないのだ」

と、説明すると、バフラは、

「われわれに髪型を改めさせることが、おまえさま方の手柄や出世のためだとしたら、なんといやしい心ばせであることか。おまえさま方の出世のために、なぜわれわれは先祖からの風俗を改めなくてはならないのか」

と、詰め寄った。

バフラの家柄は他のアイヌとは違っていた。我が一族は蝦夷に落ちのびてきた源義経の末裔だというのである。

困った役人たちは、

「この頃、蝦夷島の四方の海にはロシアをはじめ、イギリスやアメリカの大きな軍艦がやって来て、我が国を侵そうと狙っている。この蝦夷地に住んでいるアイヌたちがちゃんとした日本人であると示すためにも和人の姿であらねばならぬ」

と、バフラを説得しようとした。

松前など和人地に近い地域に住むアイヌたちより、はるか遠いところに住むアイヌたちに対して、特に熱心に和人への帰俗を強要したのは、この対外策のためであった。

これに対しても、バフラは納得しなかった。

「さても、おかしなことを。わしたちは、もとより日本国の民だと思っております。かつてロシアが船に乗ってやって来て、様々な宝物や米や着物で私どもを手なずけようといたしましたが……やはり、そのときもこの髪型でありましたが……我らのうち誰ひとりとして服従する者はありませんでした。逆に和人の風俗を無理強いされれば、アイヌたちの心は離れ、次に異国船が来たときは戦わずして山に逃げたり、奴等の水先をつとめる者も出てくるやもしれません」

　バフラは、アイヌに無理に髪型を改めさせるより、その生活を安定させることの方が大切なのではないか、と説くのだった。

　これにはやって来た役人たちも一言もなく、そのままの言葉を箱館奉行所に申し送ったという。

「アイヌは文字を持たないので、和人たちはアイヌを下に見ておったものじゃが……このときのエカシの談判なぞはまことに理路整然、木(こ)っ端(ば)役人などまったく歯がたたなかったという。アイヌは文字をもたぬゆえ、当時は日本語のことを、アイヌの前では〈人間語(シャモご)〉などと言ったものじゃが……」

　それはまるで文字の読み書きのできないものは、人間以下というような言い方であった。

「人はその種族によって上下のあるものではないが、このバフラエカシの話などを聞いたときは、ふと、わしら〈人間語〉を使う者の方が、かえって文字を弄(ろう)して心ばえが卑しくなっているのかもしれない、などと思ったものだ」

〈人間語〉を日常としている豊には、実際には次元が違いすぎて実感が湧かなかった。だが、目の前にいるこの老人は、その異界を実際に旅してきた人なのだった。

安政三年（一八五六）の蝦夷地探険のときは、箱館に到着すると、武四郎はまず箱館奉行たちと面談し、ロシアとの緊張関係から再び直轄地となった蝦夷地の今後の探査、統治、開墾について意見を述べた。武四郎は、蝦夷地の鉱山や海岸線の砂鉄を採掘し、武器を作り、鋳銭などにより財源を確保して、航海や漁業の便をひらくことを考えていたのである。この頃の箱館奉行は、入れ替わりはあるものの、みな武四郎が江戸にいたときから懇意にしていた竹内下野守（たけうちしもつけのかみ）、堀織部正（ほりおりべのしょう）、村垣淡路守（むらがきあわじのかみ）などであった。特に村垣はお庭番の家柄で、黒船が来た頃から武四郎は目をかけられていた。村垣、川村、明楽（あけら）などの各お庭番の家の筋は姻戚関係などで強固な繋がりを持っており、武四郎はそれぞれと緊密な関係を保っていたのである。

そのような中で、武四郎は、まず幕吏向山源太夫（むこうやまげんだゆう）の配下として蝦夷地西海岸から樺太までを調査することになった。

このとき、武四郎は松前、江差、さらには開港で賑わう箱館ではなく……石狩（いしかり）平野を蝦夷地の中心に据える案を幕府に上申している。かつてこの地方を探険した近藤重蔵は、石狩川の川筋であるツイシカリ（対雁）に大府を置くことを献策したが、武四郎はサツポロ（札幌）こそ大府……蝦夷地の首都にふさわしい土地と考えた。

此辺一面の平地、余按ずるに、此辺に府を立てまほしく思ふ。左候はば石狩を大坂とし、津石狩（対雁）を伏見と見、川筋三里を下り爰を府に定め、銭函、小樽を尼崎、西宮とし、手宮に冲を立て、後年兵庫、神戸に比さんと。（略）サツポロはサツテポロの儀にて、多く乾くの儀。此川急にして干安き故也。

と、札幌周辺を大坂の地形と比べて、その将来性を説いた。武四郎は、最も早い時期に〈サツポロ〉に注目した人物でもあったのである。

向山源太夫の本隊は主に海路を北上し、武四郎は現地のアイヌたちの案内で陸路を進み、要所要所で向山隊と合流した。

箱館を出発した向山隊が六十里ほど北上し、ビクニの交易所からフルヒラへ出発する際に、案内人としてつき従っていたビクニの惣乙名（そうおとな）のエコマという男が、「恐れながら……」と、そっと向山隊長に書状を渡した。広げてみると、この村の人別……名前と性別、年齢が書かれている。

「……これは、どういうことだ？」

向山隊長に聞かれるまでもなく、武四郎にはエコマの心情がわかっていた。

この村では、かつて文化六年（一八〇九）の頃の人別では七十六人もいた村人が、現在は十六人に減少していたのである。うち十三人は男で、女は三人しかいない。そのうち一人は六歳、一人は六十七歳で、エコマの妻も四十になるので、村には子を産める年頃の者がいなかった。当然のことながら、妻帯しているのは惣乙名のエコマのみであった。

書状には、たどたどしい和文が添えられていた。

エコマは、自分だけが妻を娶っていることを気にして、蓄えていた家の宝と交換に遠い姻戚関係にあるシャコタンの村から若い娘をもらい受けてきて、並乙名の二十五歳の若者に妻合わせた。仲睦まじく子もできて、臨月に差し掛かったので家で休んでいたところを運上屋の支配人たちに知られ、無理やり漁場でニシンを船から陸揚げする〈沖揚げ〉という作業に駆り出されたために、その重労働に耐えかねて流産し、それがもとで死んでしまったというのである。

エコマをはじめ村人たちは悲しみに打ちひしがれた。それはもはや絶望に近かった。

かくありては此処に蝦夷人の種絶果ることも遠からず。何卒なして向山ニシパは、
神も同じことなるが故に我等も拝をする程の事なりしかば、お救ひ給へ

書状に目を通した向山隊長は、武四郎に意見を求めた。武四郎も訴状を回覧させてもらいながら、思い切ったことをしたものだと言葉を失っていた。よほど切羽詰まってのことだったのだろう。武四郎の口添え如何によっては、このアイヌの長老は処罰されかねない。武四郎は言葉を選んで告げた。

「人々は、アイヌというと鳥や獣のように思っておりますが、実際にはこのエコマのような男は大勢おります。我ひとり妻を娶ることを悦ばぬは〈義〉、先祖の供養ができなくなるこ

とを危ぶむ気持ちは〈孝〉、シャコタンより宝をもって娘を連れてきたのは〈仁〉、このような和文をしたためたのは〈智〉、そして向山様に直々奉ったことは〈勇〉というべきでありましょう」

武四郎の言葉に、向山隊長は、もう一度その稚拙な文字で綴られた書状を見つめた。向山隊の任務は蝦夷地の地理調査を主としていたが、蝦夷地のアイヌの現状を知ることも任務であった。

だが、これはもはや一人の調査隊長に委ねられる問題ではなかった。蝦夷地とアイヌの根幹的な問題であるだけに、向山隊長も、現状を奉行所に報告することしかできなかったのである。

石狩運上屋で武四郎は、以前の調査でも協力してくれたイワンハカルという地元の地理に詳しく、和人の言葉も堪能なアイヌを借り受けようと考えていたのだが、「今回は貸せない」と断られていた。イワンハカルは、番人の目の届かないところで知られてはまずいことを武四郎に話すことを疑われて、前日、上川に追いやられていたのである。その代わりに運上屋の番人を案内につけようという。武四郎は即座に断った。番人は案内人というより監役で、行動が不自由になることは目に見えていた。

すでにアイヌの人々の間では、〈松浦のニシパ〉は普通の和人とは違う、と認識されていたから、誰もが役人の目の届かないところで窮状を訴えようとした。

たとえば、樺太のシラヌシに着いてみると、アイヌの出稼ぎ小屋は以前に比べて非常に増えていたが、そこでは「アイヌはニシンだけ食べて働け」、と一椀の飯も与えられていなかった。

また、樺太ではアイヌはアザラシを捕ると、肉は食料、皮はケリ（靴）、脂は寒気を防ぐために日々の食事に加えるのだが、この頃ではアザラシを捕獲しても、肉はくれるものの、皮と脂は運上屋へ取り上げられてしまうという。

「この寒いところで、ケリと脂がなければ、どうやって冬をしのげばいいのでしょう」

と、アイヌたちは、悲しそうにこっそりと訴えるのであった。

このようなことは、松前にほど近いセタナイのアイヌたちからも聞かされていた。熊を捕っても自由に売買することができない。熊一頭の毛皮だけでも二両以上にはなるというのに、運上屋に持っていくと酒二升を渡されるだけであった。

安政二年（一八五五）に再び松前藩から幕府の天領になった際にも、十九頭の熊を運上屋に持ち込んだはずなのに、松前藩は幕府の役人に三枚しか皮を引き渡していなかった。要するに、残りは支配人、番人、松前藩の者や商人たちが横領していたのである。

「ニシパ……」

このセタナイでは、ヌコルサンというエカシが出てきて武四郎に訴えた。

「われわれは、ただ畑を耕作し、麻や煙草を作りたいだけなのです」

煙草は神々が特別に喜ぶものとして祈りの際には欠かせないものだった。

またアイヌが煙草を吸うのは、寒さをまぎらわすためとも、熊よけのためともいわれていた。熊は鼻がいいので、煙草の匂いで人間の気配を感じ寄ってこないという。

アイヌにとって煙草は単なる嗜好品以上に生きていく上での必需品だったのだ。

しかし、松前藩の統治下では、アイヌたちは麻と煙草を作ることを厳重に禁止されていた。運上屋で売る煙草や糸の値が下がってしまうからである。隠れて畑を耕して作物を作ると、「ここは運上屋の土地だ」と取り上げられてしまうという。

「畑を……」

それは、つつましやかな願いであった。

武四郎は、どうにかしたい一心で、飛ぶように歩いて、ゼニバコまで来ていた堀織部正に現状を訴えた。堀は、すぐに乙名十三人を呼び寄せ、鍬を一挺ずつ与え、これからは幕府の方針として漁業の妨げにならない限り開墾に精を出すようにと伝えた。

アイヌたちはにわかには信じられない様子でお互い顔を見合わせていたが、やがてそれが現実とわかると、小波のように喜びの声をあげた。武四郎もホッとして、アイヌたちと手を取り合うようにして喜んだ。

ささやかなことではあるが、できることから少しずつ変えていけばいい……。そのときの堀の寛容な対応は希望の灯のように思われた。

ところが。

翌日、村をまわってみると、アイヌたちは沈痛な表情で武四郎を迎えた。喜びも束の間、そのあとにやって来た支配人や番人たちによって、鍬は残らず取り上げられてしまったというのである。

「そんな馬鹿な……」

武四郎はその日、天塩に出立しなければならなかったが、あわてて奉行の宿に飛んで行くと、すでにこの話は知れており、奪った番人たちは呼び出されて返却を命ぜられたという。武四郎は、やれやれと天塩に向かったものの……実は、番人たちは鍬を返却していなかった。一ヶ月後、武四郎が石狩運上屋に立ち戻ると聞いて、あわてて番人たちは鍬を集めて返したという噂であった。

戻ってきたその晩の夜も更けた頃、武四郎の宿の格子をそっと叩く者があり、戸を開けてみると、アイヌたちが暗闇にまぎれるように佇んでいた。

「ニシパ……こんな鍬で、どうやって畑を耕せばいいのでしょうか……」

差し出された鍬を見ると、それはみな歯が欠け、柄の折れたようなものばかりで、まともなものは一つとしてなかった。

番人たちは、「鍬はやるが、役人たちには見せるな。おまえたちは魚を食う者で畑を作る者ではないのだ。おまえたちが畑を作れば〈アイノカムイ（アイヌの神）〉が怒って、悪疫が流行し、おまえたちの種は絶えてしまうぞ」と言ったというのである。

「以前も〈エドニシパ（幕府の役人）〉の領分になったが、すぐ松前藩の領地に戻ったのだ。今度も、またすぐに松前藩の支配に戻るはずだ。〈エドニシパ〉の言うことを聞いて畑を作ってみろ、また松前藩の領地に戻ったときにどうなるか覚えていろよ」

番人たちは、そう言い放ってすごんだ。

たしかに、幕府は蝦夷地を一度直轄地にしたあと統治がうまくゆかず松前藩に戻したという歴史がある。アイヌたちが震え上がるのも無理はなかった。

「番人たちは、わしらが人間語を使うなら、髭を剃ってからにしろ、そうでなければ人間語を使うな、もし人間語を話す者を見つけたらその名前を書いて弁天さまの前で焼き捨てる、そうすれば祟りでその者は病気になるぞ、と言うのです」

聞いていた武四郎は呆れて声も出なかった。

新たな支配者になった幕府の役人は、アイヌたちに月代や髭を剃り、和人の言葉を話せと迫り、松前藩の息のかかった番人たちは、エドニシパの言うことを聞いたら呪われるぞ、と精神的に追い詰めてくる。

「ニシパ……この話は、ソンノ（本当）ですか？　スンケ（嘘）ですか？」

アイヌたちは、真顔で武四郎につめよった。

「……そんなのは、嘘に決まってる」

純朴な人々を、〈神〉の存在を持ち出して脅しつけ服従させようとする……武四郎は、そのあまりの卑劣さに怒りに震えた。

「アイノカムイが怒るものか。番人たちの言葉を鵜呑みにしてはいかん」

武四郎がいくらそう力説しても、いまだに番人たちの支配下にある彼らの前ではむなしく響くばかりであったのだろう。頷きながら聞いているアイヌたちの目はうつろであった。

武四郎は、無力感に襲われながらも、時の箱館奉行村垣淡路守に詳細を報告し現状を訴えたが……根本を変えない限り、問題は何も解決しないようであった。

武四郎ができることは、奉行に現状を〈書き上げ〉といわれる文書にして提出することだけであった。武四郎は凄まじい数の書き上げをこの探険中に提出している。三年間でその数、約二百件にも及んだ。

蝦夷地の開拓も大事だが、アイヌの救済こそ最優先の課題である、とひたすら訴えたのである。そのことがひいては北からの脅威に備えることになると考えたのであった。

だが、武四郎の意見はなかなか上層部には通じなかった。あまりに問題が大きすぎて手のつけようがなかったというのが実情であったのかもしれない。

武四郎はセタナイからは向山隊長と合流して海路北上し、シマコマキ運上屋に到った。翌日、向山隊長は船でシマコマキからスッツへとさらに北上するのを見送って、武四郎は案内人とともに地理調査のため陸路北に向かった。五里ほど歩いたところで、正装したアイヌたちがやって来た。彼らは地に頭がつくばかりに深々と礼をした。シマコマキの脇乙名リクンリキという者だという。

セタナイの乙名たちから、「松浦ニシパなら、通詞がいなくても言葉が通じるし、われらの言い分もわかって下さる」と申し送りで聞いていたので、支配人たちの監視の目をかいくぐってやって来たというのである。

シマコマキでは文政四年（一八二一）に幕府から松前藩に引き渡しがあったとき、アイヌの家は三十三軒、百二十八人いたのに、現在では小屋が十軒、わずかに三十九人になっていた。三十年の間にアイヌの人口は三分の一以下に激減していたのである。女はみな妾などに取られ、子が産める年齢の者は村に六人しかいないという。男たちは運上屋の仕事に駆り出され、稼ぎが渡されないため、家に残してきた家族は食べ物もなく飢えるばかりだった。薪を用意できない家族の者は冬の間に体を弱らせ春になると病気にかかって死ぬ者が多かった。もともと女が少ない上に、男たちは運上屋の仕事に取られているので子供もできず、また生まれた子もなかなか育たないので、人口は減るばかりだという。

リクンリキは何度も支配人に訴えたが、まったく取り合ってもらえず、逆に荒縄で縛られ梁に吊るされ打ちのめされた。

「このままでは、シマコマキの私どもの種は尽きてしまいます」

思いあまったリクンリキは、松浦ニシパに直訴を思いつき、シマコマキから先回りして待っていたというのだ。

リクンリキもすでに四十一になるというのにいまだ独身であった。

「ニシパ……」

リクンリキは、もしこのような内情を誰がニシパに伝えたのかと、後日ニシパが問われることがあったときは、シマコマキの脇乙名リクンリキに聞いたとお答え下さい、と言うのであった。

「リクンリキ……」

武四郎は沈痛な表情で聞いている。どこへ行ってもアイヌたちの悩みは同じであった。

「このままでは、アイヌはこの世にいなくなってしまう」

武四郎が頷きながら答えると、リクンリキは首を横に振った。

「地上のアイヌが絶えれば、先祖の霊も〈飢えて〉しまいます」

供養する人がいないことを嘆いているのだろう、と武四郎は深く頷いた。妻子のいないリクンリキは、自らも死んだ後、祀(まつ)ってくれる人がいないのだ。

そのとき、見張り役のアイヌが叫んだ。向かう先のスッツから、支配人たちが武四郎を迎えに来たのが見えたらしい。リクンリキは、まだ話したりない様子であったが、振り返り振り返り去って行った。

武四郎は歩きながら、次の旅で自分が何を為すべきかと、そればかりを考え続けていた。

安政五年（一八五八）、武四郎は六回目の蝦夷地調査を行った。四十一歳になっていた。出発に際して武四郎は、箱館奉行に長文の書付を提出している。今までの武四郎の調査に関しては、「無益なことに多くの人夫や費用を浪費している」と非難中傷が絶えなかったのである。場所請負人やその支配人、番人たちが、今までの悪行や私腹を肥やしていることの露見を恐れて流した根も葉もない噂だった。

武四郎はその書付の中にいう。

「私領の糟粕を喰ひ、アイヌの膏血を相啜り候輩」に「如何の姦計等仕向申さず候やも」

……どんな妨害を受けてもやり遂げる、と死をも覚悟の出立であった。

武四郎自身、これが最後の調査になるという予感があったのか、蝦夷地を縦横に踏査し、アイヌの村の多い日高沿岸の主要な川などは一筋一筋遡上しては戻るという徹底ぶりだった。

今回の旅の目的は、地理調査に加えて、アイヌの人口減少の実態を探ることにあった。

武四郎は、文化七年（一八一〇）と安政三年（一八五六）の人別帳を入手し、それを現在の居住者と付け合わせて、移動や人口の動向を追求しようとした。

たとえば、サッポロでは、文化七年には百九十四人、安政三年には七十九人、それが安政五年には家はたったの二軒、住人はわずか数人になっていたのである。

石狩運上屋近辺の村では、人別帳上は、五十八軒、二百二十七人が住んでいるはずなのに、実際に武四郎が村をまわって一軒一軒聞き取り調査をしてみると、そこには二十三人しか住んでいなかった。

男たちは浜の雇い小屋に連れて行かれ日夜酷使され、女は番人たちの妾にされていたから、村には老人と子供しかいない。病人は食事を与えられず、「雇いができないような者など大切にして飲み食いさせることはない」と、山に追いやられ、年端のいかぬ子供は労働力として責め使われ、そして使役に駆り出された男たちは、帰る家をなくしていた。

石狩では松前藩の御用商人が十三の場所を一手に請け負って専横を極めていたのである。

武四郎は、アイヌの女たちの悲惨な状況を次のように記している。

「婦女は少しにても面よきは番人、働方等己が妾となし、夫有も我が意に任して是を奪取等し、其婦女が妊娠する時は、己が子供と永く名を残すを憂えて脱胎させ、己が意を拒まば打ちたゝき、また其が為に死せしも多く、他郷へ走り等は前々にも云置くがごとし。また辛き責めを受て縊死したる等もあり。（略）返す〳〵も大息の他は無かりけり」

番人の子を産んで赤子と一緒に捨てられ、村に戻ってきても扶養してくれる夫はなく、ユリの根などを掘ってその日その日を送っている女もいれば、梅毒をうつされ体が爛れ足腰が立たなくなると浜の雇い小屋に放置され、変わり果てた姿で老母一人が暮らす村に戻ってくる娘もいた。

「番人は、すぐに若い女に心を移します。女は、すぐ捨てられます。もう、私は……死んでも神の国には行けません」

かつて美しかった娘は、無残な姿で武四郎の前に横たわっていた。かすれた声は、怒りを滲ませながら、何度も同じ言葉を繰り返していた。

武四郎は、アイヌたちの言葉を克明に記録した。現状を書き残すことだけが、今の武四郎にできることであった。


さらに驚くべき現状があきらかになってきた。本来は、八十歳以上の長寿の者や生活困難者は、運上屋が責任を持って〈介抱〉しなければならないことになっていたのに、その物入りを避けるために人別には、みな年を低く偽って書かれていたのである。

七十二歳と人別帳に記されている老婆のことを武四郎が近所の人に問えば、「あの人は八十四歳になっていますよ」などという話ばかりであった。もちろん、手当は何もなく生活は困窮していた。

このような惨状は、蝦夷地のあちこちで見られた。特にクナシリなどに強制的に連行されれば、男たちは半永久的に島でこき使われ、女たちは番人の妾にされて、妊娠すれば煎じ薬を飲まされ堕胎させられ、そして二度と子を産めぬ体になってしまう。

「……あそこは、アヌタコタン」

人々は、そう囁(ささや)きあった。

〈アヌタコタン〉とは、地獄を意味する。島に送られてしまえば、そこは男も女も二度と帰れない地獄が待ち構えていた。

アイヌたちがこの現状の中でさらに心を痛めていたのは、「先祖の供養ができない」という問題であった。

そこにはアイヌ民族独特の死生観がある。

アイヌの人々の間では、死ぬと神の国に行くといわれていた。この神の国では、自分で食べ物を得ることはできない。自分の子や孫など子孫が供物を捧げてくれなければ、先祖は死後の世界で飢えてしまうのである。

生きている者にとっては、先祖供養をしないと先祖を飢えさせてしまうことになる。それはアイヌの人々にとって、自分自身がひもじい思いをするより、もっとつらいことなのであった。

たとえば、武四郎が何度か案内を頼んだことのあるトミハセというアイヌの男は、案内の礼に一升の酒を渡そうと言うと、「樽に入れて山へ持っていきたい」という。

「苦労して山まで担いでいくより、ここで飲んだらどうだ?」

と、武四郎がからかうと、山にある親の墓所に酒を手向けたいと生真面目に答えるのであった。

蝦夷地の旅で、武四郎は忘れられないアイヌとの思い出がある。

エカシテカニは六十八、数年前から両目が見えなくなった老いたアイヌであった。妻のテケモンケも以前、片目を木の枝で突いてやはり見えなくなってしまっている。武四郎がはじめてテケモンケに会ったとき、夫のエカシテカニの年から推測して五十過ぎかと思ったが、実際には三十八歳であった。子供は十人いたが、四人は浜へ下げられ働かされている。残りの六人はまだ十二歳以下で、一番下の子は乳飲み子であった。子供を育てても三男などは、十一歳になったとたんに焼尻島の漁場に飯炊きに取られてしまい、労働力の無い一家は、木の実さえ腹一杯食べるということがなかった。

数年前に、樺太にロシア人が来て、運上屋の支配人も番人も家を捨てて立ち退いたというが、このあたりにもロシア人が来てくれたならば、運上屋の支配人たちはみな人間地へ逃げ去っていくことでしょう……と、エカシテカニは真情を語った。

武四郎も「もっともだ」と頷かざるを得ない。こう思っているのは、この老人だけではないだろう、他のアイヌもきっと同じようなことを思っているに違いなかった。

そこに、客人の武四郎をもてなそうと、村人たちが十数匹も鱒を釣り上げて持ってきた。

「エカシテカニよ、今日はせめて腹一杯食べろ。米も炊け」

思わず武四郎はそう言って、村人たちに持っていた米を差し出した。

「ニシパ……」

エカシテカニは、もう死ぬまで米を食べることもあるまいと思っていたのに……と絶句した。

「もしかしたら、エドニシパの世になると、こうしたいいことも起こるのじゃろうか……」

エカシテカニは、見えない目をしばたたかせた。

「そうさ、きっといい世の中が来る。それに、エカシテカニ……おまえには十人の子がある。それがなんといっても宝だな」

武四郎がそう言うと、横からテケモンケが尋ねた。

「ニシパは、いくたりお子がありますか」

「わしは四十（トホツ）の年になるが、いまだに妻（マチィシャマ）もなし、子供（ホウ）もなしじゃ」

「まぁ……」

二人は、心から気の毒そうな顔になった。

エカシテカニは、しばらく沈黙していたが、いきなり、

「ニシパの国は、どこらへんにあるんじゃ」

と言い出した。

「江戸（エンド）というところだ」

「どれくらい遠いところですかのぅ」

「そうだな、おおよそ四十日はかかるなぁ」

「……トホツネト」

また、二人は黙りこくってしまった。

「それはあまりに遠い。もう少し近ければ、六人もいる子供のひとりでもやってもいいかと思ったんだが」

エカシテカニは申し訳なさそうに言うのだった。テケモンケも頷いている。

「ニシパは、和人だけどいい人のようだから、私もやってもいいと思ったんだけど、ちょっと遠いですねぇ」

武四郎は、自分たちの苦労を棚に上げて、妻子のいない武四郎をいかにも気の毒に思ってくれている二人の心情に、

「其一言、余の鉄心石腸らも錐さゝるが如くに徹しける」

と、のちに記している。

哀れむ存在として見ていた者から、逆に自分の方が哀れな存在であったことを教えられている。何をもって幸せと思うのか。何をもって哀れと思うのか。

考えようによっては、四十を過ぎていまだ妻子を持たない武四郎は、死んだ後に供養してくれる人もいない哀れな男であった。

旅の終わりに、運上屋に戻ってくると、アイヌの若者が翌日の道を歩きやすいように草焼きしてくれた。

折からの夕風に、火は天を焦がすように燃え盛り、日が沈んだのちも四方の山が赤く照らされるほどであった。

武四郎との名残りを惜しんで、二升炊きの鍋にいっぱい魚を捕ってきた者もいた。村では、各人がおのおのいろいろな贈り物を持ってくる。男たちは干し鮭などの海産物を、老婆たちは木の皮や草で織った着物や小物を……その宝物を前にした己が姿は、まるで鬼ヶ島の桃太郎か、竜宮の浦島太郎のようで、武四郎は思わず笑ってしまった。

「これは……ケリウンペか?」

エカシテカニの妻、テケモンケが差し出したのは、ケリウンペと呼ばれる木の皮で編んだ足袋であった。足袋といってもアイヌは履き物が違うので、足の先は丸いままである。それがテケモンケの編んだケリウンペは、ちゃんと足袋のように親指とその他の指が二つに分かれていた。

「……ぴったりだ」

足を入れてみると、ちょうどいい大きさである。

テケモンケは、黙って笑った。どうやら寝入っている武四郎の足の大きさをそっと計って夜なべして編んだものらしい。

その夜は、鹿の肉を焼き、大勢のアイヌと語り合って別れを惜しんだ。酒が入るとみな唄って踊り出した。

旅立ちの朝、武四郎は人々に米や薬、そして小豆（あずき）や大豆を渡し、畑にまいておくようにと伝えた。

「ニシパ……来年も来るか？」

アイヌたちは、口々に尋ねた。

「ああ、来るよ。大豆の収穫を見に来なくてはな」

武四郎は、別れのつらさについ嘘をついた。

一度、江戸に戻ってしまえば、また蝦夷地に渡るのは困難だろう。たしかにエカシテカニが言う通り、江戸は遠いのだ。

そのとき、「ニシパ……」と、家の中から這（は）うように出てきた老人が、「スイ　アラキヤン」と、消え入るような声で言うので、武四郎はたまらなくなって、思わず涙をこぼしてしまった。

……また、来て下さい。

そう繰り返していたのである。

翌朝は、大勢の者が送っていきたいと付いてきた。

「スイウヌカラアンロー（さようなら）」

「イワンケノ　オカ　ヤン（お元気で）」

村はずれまで来ると、みな口々に別れの言葉を叫んで名残りを惜しんだ。

「……このままでは、アイヌは絶えてしまいます」

彼らは何度も何度も同じ事を繰り返した。

武四郎は、その心情が痛いほどわかっている。だが、どうしてやることもできない自分がやるせなくて、唇を噛みしめながら頷くばかりだった。

「……エチエコシ　ナ」

別れ際にエカシテカニは、見えない目を瞬かせながらそう言った。

そのひと言は、武四郎の心に重く響いた。「あなたにお任せしますよ」という意味であろう。

笹の生い茂る道を進んでゆく武四郎の背に、アイヌたちは口々に別れの言葉を叫んだ。

「イテキ　ウノイラ　ヤン！」

という悲しげな声に、思わず武四郎は立ち止まり振り返った。草がサワサワと風に鳴っているだけであった。

「イテキ　ウノイラ　ヤン！」

どこからか、またその声は聞こえたような気がした。歩き続けても、まだ聞こえた。おそらく武四郎の耳の奥に残った声は、いつまでも消えることはないだろう。

武四郎は、そのまま川を下り、その晩、野宿の小屋の中で、明日の夜は久しぶりに町に帰るという喜びの反面、あのアイヌたちはこれからどうなってしまうのだろう、とそればかりが胸に去来してなかなか寝付けなかった。

うとうとしていると、夢を見た。

アイヌと一緒に武四郎も追われている。番人に、自分はアイヌではない、といくら言っても、言葉が通じない。番人たちは、容赦なく武四郎を打擲した。あまりの理不尽さに怒りを爆発させても、夢の中の武四郎は無力でなされるがままであった。

目が覚めると、小屋の中だった。胸がまだ苦しかった。戸のすきまが妙に明るいので表に出てみると、十三夜の月が煌々と照っている。武四郎は思わず一句、したためた。

逢盧思料不能報　願化鮭魚游上流

（粗末な小屋であれこれ思いをめぐらしても、その思いを伝えることはできない。

できることならば鮭に化身して上流に遊泳したい）

武四郎は心の中で、「イテキ　ウノイラ　ヤン！（私たちを忘れないで下さい）」という声をいつまでも反芻していた。

「……わしは結句、何もできなかった」

松浦老人は、ホッとため息をつくと音をたてて茶を啜った。

豊は、神妙に聞いている。

「でも……アイヌの人たちは、何もしてもらわなくても、松浦先生が一緒に泣いてくれるだけで、ちょっとは救われたような気持ちになって、うれしかったんじゃないかな」

豊は素朴に思ったことを口にすると、松浦老人は、少し嬉しそうな顔をした。

当時、アイヌの心に寄り添う和人はほとんどいなかった。アイヌのために泣いてくれる和人は武四郎以外いなかっただろう。

それが、どれほどアイヌの心のよりどころになっただろうか。

武四郎は、アイヌの言葉を、アイヌの地名を……文字で書き残した。いつか、もしかしたらこの民はこの世から消えてしまうかもしれない、と危惧した。文字のない民族は、もし人々が絶滅してしまったら、言葉や風俗も一緒にこの世から消えてしまうことになる。せめて文字にして残しておかなくてはならない……と、取り憑かれたように記録し、世の人々に〈最北の国〉の現状を知らしめようとした。同時に、公表できない記録は封印して後世に伝えようと考えたのである。

「あの……もう、徳川さまの世が終わって、開化の世になったのに、まだ公開されてない記録もあるのですか」

「そうじゃ、まだ生きている者も多いからのぅ。これから百年二百年先の、孫やひ孫たちの時代に託すのじゃ。文字や書物は、時を超えて伝えることができる力を持っとるからのぅ」

かつて、松浦老人は『秘めおくべし』という記録を認めた。弘化四年（一八四五）二度目の蝦夷地探険のときに見聞きした松前藩の当時の現状を綴ったものである。

松浦老人は、安政四年（一八五七）、第五回目の調査記録『丁巳日誌』と、安政五年、第六回目の記録である『戊午日誌』も、〈不貸不鬻〉……けっして貸したり売ったりするべからず……門外不出と固く紐で縛って封印した。

「今も……」

「今もじゃ」

松浦武四郎はきっぱりと答えた。

それは今の時代の人をまったく信じていないような口ぶりであった。信じているのは自分の書き残した文字だけ。あとは将来の人々に託すしかないと達観しているのだろう。

これから何百年という年月が経ったとき、〈不貸不鬻〉の封印が解かれる日は来るのだろうか……と豊は思いながら聞いていた。

九、武四郎、雌伏す

明治十八年（一八八五）、大台ヶ原の秘境を踏破した御年六十八歳の松浦武四郎先生は、ますます意気軒昂、すっかり大台ヶ原が気に入ってしまったらしい。実際に登頂してみたら本当に富士山が小さく見えたというのである。

「墓は大台ヶ原に建てることにする」

と、帰ってくるなり宣言して周囲の人々を驚かせた。

その松浦先生から暁斎が注文を受けている〈武四郎涅槃図〉は、もう足かけ四年の月日が経っているというのに、まだぜんぜん出来上がっていない。

「吉原の妓楼の絵を描く暇があったら、まずわしの絵を描いたらどうじゃ」

松浦先生は、ときどき豊を呼びつけては小言を言う。

「でも先生、席画みたいなのと違って、松浦先生のは後世に残る大作ですからね、そう簡単にはできないんでございますよ」

豊は、父親に代わって言い訳したり謝ったり大忙しである。

「その吉原の高尾太夫の絵の方も、もう二ヶ月も吉原に通い詰めているというのに、まだ首と足しかできていないって話でして……うちのお父つぁんにも困ったもんです」

新吉原の八幡楼では五十畳の大広間を新築することになり、その二間の床の間にあわせて初代高尾太夫の絵を描いて欲しいという注文がきたのだが、暁斎は当時の風俗を調べないと描けない、などと言って、吉原に居続けしながら毎日酒ばかり飲んでいるのだった。まぁ老人相手に涅槃図を描くより、吉原で太夫の絵を描く方が楽しいに決まっている。

「それにしても、松浦先生、これは何ですか？」

〈武四郎涅槃図〉は、釈迦入滅図と同じ趣向で、武四郎の死を悲しんで世の中の万物がみな泣いているという構図なのだが、松浦先生の場合、泣いているのは、先生が集めた蒐集品やそこに描かれた人や物である。要するに、コレクションカタログでもあったから、松浦老人からは、「これも描け、あれも描け」と次々に追加の蒐集品が出てくる。これも完成を遅らせている一因であった。暁斎が怠けてばかりいるわけでもないのだ。

松浦老人は、蒐集品が増えるたびに豊を呼びつけて写生させる。それにしても、美人画などならば、写生していても豊は勉強になるし楽しいのだが、今日、見せられている物体は、なんだかよくわからない薄気味の悪い〈青緑のかたまり〉であった。

「これはのぅ、シャブティという」

「なんですか、そのシャブティってのは」

豊は、青緑の棒を鷲摑(わしづか)みにして眺めた。

「これは、今から二千年以上も昔、ファラオというエジプトの王の墓に副葬品として埋められていたものじゃ」

「そ、そんなもの、いったいどっから出てくるんですか」

「王のミイラと同じような形をしておる」

「ミイラって、なんですか？」

「うむ、まぁ……人間の干物じゃの」

「……人間の干物」

豊は気持ち悪くなって〈ファラオの人形〉を手から離した。手に何かへんなものが付いてしまったのではないかと心配になった。像は、とろけ地蔵のように摩滅して形もよくわからない。

「これはのぅ、明治六年に、島地黙雷(しまじもくらい)という浄土真宗の坊さんがエジプトで入手したもので、はじめは広島の博物館にあったのじゃが、そこが閉館するというので譲られたのじゃ」

松浦先生はそんな説明を加えたが、要するに墓から盗掘された品ということらしい。

「ところで、お豊ちゃん。ついこの間、日本国で初めての内閣ができたのは知っているかえ？」

この年明治十八年（一八八五）、太政官制が廃止され、内閣制度が発足していた。

「初代逓信大臣に任命されたのは、榎本武揚という男じゃ……」

「ああ、箱館戦争の」

豊は錦絵で知っている。その錦絵の賊軍の親玉が初代逓信大臣になっていた。

「そう、その榎本。もともとは榎本釜次郎と申してな、親父さんが絵に描いたような江戸っ子で、『子なんぞ家の鍋釜みたいなもんだ』というので、兄貴は鍋太郎といった」

豊は笑い転げてしまった。松浦先生の話は、どこまで本当かわからない。

「その釜次郎が、まだ子供の時分、わしを訪ねてきたことがある。まだ前髪を落としたばかりの紅顔の美少年じゃった」

「釜次郎少年は、何しに来たんです」

「榎本は、堀織部正さまの小姓として蝦夷地の探索に参加したことがあるんじゃ。年少の者ゆえ、蝦夷地へ行くにあたっての持ち物や心構えを聞かせてくれろ、と出立する前に父親に連れられてやってきてのぅ」

「まぁ」

「それが逓信大臣だというのだから、恐れ入るわい」

「へぇぇ……」

「逓信といえば、明治初年に逓信制度を作った前島密という男も、わしが蝦夷地探険をしたときの上役、向山源太夫さまのご子息の下僕をしておった」

豊は次々に出てくる偉い人の名に目を白黒させて聞いている。

「その頃は、蝦夷に行きたいという者は、たいていわしのところを訪うたもんじゃった。木戸孝允侯もまだ桂小五郎という名の頃、中浜万次郎というメリケンに漂着し黒船に乗って戻って来た漁民あがりの者を連れて、蝦夷地の開拓につき話を聞きにきた」

松浦先生は自慢げに胸を反らした。

「そういえば、かの坂本龍馬も蝦夷地を開拓したいと、やはり蝦夷地に行くときの足拵えについて聞きに来たぞ」

「まぁ、坂本龍馬！」

「西郷隆盛もじゃ」

「ふぅん……」

豊は、維新の英傑の名がゴロゴロ出てくるので、ちょっと胡散臭そうに相槌を打っている。松浦先生はときどき話を面白くふくらませることがあるので要注意だ。そのままを父の暁斎に報告すると、たいてい「ウソつけ」と一蹴されてしまう。

「佐渡の地役人から箱館奉行配下に転任になった益田鷹之助という男も、箱館に行く前に話を聞きに来た。これは、算術が得意な男でのぅ……こう、二つの算盤を目の前に置いて、右手と左手で別々の計算をいっぺんにできるような男だった」

「そんなことができるものなんですか？」

豊などは、目の子勘定もおぼつかない。

「それで、こんな男を佐渡に埋もれさせておいては惜しいと箱館奉行に引き抜かれたのじゃ。のちにこの者は徳川さまの使節団員としてパリーまで行った。今、三井の大番頭といわれている益田孝のお父つぁんじゃよ」

「あの、大金持ちの」

その名は豊も聞いていた。益田孝は数寄者としてもその名を知られていた。

「ところが、倅が大金持ちになったとたんに、お父つぁんの方は世をすねたように耶蘇坊主になってしまってのぅ……うちの婆さまも、この益田のお父つぁんの説教にえらく感動して耶蘇に改宗してしまったんじゃ」

「えっ、そ、そうなんですか」

松浦先生の奥方は、旧幕の頃の大奥のお局さまのような古風な人である。それがキリスト教に感化されているとは知らなかった。驚いたことに松浦老人は、妻のキリスト教入信には寛容であるらしい。松浦先生の奥方は、益田の紹介で、海老名弾正の元に熱心に講話を聞きに行ったりしているというのである。

世の人々の変転は、さまざまであった。

この気味の悪いものを一刻も早く写し取って片付けてもらいたい一心で、豊はシャブティを前にして、せっせと筆を進めている。

松浦老人は、手持ちぶさたに眺めながら、

「この間はどこまで話したかのぅ」

などと言うので、「蝦夷地の探険が終わったあたりまで伺いましたよ」と豊は手を動かしながら答えた。絵に集中しているので、上の空である。

「そうそう……あのときは、アイヌの子を江戸まで連れて帰ってきた」

「えっ、あのソンっていう女の子ですか？」

豊は、思わず顔を上げた。

「いや……」

ふっと、松浦老人は口ごもった。

「市助という少年じゃ。この子は面白い子じゃった。和人の女は美しいというが、箱館で見る和人の女は醜女ばかりじゃ、江戸へ行けば、もっと美しいのがいるのか？　などと申してな。江戸で箱館奉行をなさっていた村垣さまに引き渡したが、さて、その後はどうなったことやら……」

江戸へ出てきた市助は、自分の方が〈アイヌの子〉と人々の好奇の目にさらされ、武四郎の背に隠れるように道々歩いたという。

豊は、アイヌの少年が江戸でどんな暮らしをしたのか想像もつかなかった。今はもう四十を超えているはずだ。江戸の片隅で子や孫に囲まれて暮らしているのだろうか。あるいは……やはり、市助は故郷に帰ったような気もするのだった。

「ソンという女の子も、その後は行方知れずですか？」

「ソンはのぅ……その後、箱館で二度ほど会った」

武四郎は、幕府お雇いになって蝦夷地を再訪したときの最初の冬、高熱にうなされ寝込んだことがあった。

「先生でも寝込むことがあるんですか？」

「何を言うか、わしとて寝込むことはあるわい。このときの旅は苛酷でのぅ、向山隊長は旅の途中で身罷られたほどじゃ」

これについては不思議なことがあった。旅の途中で向山隊長に同行していた下役のものが子蛇を殺した。アイヌたちはその光景を見て震え上がった。

アイヌの間では、蛇を殺すと雨になるという。

果たせるかな翌日から連日雨が続いた。武四郎は月代を剃って、アイヌと一緒に神に詫びたが荒天は続き、体調を崩した向山隊長を宗谷へ戻そうにも強風で船も出ず、やっと宗谷に戻って治療を受けたものの向山はその地で息を引き取ったのである。

箱館に戻った武四郎は、奉行の堀織部正に向山の死をはじめとした旅のあらましと松前藩領の幕府への引き継ぎの完了を報告したあとで、急に全身に発疹と高熱が出て寝込んでしまった。

「このときばかりは病み衰えて、もはやこれまでかと辞世の句までしたためた」

「風邪だったんですかねぇ」

「さて、長旅の所労でさしものわしの体も弱り果てておったのじゃろう」

ところが、もはやこれまで、と思ったとき、小林屋重吉という者の配慮で深瀬という医者が武四郎を引き取ってくれた。そこで臥せっていたある晩、武四郎は朦朧とした意識の中で低い祈りのような声を聞いたような気がした。

夢うつつに熱に浮かされた一夜が明けると、不思議と少し楽になっていた。

気付くと左手首に玉を繫いだ釧（腕輪）がはめられていた。

その玉の一粒一粒に記憶があった。武四郎が、各地で集めた玉……アイヌの少女ソンとの別れ際に渡した玉が、そっくりそのまま繫げられて腕輪になっていたのである。

……まさか、ソンが？

その驚きが、体の奥深くの何かを目覚めさせたように、それから武四郎はみるみる回復していった。

手首は魂の出入り口ともいう。美しく連なる玉の腕輪によって、武四郎の魂は体内から抜け出すことなく留まったような気がした。

起き上がれるようになって、家の者に聞くと、たしかに出入りの洗濯女にはアイヌの血の混じった娘もいるという。

「ソンという名ではないか？」

と確かめると、そんな名の者はいないということであった。

〈アイヌの娘〉ではなく、〈アイヌの血の混じった娘〉という言い方が、武四郎には引っかかった。出入りの娘は日本娘の姿をしていて、けっしてアイヌではないと家の者は言うのである。

とにかく会いたいので、ここに連れてきてくれ、と言うと、家の者は首を振った。娘はもう、この家にはいなかった。

「どこへ行ったのだ」

口を閉ざす家の者にしつこく尋ねるうちに、やっと行き先がわかった。その娘は請われてアメリカ領事館に上がることになったのだという。

当時のアメリカ領事ライスには、お玉という娘が差し出されたという噂は箱館では誰もが知っていた。武四郎がのちに奉行所で聞いたところ、領事館に働くフレタにはお種という娘が通っているという。それだけでなく、あとから到着したG・M・ヘーツという医師が、同じく領事館に住むことになったので、お銀という娘を通わせることになっていた。

「お銀なる娘は、支度金に目が眩んで自ら率先して領事館に上がったそうだ」

と、巷では噂されていた。

「お銀の母親は、若い頃から和人と姦通する癖のあるアイヌの女で、村に連れ戻されてもすぐにまた町に舞い戻るので、最後は見かねた村の男に鼻を傷つけられたそうだ」

そんな噂を訳知り顔で吹聴する者もいた。鼻に傷があれば、梅毒に罹ったもののなれの果てのようで和人も寄ってこないだろう、ということであるらしい。

お銀という娘がソンであるかどうか、たしかめようもなかった。だが、もしお銀がソンだとしても……そんな母親を持っていたとは、武四郎には考えも及ばなかった。

「それからわしは再び蝦夷地を探険してまわって、その後いよいよ蝦夷地を去るというとき、箱館のアメリカ領事館の近くで、バッタリとソンに出会うたのじゃ」

ソンは、まるで別人のように艶やかに黒髪を結い上げ、薄化粧し、日本人娘の姿で胸を張って往来を闊歩していた。

「……ソン！」

思わず呼び止めると、振り返ったソンは一瞬まぶしそうな顔をした。

武四郎は、呆れたような思いでまじまじとその姿を眺めてしまった。

「……ニシパ」

小声で呟くと、ソンはいたずらを見咎められた子供のような顔をした。

「イメル　アッ　カネ　イキ　ピリカメノコ」

武四郎がそう言うと、ふふん、とソンはちょっと得意そうな顔で笑った。

……稲妻が立つような美女

という形容がアイヌにはある。思わず武四郎はその表現を思い出していた。それほど、ソンは、なにか光が差すような美人になっていた。

「深瀬の家で祈ってくれていたのは、おまえか」

武四郎は、袖をまくって腕輪をはずして差し出した。

ソンは受け取ろうともせずに、その玉の釧を見つめている。

「ソン……」

武四郎は、別人のようになってしまった娘をアイヌの名で呼んだ。

「今は、ギンっていうんだ」

「……ギン」

「なぜ、そんな目で見る」

ソンは、はっきりとした日本語で武四郎を問いつめた。

その悪びれたところのないまっすぐな視線に武四郎はたじろいだ。

「領事館の医者のヘーツは、やさしい。アメリカ人は、シャモよりよほどいい人たちだよ」

武四郎は、一言もなかった。

「ソン……ラウンクッはどうした？」

「……」

ソンは、押し黙った。アイヌの女は、初潮を迎えると母親や母方の祖母などから編み込んだ紐……ラウンクッという紐を授けられる。それは母系だけに伝えられるアイヌの女たちの〈お守りの紐〉であった。この紐を腰に締めることによって神々の加護が得られる。夫以外にはけっして見せてはいけないお守りであった。

古来、日本でも〈紐〉は〈秘めおくもの〉であったという。

アイヌの人々は、その禁忌に触れることをはばかって、この紐の話を口にしたがらない。

武四郎は、それを知っていながら、なぜかそれを口にして問い詰めていた。

あの男の子のようだったソンが、化粧をして異人の元に通っているということに、いたたまれない気持ちになっていた。

「ニシパ……」

ソンは、大きく息をついて答えた。

「私は死んでも、あの世でハポ（お母さん）に、会えない」

女性の死者は、腰にラウンクッを締めていないと、来世で母親に会えないとアイヌの世界では信じられていた。

「ハポは……シャモにラウンクッを切られて犯された。そうして私が生まれたんだ」

ソンの明瞭な日本語に、武四郎は答える言葉が見つからなかった。

「ソン、つらければ、わしがなんとか談判してやる」

武四郎は、玉釧をソンに返そうと差し出しながら、かつてそうしたように、ソンの肩を抱きしめようとすると、ソンは身をよじって高笑いした。

ソンに振り払われて飛んだ玉釧は、地面に落ちたときに糸が切れてバラバラと飛び散った。

いつの間にか、ソンの背は伸びて、その視線は背の低い武四郎を見下ろしていた。

「ニシパに何ができる？」

「……ニシパは、旅人だ」

そう言うと、急にソンの大きな瞳には涙が盛り上がりそうになった。

「ニシパは通り過ぎてゆくだけだ」

武四郎は、ソンの足元に屈（かが）んで転がる玉を拾った。

「ソン……」

武四郎は、玉の中でひときわ大きな水色の玉をひとつだけソンに手渡した。

人々が水色の玉を珍重するのは、青は黒と白の間の色だから。日本語の藍（あい）は〈間（あひ）〉であるともいう。この世とあの世の間の色……。

「早くしまっておけ」

女の魂が転がり落ちてしまったような気がした。

「……タマサイはもう必要ないのなら、簪（かんざし）にでもしろ」

ソンの黒髪には簪も櫛（くし）も挿されていなかった。

唇を嚙（か）みしめるように、ソンは突っ立っている。

「ソン、つらいときはいつでも言ってきてええんや。見捨てはせんぞ」

「ニシパ……いいんだ。今は、つらくない」

ソンは、水色の玉を一粒だけ握りしめると、照れたようにクシャッと笑った。

「ニシパ……×××」

「なに？ なんじゃ、もう一回言ってみろ」

武四郎が、聞き返すと、子犬のような顔で返事を待っていたソンは、フンッと鼻先で笑って、「サランパキ！」と言い捨てると、踵（きびす）を返して走って行ってしまった。

残った色とりどりの小さな玉だけが、武四郎の足元に散らばっていた。まだ、ソンの魂が散り散りになって転がっているような気がした。

アイヌの女たちは、もし道々タマサイが切れたときは、何かあっても必ずもと来た道を引き返し、家に立ち戻るという。

だが、ソンにはもう戻る家さえないのだった。

「それから、ご一新後にまたソンの消息を聞くことになるのじゃが……」

松浦老人は、言葉を濁した。

「あのときのソンは、何と言ったのかのぅ」

松浦老人は、ちょっと遠い目をした。

「蝦夷地から帰ってきたのが安政五年、途中の仙台で三浦乾也に会ったときに、頼三樹三郎たちが捕らえられたと知って……。それからは、本当に血なまぐさい嫌な時代じゃった」

松浦先生は、ソンのことから話をそらすように政治の話をしはじめた。

江戸に戻った武四郎は、世間との繋がりを断ち切るように、家にこもって蝦夷地での見聞をまとめ、文筆業に専心するようになった。

のちにアイヌの人々の現状を記した『近世蝦夷人物誌』を板行しようとしたが、これは許可が下りなかった。現地の支配者から猛反発を喰らうことが目に見えていたので、その軋轢を恐れて幕府からは不許可になったのである。

そのとき、珍しく松浦先生の奥方のとう夫人がお茶を持って入ってきた。豊が持参した羽二重団子を、「お持たせで恐縮でございますが」と差し出した。

実は、暁斎一家は先日、湯島の大根畑から谷中に引越をしたのである。

「笹乃雪横町に越されたそうですね」

「はい」

奥方と豊の会話を聞いていた松浦老人は、

「そうじゃ、久しぶりに婆さまも一緒に笹乃雪に参って豆腐でも食うかのぅ。お豊ちゃんを送ってゆくついでに」

と、言い出した。

筆の速い豊は、シャブティの図を写し終えて、片付けはじめている。

「笹乃雪のあたりは、昔馴染みの土地なので、懐かしゅうございます」

「そうじゃ、蝦夷地から戻ってきて、まもなくしてこの婆さまが嫁に来たのじゃ。その昔、婆さまは尾藤水竹という者の妻であってのぅ、笹乃雪の近くに住んでいたのじゃ」

松浦先生は、平然と夫人の前夫の話をしはじめた。

「尾藤先生が亡くなって今年で三十年でございます」

夫人は、前の夫のことを尾藤先生と呼んでいる。

「おお、もうそんなになるか」

尾藤水竹という人の父親は、寛政の三博士のひとり、尾藤二洲で、頼山陽は母方の従兄弟であった。水竹は、松浦先生が〈隣翁〉と呼んでいる隣に住む漢詩人の小野湖山の師匠でもあるので、隣翁はとう夫人にはなにかにつけ頭が上がらないらしい。

もともとこのとう夫人も、水竹の弟子であった。その水竹が先妻に先立たれたため、後妻に入ったのである。そのため、水竹とは二十歳も年の離れた夫婦だった。

「わしが蝦夷地探険に行く前に、笹乃雪で送別の宴を水竹先生が開いて下さったときは、まだ婆さまも水竹先生の弟子だった頃じゃ」

「そうでございますね、まだ二十歳にもなっておりませんでした」

「おや、そんな若かったのかい」

「先立たれましたのが、嘉永七年……黒船が来て安政と変わった年の暮れでございましたから」

「うむ、わしと祝言を挙げたのが安政六年じゃったかな」

「はい、三十二の年でございました」

「……松浦先生はおいくつでしたか」

　豊は思わず聞いてしまった。

「四十二じゃった」

　ずいぶん晩婚の夫婦である。

　その数年前、幼馴染みの川喜田崎之助からの手紙に「片鬢に白髪が出てきた」とあったのに対し、武四郎は「我は両鬢ともに白髪生じ申候」と書いているほど、半白頭の花婿であった。

「それにしても……」

豊は、以前から不思議に思っていたのは、夫人の名のことである。夫人は〈とう〉と呼ばれていたが、たしか、松浦先生の母親の名も〈登宇（とう）〉であった。

「ははは、嫁にするときに、名を変えさせたのじゃ」

さすがに妻を尾藤先生と同じ名で呼ぶことがためらわれたのだろうか。

自分だけがその名で呼ぶことで、自分だけのものになったような……親密さを覚える男女は多い。世の中では、女房を替えるたびに最初の妻と同じ名で呼ぶ男もいれば、女中の名は、誰が来ても同じ名で呼ぶ家もある。松浦先生にしても、呼ぶときは「婆さま」なので、本当の名はどうでもいいのかもしれなかった。

「尾藤先生が嘉永三年に浅野梅堂（あさのばいどう）さまの配下として浦賀に参りましたご縁で、わたくしは、浦賀奉行であったこともある梅堂さまの養女として松浦の家に嫁いだのでございます」

とうの再婚に関しては、尾藤家も了承のことで、上司であった梅堂はもとより、先妻の子である尾藤由之助は、婚礼の翌々日、三ッ目の祝いを送ってきたほどであった。

とう夫人は、勤勉な女性で、朝は日が昇る前から自ら家中の掃除をし、身仕舞いを整えてからでないと決して客人とは口をきかないという。学問もできる上に、家事一般もぬかりないという婦女子の鑑（かがみ）のような女性であった。

「さて、では参ろうかのぅ」

と、せっかちな松浦老人が立ち上がったところで、とう夫人が声をかけた。

「では、わたくしは支度をして参ります」

「うむ……そうか。では……」

松浦先生は、どっかり座り直した。

「支度が出来るまで、江戸に帰ってから幕末の頃の続きを話すとするか。婆さまの支度は長いからのぅ」

そんなわけで、豊は羽二重団子を頬張りながら続きを拝聴することになってしまったのだった。

江戸に戻ってきた武四郎は、今までの蝦夷地探険報告書の集大成ともいうべき『戊午東西蝦夷山川地理取調日誌』と、『東西蝦夷山川地理取調図』をまとめて堀織部正など幕閣に提出した。

この報告書に添えられた蝦夷地の地図は、武四郎が実地に踏査し、アイヌから聞き取った地名を克明に記したものである。当然のことながら武四郎の踏破した国後（クナシリ）、択捉（エトロフ）島まで網羅されていた。

このとき、武四郎は、アイヌの人々から聞いたままの蝦夷地内の地名をカタカナで地図に表記した。

その数、九千八百。

地図には気の遠くなるような細かい字で地名が書き込まれている。常人では為し得ない緻密さと根気であった。

……集めれば集めるほど、集めたくなる。

まさに武四郎はこの時期、蝦夷地の地名を蒐集することに夢中になっていたのだろう。あるいは、〈アイヌの地名〉に魅入られていたというべきかもしれない。

アイヌ語の地名にはそれぞれに由来となる意味があった。武四郎はアイヌ語にこだわって、漢字をあてて〈和人語〉の表記にしようとはしなかった。

その点において、この最初の武四郎の地図は、蝦夷地の地図というより、アイヌの人々の大地の地図ともいえる。

地図には凡例とともに説明書が添付され、そこには各地を案内してくれた二百七十名に及ぶアイヌの人々の名が記されていた。

「しかしその後、幕府からは、なんとしても地名を漢字表記にせよと言われてのう。音だけでなく意味も含めて字を当ててみようといろいろ工夫してみたのだが、なかなかうまくいかなんだ。そして明治の世になって、その後単なる当て字の地名ができたというわけじゃ」

「でも、和人の地名にならなかっただけよかったのではありませんか？」

江戸もトウケイになって、明治になってからひらけた土地は、もとの名でなく鉄道を敷いた人の名がついたりしていた。錦絵に描かれていた頃の地名がどんどんなくなっていくのが、豊はちょっと寂しいような気がしてならない。

たしかに武四郎が蒐集した膨大な地名は、のちに貴重な記録となった。

それにしても、幕末の頃の武四郎に聞こえてくるのは暗い話題ばかりであった。

安政六年（一八五九）の八月には、水戸公に蟄居が言い渡され、十月には、吉田松陰や頼三樹三郎たちが処刑されたのである。

一方で、井伊大老によって蝦夷地政策は再び大きく変わろうとしていた。幕府直轄の方針を変更して、東北諸藩（仙台、会津、秋田、庄内、津軽、南部）による分割経営が提案された。これが現実になれば、ふたたび場所請負人の力が増大してアイヌたちの立場が危うくなるのは目に見えていた。

井伊公の御用商人は、箱館役所の者たちに巧みに取り入り、各藩が蝦夷地を拝領したのちは、一手請負人に指名されるようにと画策に走り回っているという噂もあった。

そうした中で、武四郎は、その年の十一月、幕府御用を辞した。もはや蝦夷地運営の発言権を持っているのは井伊直弼の息のかかった者ばかりであった。

ところが、明けて安政七年、三月三日、井伊大老が白昼、桜田門外で登城中に襲撃され暗殺されたのである。

「胴と首が離れし上は、仕組の機関、みな糸切れにぞなりにける」

と、武四郎は当時の日記に記している。その十日あまり後、元号は万延と改元された。

しかし、その年の十一月には、武四郎がもっとも信頼していた外国奉行の堀織部正が突然切腹して亡くなった。

武四郎は失意の中、ひたすら沈黙を守った。

隠遁生活を送る武四郎は、蝦夷地のさまざまな風俗習慣などを『蝦夷漫画』という絵入り草紙や、『天塩日誌』、『石狩日誌』、『知床日誌』、『東蝦夷日誌』、『西蝦夷日誌』などの紀行文、『蝦夷道中双六』などの双六まで作って、蝦夷地やアイヌのことを広く世に伝えようとした。一連の武四郎の著述は、〈武四郎もの〉として多くの人々に親しまれ世間に浸透していった。

やがて尊皇攘夷に世論が沸騰する中で、文久二年（一八六二）、武四郎は各方面から幕府への再勤を勧められたが、頑として断った。

武四郎の元には、相変わらず各方面から情報だけは入ってくる。どれが真で、どれが偽かわからなかったが、とにかく京の町中は妙な熱気……というより狂気が充満している、ということだけはわかっていた。野にあって武四郎はひたすら息をひそめて世の中の情勢を静観した。

「ところで、幕末の頃、新選組というのがあったじゃろ。そのもともとは、文久三年に結成された〈浪士組〉というものであった。これは、江戸におる不逞の輩を集めたものだが、なぜか最初は、わしや坂本龍馬などを取り込もうと、人選にその名が挙がっていたらしい」

「えっ、松浦先生が浪士組に？　あれは腕に覚えのある剣術の人たちの集まりでしょう？」

豊がそう言うと、松浦老人はおかしそうに笑った。

浪士組結成の裏で暗躍していたとされる松平主税助の文書の中の、文久二年十二月の書面に、浪士組の人選に関する書き付けが残っている。筆頭は、

　庄内産　清河八郎

　下総産　昨年入牢当十一月出牢　石坂宗順（周造）

などとのちの浪士組の中核をなす人々の名が並んでいるのだが、なぜか最後の方に、

　土州産　当時浪人　坂本龍馬

　伊勢産　先年箱館御雇当時浪人　松浦武四郎

と、二人の名が隣同士に並んでいるのである。

この浪士組は、表向きは、十四代将軍家茂公上洛に際しての警護要員とされていたが、過激な攘夷を唱える浪士たちを江戸から体よく追い出すための策であったともいう。

あるいは、こうした浪人たちをまとめて蝦夷地へ送り、のちの屯田兵のような存在として北方の固めとするという案もあったことから、松浦武四郎の名も挙がったのかもしれない。

たしかに当時、武四郎は松平主税助と親しく行き来してそのような計画を話したこともあったのだった。

「でも、そこになぜ坂本龍馬が？」

豊の知っている坂本龍馬は維新回天の立役者としてである。

「龍馬は、もともと蝦夷地に行くつもりだったのじゃ」

「えっ？」

「龍馬という男は大きなことばかり言って、法螺を吹いているものと思って聞いておると、いつの間にか周囲の者の方がその気になって、大法螺が本当のことのようになっておってのぅ。……あれは時代の熱気というものだったんじゃろうか」

この頃の勝海舟の日記に、龍馬からの消息として、

「坂本龍馬下東、右船にて来る。聞く京摂の過激輩二百人ほど皆蝦夷地開発通商、為国家奮発す。此輩、悉く黒龍船にて神戸より乗り廻すべく、此儀御所竝水泉公もご承知なり。且入費三、四千両、同士の者所々より取集たり。速にこの策可施と云。志気甚盛なり」

とある。〈水泉公〉とは時の老中、水野和泉守のことであるから、龍馬たち過激浪士による蝦夷地開拓は、〈御所（朝廷）〉も幕府も認めていた現実味のある、そして壮大な計画だったようだ。

「龍馬の女房は、アイヌ語の稽古までしておったそうじゃ」

のちに龍馬の妻、楢崎龍の聞き書きにいう。

「北海道ですが、アレ（注・龍馬のこと）はずッと前から、海援隊で開拓すると云って居りました。私も行く積りで、北海道の言葉を一々手帳に書き付けて、毎日稽古して居りました」（『千里駒後日譚』）

しかし、龍馬の蝦夷地開拓の夢は潰えた。

蝦夷地へ向かうためには船がいる。龍馬はこの船の問題で、なぜかことごとくつまずいた。元治元年（一八六四）、龍馬は黒龍丸を調達したが、乗り組む予定の北添佶磨や望月亀弥太らを池田屋事変で失い、神戸海軍操練所も閉鎖で立ち消えとなり、慶応二年（一八六六）にはワイルウェフ号を調達するも沈没、亀山社中の仲間十二人を失った。慶応三年、今度は用意したいろは丸が紀州藩の船と衝突、沈没、その後、大極丸を入手したものの支払いができずに計画は頓挫し、龍馬はその年の十一月になると、海援隊を「幕へでも、薩へでも」身売りしようかとまで投げやりな手紙を友に出している。その便りの結びは、次のようにしたためられていた。

「やがて方向を定め、シユラか極楽かに御供可申奉存候」

修羅か極楽か……その数日後、龍馬は暗殺された。

蝦夷地に並々ならぬ関心を持っていた龍馬の盟友北添佶磨は、武四郎の家に何度も訪ねてきては、蝦夷地開拓について語り合った。

「龍馬や北添の蝦夷地開拓は、武士が刀を鋤鍬に替えて大地を耕す、という心意気にも驚いたが、さらには箱館を拠点に異国と通商を行って稼ぐというのじゃから……時代は、どんどん人を新しくすると、当時は思ったもんじゃよ。わしはもうその頃五十前であったし、これからの蝦夷地は、坂本や北添のような者たちが牽引して切り拓いてゆくのだろう、と思っておったんじゃ。もし、あのときの龍馬や北添の蝦夷地開拓が実現していたとしたら……」

「北添佶磨って、池田屋で殺されちゃったんですか？」

「そうじゃ。池田屋の階段から落ちて斬られたという風聞もあったが、さて実際はどうであったかのぅ」

この池田屋では黒船来航以来、武四郎の家を足繁く訪ねてきていた宮部鼎蔵も殺害されている。

「北添は、わしに会いに来る前に、実は同志三人と共にすでに一度、蝦夷地を訪れておった。といっても、京から敦賀に出て、北前船の航路をたどるように箱館に行ったまでのことじゃったが」

武四郎の探険には遠く及ばないものの、彼らは本気だったのである。

「しかし、北添ら蝦夷地に向かった四人は、そのうちの一人が箱館で病死、安岡斧太郎はそののち天誅組の乱に巻き込まれて刑死、北添が池田屋で殺され、そのあとに起きた蛤御門の変で能勢達太郎が追われて自害……全員が不慮の死を遂げたのじゃ」

血なまぐさい時代であった。こんなこともあった。武四郎が、北添や宮部たちと国学者の鈴木重胤の家を訪ね、談笑していると、玄関先から「主はおるか」と大声で呼ばわる声がする。

　重胤が立ち上がって玄関の方へ行ったと思ったら、突然大声が聞こえたので、何ごとかと武四郎たちが玄関に出てみると、そこには重胤が斬られて息絶えていた。

「あっという間に人の命が消えてゆく。まったくそれまでの太平の世が嘘のように、みな腰の刀を振り回すような物騒な世の中だった」

　江戸では浪士たちが豪商を襲って金を出させる、米の高騰による貧窮組と称する打ち壊しも横行していた。そのような中で、武四郎は沈黙して著述に専念した。

　妻を持ち、娘が生まれたことで、根が生えたように落ち着いたのも一因であろう。

「そういえば、パリー万博に出品する物品の斡旋を頼まれたこともあったのぅ。なぜだか例の柴田是真を通しての話じゃったよ」

　豊は、柴田是真の鬼瓦のような恐ろしい顔を思い出した。それにしても、松浦先生と是真先生はずいぶんと古い付き合いだったのである。

　この慶応三年（一八六七）の正月、武四郎は五十歳を迎えた。

　人生五十年の時代、振り返れば、いろいろの感慨もあったのだろう、故郷に近い伊勢の多気という村でしか採れないという伊勢芋を取り寄せ、正月の三日にとろろ汁の会を催したところ、大勢の人々が来て祝ってくれた。伊勢芋は収穫のほとんどが翌年の種芋になり、親芋より子芋の方が大きくなることから、めでたいものとされていた。昔から、〈三日とろろ〉といって、正月三日にとろろを食べると風邪をひかないといわれ、長寿や健康を祈願して食べたものである。

しかしこのとき、さすがの武四郎も、そのわずか一年後、慶応四年の正月に鳥羽伏見で幕軍が敗走し、長年続いた徳川幕府が呆気なく瓦解してしまうとは予想だにしていなかった。

「明治元年となる慶応四年は雨の多い年じゃった。彰義隊の連中が江戸を闊歩している頃、いきなり西郷隆盛から連絡があって……」

「西郷さんと、その頃からのお友達だったんですか」

松浦先生は、どうやら本当に西郷とは友達だったらしい。

西郷は、慶応元年頃から、蝦夷地の開拓についてしばしば武四郎に意見を求めていた。その西郷が、「至急、京に上ってくれ」という使いを寄越してきたのである。

「取るものも取りあえず、京へ上った。江戸無血開城の二日前のことであったよ。松浦武四郎、いよいよ歴史の表舞台に飛び出していったというわけじゃな」

豊は、なんだか講談をきいているような心地がした。

「お待たせしました。支度ができました」

と、そのときいそいそと、とう夫人が戻ってきた。着物も着替えて、なんと髪も結い直してきた様子である。

「まったくどこへお出ましになる支度かのぅ。豆腐を食べに行くのに、たいそうめかしこんだもんじゃ」

「はい、あのあたりでは、ひょっこり昔馴染みの方に出くわすとも限りませぬゆえ……」

とう夫人はすましている。

「さぁ、笹乃雪に参ろう。暁斎にも会って絵の催促をせねば」

やっぱり松浦老人の目的は、そちらの方にあるらしい。

お父つぁん、今日は吉原に行っているといいんだけど、と豊はハラハラしながら、松浦老人ととう夫妻の後を付いて歩いた。

「そうそう……さっきの坂本龍馬だがの」

松浦老人は、思い出したように豊を振り返った。

「維新後に、龍馬の後裔として坂本家を継いだのは、甥にあたる坂本直(なお)という者であったが、函館裁判所の権判事(ごんはんじ)として赴任し、蝦夷地とは関わりがあってのぅ、その弟……これも龍馬の甥になるんじゃが、これは自由民権運動の闘士でな」

そこに、とう夫人が口をはさんだ。

「坂本直先生はその後、宮内省のお役をお勤めなすっておられる偉い方でございますが、キリスト教を信じているために、いろいろおつらいこともあるそうでございます。弟の直寛(なおひろ)さまも先頃高知で洗礼を受けなさったとか」

と、いきなりとう夫人は、高らかに賛美歌を歌いだしたので、豊はひっくり返るほど驚いてしまった。賢女でも、さすがに松浦老人に長年連れ添っているだけあって、やっぱりどこか変わっている。

「なんでも、その弟の坂本直寛は、一族郎党引き連れて北海道に入植し、開拓したいと人に語っておるそうじゃ」

かつて、龍馬は長府藩士印藤聿（いんどうはじめ）に宛てて次のように書き送っている。

「小弟（注・自身のこと）ハ、エゾに渡らんとせし頃より、新国を開き候ハ積年の思ひ一世の思ひでに候間、何卒（なにとぞ）一人でなりともやり付申べくと存居申候」

「あの男たちならば、本当にやれると思っておったのだが……あの頃、蝦夷地に向かった者は、みな政治の争いに巻き込まれて不慮の死を遂げてしまった。だが、その志は世代を超えて伝わってゆくものらしい」

龍馬が斃（たお）れて、すでに二十年以上の歳月が流れていた。

だが、「一人でなりとも」という意志は、壮大な大地を背景に、その次の世代の甥たちやその一族に脈々と受け継がれてゆく。

「結局、わしは見届けることは出来ぬじゃろう。人の一生は、大きな歴史の流れの中では、あまりに短すぎるのぅ」

「でも……世代を超えてその志が伝わってゆくとしたら、小さな人間の営みも大きな流れになりますね」

「そうじゃな。お豊ちゃんも、暁斎に連なる狩野や歌川の流れを伝えてゆく者になるのだぞ」

いきなり矛先が自分に向かってきたので、豊は慌てて肩をすくめた。

「……あ?」

笹乃雪横町に差し掛かったところで、父暁斎が松浦先生と豊に気付いて、パッと電信柱の陰に隠れようとしたのが見えた。尻端折(しりはしょ)りしてコソコソ逃げてゆく姿を見て、豊は我が父親ながら、なんだか情けなくなってしまった。松浦先生には気付かれなかったようだ。もちろん暁斎宅はもぬけの殻だった。

松浦先生はしかたがないので、豊にイヤミをたっぷり言いながら、笹乃雪の豆腐をご馳走(ちそう)してくれた。

豊は、来年こそは涅槃図のカタをつけなければ……と、あんかけ豆腐の椀を積み重ねながら心の中で誓ったのであった。

十、武四郎、北加伊道と名付く

明治十九年（一八八六）の三月、絵師の河鍋暁斎は松浦武四郎先生から注文を受けていた〈武四郎涅槃図〉をやっと完成させた。

最初に暁斎が下絵を作ったのが明治十四年だったから、足かけ六年もかかったことになる。依頼があった当初の松浦先生の頭にはまだ丁髷がのっていたので、丁髷姿で描きはじめたところ、途中で勝手に断髪してしまい、そのために描き直しを余儀なくされたり、蒐集物がどんどん増えたりで、暁斎は一時ふてくされて筆が進まなくなったこともあって、完成までにこんなに時間がかかってしまったのだった。

それにしても、出来上がってみれば、大木の下に松浦老人が横たわり（ちゃんと、足元には喪服姿のとう夫人が泣き伏している）、蒐集物は単にその姿を写してあるだけでなく、それぞれが絶妙な具合で、愁い悲しむ表情や姿に描き替えられており、観る者をみな驚嘆せしめる空前絶後の傑作になっていた。

「へへっ、これで師宣の屏風を返さなくってすむぜ」

暁斎は豊の前で得意満面になって胸を反らした。

実は、この仕事を引き受けるにあたって、暁斎は手付けとして、菱川師宣の屏風と明兆の羅漢図、狩野元信の寿老人図、藤原信実の歌仙図を松浦老人から貰い受けていたのであった。ものすごい高価な美術品である。

それを惜しげもなく暁斎に与えるほど、松浦先生はこの涅槃図に期待していたということなのだろう。

ところが、暁斎が酒を飲んで怠けてばかりいるのを見て、完成を危ぶんだ松浦老人は、昨年末、とうとう暁斎に念書を書けと迫った。いわく……、

〇これからは、月二回は松浦邸に参上いたします。

〇涅槃図ができなかった場合は、すでに頂戴している師宣の屏風などを返納いたします。

〇もし違約があった場合は、凡絵師に描かせた絵に私の名前を入れられても文句を

　言いません。

　要約すると、だいたいこのような内容であった。結局、月に二回参上するという約束は、豊が代参する羽目になってしまった。

　ところで、暁斎も豊もこの絵のことを〈武四郎涅槃図〉と呼んでいたが、松浦老人はそれが気にくわない様子で、

「北海道人樹下午睡図、じゃ」

と、口やかましく言い直した。まだ生きておるわい、ということなのだろう。たしかに画中の松浦武四郎は、お気に入りの勾玉の大首飾りを首に掛け、気持ちよさそうな顔で横たわって昼寝をしているようにも見える。

「北海道人、って……松浦先生が蝦夷地のことを北海道と名付けたから、そういう雅号なんですか？」

　豊が絵を前にして尋ねると、松浦老人は、

「ナニもともと〈北海道〉というのは、私の号じゃったのだ。幕末の頃から〈多気志楼主人〉とか〈北海道人〉という号を使っておったからのぅ」

「まぁ……北海道、って、先生の号からきているんですか」

　豊が驚くと、「いや、そればかりではないが」と、松浦先生は慌てて口ごもって、「そうそう、北海道命名の話をまだしておらなんだのぅ」と語り出した。

豊は、やれやれと思ったが、絵も完成したので素直に耳を傾けることにした。

「江戸では彰義隊が打ち騒いでいる頃のことじゃ、突然、錦切をつけた官軍兵が手紙を持ってやってきてのぅ……早々に登城あるべし、という。西の丸に入ると、青畳の上を土足で歩いた泥跡が斑々とついておった。どこもかしこも混乱の渦中じゃったな」

至急上洛せよ、という大総督府からの召状であった。

旧知の西郷隆盛からの伝手で、京にいる大久保利通に面会し、ついては蝦夷地に関して相談があるという。

「この年は雨が多くてのぅ。あちこちが川止めになっていると聞いたもんやから、まずは一日の猶予をもろうて、なけなしの家財と家族を知人に預け、ついでにわしは袴を借りに行った」

「……袴?」

実は、幕府御用を辞して十年近く、武四郎は市井で浪人の身だったので、袴の一つも持っていなかったのである。

箱館奉行所時代からの親友である三田喜六を訪ねたところ、餞に袴を一つくれた。三田が後に回顧している。

今度御用にて京都に上らねばならないが、何にせよ例の貧的で大切の袴がなくて困る。依て一着恵まれよ、とのことである故、早速余は承諾し、首途の餞別として一領の袴を贈りしに、翁（武四郎のこと）は大に欣び、再三礼を述べて帰って行った。

武四郎は、乞食に身をやつして西下した。

「乞食姿で？」

新政府の太政官に呼ばれていくというのに、乞食の格好というのは、いかにも変わり者の松浦老人らしかった。

「いや、今でこそ新政府と思うておるが、その頃は薩長が西の方で勝ち戦をしたというだけのことじゃ。まだ徳川様が盛り返すと思う者も多かった。奴らが錦の御旗を振り回したのも、そうした危ういところがあったからじゃ。あの頃は、官軍がぞくぞくと東上する中にあって、西下する者は勝手に斬り捨てる、という噂があった。特に西下する者は官軍の詮議が厳しくてのぅ。大久保に面談する、などと言ったところで、信じてもらえなければあっという間に首が飛んでしまうような時勢であったよ」

松浦老人は、用心深いのである。そしていつも外聞を気にせず見栄をはらず、〈実〉を取るのであった。それは若いときから危ないところを渡ってきた中で身についた処世術であったともいえるし、そのへんはいかにも堅実な伊勢の人らしいともいえた。

慶応四年（一八六八）閏四月二十日に京に到着、翌二十一日に大久保に会った。

大久保は、このときの印象を岩倉具視にさっそく報告している。

「蝦夷開拓事件に長じたる松浦武四郎上京面会、実に論におひては是迄伝聞仕候より感服仕候。誠ニ難得人物ヲ被為得、此地之事ハ是ヲ被相居候得ば不足憂ト奉存候」

要するに大久保は武四郎と面談して、蝦夷地はこの男に任せよう、と決断したのである。数日後の二十八日、太政官に出頭すると、武四郎は徴士箱館府判事に任ぜられ、従五位下に叙せられた。

いきなりの任官に、武四郎は思わず、

「私はご覧の通りいまだ家もなき素寒貧(すかんぴん)で、それが従五位下となっても仕方がない」

と役人に言った。

実際、そのときの武四郎は、道中と同じく乞食同然の姿だった。

太政官の役人は、ジロリと武四郎の姿を一瞥(いちべつ)すると、

「……なんでも黙ってお辞儀さえしていればよろしい。けっしてものなど言うてはよろしからず」

と、注意された。

それで、武四郎は仕方なく黙って頭を下げて帰ってきた。

「あとで知ったのじゃが、このときの箱館府判事の年俸は六千両じゃった」

「……ろ、六千両！」

聞いていた豊は、跳び上がらんばかりに驚いた。

「先生、昔はすごい稼いでいたんですね」

「はは、馬鹿言っちゃいかん。わしはその後、箱館に赴任することも許されず、判事などといっても名ばかりでのぅ、翌年には年俸返納を願い出て、明治三年には辞職してしまったんじゃわい」

「……もったいない」

おもわず豊は呟いた。

「お豊ちゃん、徳川さまが瓦解したところで何のことはない、結局は明治政府の役人が恥ずかしげもなく高給取りになっただけやった。そんなもののお先棒をかつがされたんじゃたまらんよ」

このへんが、松浦先生の偉いところだと、豊は内心思いながら聞いている。松浦先生は、骨董品に執心していても、いったん興味が薄れると惜しげもなく人に与えてしまう。どうやら金銭には執着がないようなのである。それどころか、世の男たちが争って求める高位高官や高給にはまったく興味がないらしかった。

あるいは、そういう人だったからこそ、幕末維新の混乱期を生きのびることができたのかもしれない。

武四郎が京都にいる頃、すでに清水谷総督、井上石見総参謀長などは箱館に赴任して箱館奉行所の引き渡しなどを行っていたが、そののち榎本武揚率いる旧幕府軍が箱館奉行所と松前城を奪還、結局、翌明治二年（一八六九）五月に榎本軍が降伏するまでは、開拓事業は棚上げ状態であった。

その間に、武四郎は今までの蝦夷地探査の報告書などを新政府に献上し、また東海道の間道調査なども行っている。

とまれ武四郎は、東京で新政府に飼い殺しのようにされていることに不満であった。

明治二年の六月には、蝦夷新道開削の件について建白書を出している。土地の開発はまず道路から、ということである。同時に給料の返納願いも出した。任命のみで何のなすところもないので、新制度が確立するまで手間取るようならば、それまでむなしく俸禄を受くべきではない、と考えたのであった。

暗に、早くも官僚制度のはびこる予感に、武四郎は痛烈な批判を投げかけたともいえる。当然のこととして返納は許されなかった。

武四郎は、せっかちである。七月には、六月に拝命したばかりの蝦夷地開拓御用掛の辞職願いも提出した。これについても八方から慰留される中で、武四郎は『道名之儀取調候書付』を提出することになるのである。

明治二年、七月十七日のことであった。

「実は、この北海道の命名については……最初から〈北海道〉で、という既定路線ができあがっていたのじゃ……東海道、西海道、南海道……北海道だけがなかったからのぅ」

そもそも〈北海道〉という言葉自体、武四郎の考えたものではない。

古くは天保十年（一八三九）、徳川斉昭の『北方未来考』の中で、「松前蝦夷　西ハカラフト、東ハシコタン等　北ハ千島カンサッカ迄ヲ北海道ト定、新ニ國名御附ニ相成」とその名がみえる。

また、武四郎の意見書に先立つこと一年前の慶応四年（一八六八）八月には、井上石見と三澤揆一郎の『蝦夷地開拓見込申上書』という建言の中で、「五畿七道の中で北海道の名がないのは先祖の深意が今日を待っていたためであろう」としており、すでに当時、〈北海道〉という名称は関係者の間では膾炙されていたのだった。

そのような中で明治新政府としては、当代一の蝦夷通松浦武四郎の意見書に基づいて決めたという、言葉を選ぶにあたっての根拠のようなものが必要と考えたのだろう。そもそも新政府からの要請が『道名国名郡名の選定』とあるように、〈道〉と名付けることはすでに決められていたわけである。

打診された武四郎にしても、長年の蝦夷地探査の実績によるものと栄誉に感じて、新たな名称を六つ、候補としてあげた。

〈日高見道〉、〈北加伊道〉、〈海北道〉、〈海島道〉、〈東北道〉、〈千島道〉である。

「意見書には、あえて〈北加伊道〉と、カイの字は別字をあてた。〈加伊〉は〈カイ〉の変体仮名じゃ。いずれにしても三文字の〈北海道〉になるとわかっておったからのぅ」

「だったら、はじめから〈北海道〉にしておけばよかったのに」

聞いていた豊は、首を傾げて尋ねた。そこが松浦先生の一筋縄ではいかないところだ。

「いや、わしがわざわざ〈海〉を〈カイ〉としたのは、わけあってのことだったのじゃ」

もちろん……蝦夷通といわれている松浦武四郎ならではの内容を盛り込むつもりであった。〈カイ〉にはもうひとつの意味が込められていたのである。

「〈カイ〉というのは、アイヌ語なんじゃ。アイヌの人々はお互いをカイノーと呼ぶ。そのカイをあてはめたのだ」

寛平(かんぴょう)二年（八九〇）に成立したとされる『熱田太神宮縁起』には次のような記述があるとされている。

　夷人自呼其國曰加伊　加伊蓋其地名　其地名加伊

アイヌの人々は自らの国を〈カイ〉と呼ぶ。カイとは国の名であり地名である。つまり〈北加伊道〉は、北にあるカイの国……という意味であった。

「なんと……そのような意味が」

　豊が感心していると、松浦老人はニヤリと笑った。

「だが、実はのぅ……厳密に言えばアイヌの言葉に〈カイ〉という言葉はないらしい」

「ええっ？」

「〈カイノー〉とか〈カイナー〉という言葉はある。かつてわしは天塩でエカシ（長老）のアエトモという男に古いアイヌの言葉だと聞かされた」

のちに武四郎は自らの紀行文に次のように書いている。

　此家主アエトモは極老にて種々の故事をも能く弁し者に附て、夜中種々の事を聞。（略）是を聞しや老人の曰に、カイとは此国に産れし者の事。ナとはニシパを指て旦那等と云て尊敬の言なりしが、何時よりか和人の言に慣れてアイノと呼易き様に成たり。然れ共深山の村々は未だ和語が接らざる故にカイナと呼よし話たりしが、右にと考る時は此国はカイと云やらん。

〈カイ〉というのは、〈この国に生まれた者〉ということで〈ナ〉は敬語、古いアイヌの言葉で、当時でも和人の影響の少ない土地にはまだ残っていたという。

「彼の地は、昔、他国から〈クイ〉とか〈クギ〉と呼ばれていた記録もある。音が〈カイ〉と似ておるじゃろう？　我が国でも鎌倉時代の『釈日本紀』では〈蝦夷〉という字に〈カイ〉とふりがなを振っておる」

「エミシとかエゾじゃなくて……？」

「そうじゃよ、お豊ちゃん、そもそも蝦夷の〈蝦〉という字はエビと読む。音読みだと〈カ〉じゃ。蝦夷の〈夷〉はエビスとかエミシと読むが、音読みだと〈イ〉じゃろ？」

「あっ……カイだ！」

豊は今さらながら気付いてびっくりした。考えてみれば、蝦夷を〈エゾ〉と読む方が不自然で、普通に読めば〈カイ〉である。

「〈カイ〉と古くは呼び習わされていた国……それは、クナシリやエトロフを含めたアイヌの人々の住む地域のことを指した言葉であったろうが、そのアイヌの人々が昔から住んでいた土地という意味で〈カイ〉。……北海道の〈カイ〉というのは、五畿七道にある東海道などの〈海〉ではなくて、昔からのさまざまなあの地域を呼び習わした〈カイ〉という音によったのじゃ」

古来から呼び習わされていた〈カイ〉の解釈は、いかにも松浦先生らしい発想であった。

「もうひとつ……」

松浦老人は、ちょっと照れたように豊を見た。

「わしは、その頃すでに〈北海道人〉の名で著作があったから、そのままでは世の人々に『あいつは自分の号をつけたのだ』と誹（そし）られるのも癪（しゃく）だと思ってのぅ」

くくくっ、と老人は口の中で笑った。

その昔、黒船が来た頃、日本でも国旗というものが必要になったとき、江戸幕府はそれを〈日の丸〉に決めた。しかし、その旗を見た人々は、

「御老中の阿部さまは、自分の家紋を国の旗印にした」

と、陰口をたたいたものだった。時の老中首座阿部正弘の替紋が〈石持ち（こくもち）〉という黒丸印だ

ったのである。

松浦先生、日の丸の轍（てつ）は踏むまい、と思ったのだろう。

かくして松浦老人は〈北海道の名付け親〉と呼ばれるようになった。だが、それは単に〈北海道〉という名を考えついた人、という意味ではなく、〈北海道〉が〈東海道〉などとはまったく違う成り立ちであるということを……きちんと後世に残そうとした人、ということであるのかもしれない。

さらに一ヶ月後、武四郎は国名（道内の支庁名）、郡名についても上申した。これもアイヌ語の地名とともに、当時のアイヌの人々の暮らしに基づいた地域の区分で、まさにそこに住む人々のことを熟知している武四郎ならではの仕事であった。今まで暮らしている人々の耳に馴染んでいるアイヌ語をそのままカタカナ表記した地名に……と主張した武四郎は、あらゆる意味での、〈北海道各地の名付け親〉でもあったのである。

「それなのに、どうして月給を返納したり、辞職願いを出すことになってしまったんですか」

豊が尋ねると、松浦先生はしばし沈黙した。

「わしがなかなか北海道に渡ることができなんだのは……開拓使の役人や、旧松前藩の者、さらには各場所の請負人たちの猛反発があったり、いろいろな陰言（かげごと）を言われていたためであるらしい」

施政者は新政府の役人になったものの、実際に役所で働いているのは、旧幕時代からの箱館奉行所に勤めていた人々だったので、それはみな武四郎の元上役であった。松前藩や運上屋の役人、さらには出入りの商人たちは、旧幕時代から武四郎とは反目していた者ばかりである。

「松浦は東京に置いておいた方がいいのではないか」

という意見が新政府内では根強かった。

武四郎は、ねんねこ半纏や、手拭いですっとこ被りしたような風体で役所に出勤して来ては、誰憚らず大声で話しかけるので、東京の役所でも薩長や旧幕出身の役人たちから煙たがられていた。政府内では完全に孤立していたのである。

「わしは生直なもんやで、つくづく役人は向いてぇへんだのぅ」

たしかに松浦先生は、組織の中で、しかも人の上に立って仕事をする人物ではないようであった。

そのような中で、箱館詰めの府判事の井上石見は、武四郎にとっては心の内を明かすことのできる数少ない友人であった。薩摩人の井上は快活な男で、早くから〈北海道〉という名を提唱し、「開拓には人力より機械を導入すべきである」と進取の気性にも富んでいた。

あるとき、プロシャ船ロワ号を箱館府で買い入れるための資金調達に東京に戻って来ていた井上石見が武四郎を訪ねてきた。

「視察で奥地せえ入っていっと、アイヌん村があって、そこで〈松浦ニシパ〉ちゅうと、みぃんな懐かしがっせえなあ。『そんうちに松浦ニシパも来っど』ちゅうと、アイヌたっは、みぃんな泣こごちばかい喜びもしてナ」

井上の報告を聞いて、武四郎は胸が熱くなった。

「箱館んある料亭で、女中の一人(ひとい)が、『箱館府の役人ならば、松浦さまを知っているか』ち、おいに聞って、もちろん知っちょっどち答えたぎぃ、小躍りしっせえ喜びもしてナ。文字はそげん書けんどん……ち、何やら書き付けっせえ、こげな文(ふみ)を託されもしたど」

石見はニコニコしながら、「恋文じゃっどナ」と畳んだ紙を武四郎の前に差し出した。

武四郎は、不審に思いながら広げてみたが……たどたどしい文字のようなものが、のたくっていて判読できなかった。

「こいは、蟹文字(かにもじ)ごわんナ」

興味津々で覗き込んだ井上は、横浜で各国の領事と折衝などもしているので、多少横文字も読めるらしい。

「うーん。Nisipa……」

「ああ……ニシパ。アイヌ語だな」

武四郎は口の中で呟いた。

続く文字は、たどたどしい仮名で、〈やいきつぷ〉と書いてあるようだ。ただそれだけだった。

「ヤイキップ……」

武四郎は、はっとして女中の名を聞き返した。

「女中ん名は……たしかお菊ちゅうたナ」

「菊……銀では？　いや……その者の名は、ソンという名では？」

「うんにゃ、お菊じゃっど。なんでんアイヌん血が混じっちょる娘で、こん間まで領事館せえ通っちょったごあっど。懇（ねんご）ろになっちょった領事館の者がアメリカせえ帰りもしたので……今は女中をしちょっち話ごわした」

「……ソン」

ソンに違いなかった。

領事館に出入りするうちに横文字の方が達者になったのだろうか。そのソンが、慣れない文字をしたためて寄越して来るとは……。

「わしは昔、アイヌの子に〈ヤイキップ〉という言葉を教えられたことがある……〈剣呑（あぶない）〉という意味やと」

「ああ」

井上はやっと合点がいったというような顔になった。

女中のお菊は、「松浦さまに会ったら、どうぞ蝦夷には来ないよう伝えてくれ」と、しきりに言っていたという。

「来るなと？」

武四郎は意外な面持ちになって聞き返した。

「座敷で御用商人たっが、『松浦を片付けてから』なんち話しちょっとを耳にしたち、わっぜえ心配しちょいもした」

箱館では想像以上に〈反松浦〉の声は強いようであった。

「なんと……」

武四郎の命の危険を感じて、ソンはなんとかして知らせようとしてくれたのだろう。

「……ソン」

その境遇が幸せそうにも思われないのに、ソンは自分のことよりも、武四郎のことに心を痛めてくれていたのだ。

「なかなか美しい女子じゃしてな、こん黒か髪の毛に、浅葱色ん玉簪がわっぜ似合ちょったど」

「……浅葱の玉簪」

武四郎は、ハッとした。

「本当に簪に……」

別れ際にソンに手渡した大玉は不透明な水色……当時、江戸の人々は〈アイヌ玉〉と呼んで珍重していたものだった。

貨幣経済のないアイヌたちとの交易では、内地から、あるいは大陸から渡ってきた商人たちは漆器や玉と蝦夷地の産物を交換した。交易玉とも呼ばれるものの代表がアイヌ玉で、特に水色のガラス玉が喜ばれた。アイヌの女たちの胸元を飾る首飾りのタマサイには、しばしば水色のアイヌ玉が用いられたのである。

だが、日本娘になったソンに必要なのはタマサイではなく、結い上げた髪に飾る簪（かんざし）だったのだろう。

「なんとかしてやれへんもんやろか……」

武四郎は、井上に、〈お菊〉に会ったら渡して欲しいと金子（きんす）を包んで託した。今の武四郎は金には不自由していなかった。金で解決できることならば、何でもしてやりたかった。

開拓使の政策として、「開拓の意志のある者には土地は無償で与える」と開拓民を募っていたが、もともと住んでいるアイヌの人々の存在は軽んじられたままだった。結局は入植者によってアイヌの土地は取り上げられ、アイヌたちは再び酷使されるばかりなのではないか……もしそうだとしたら、松前藩の頃の場所請負制度の時代と何も変わりがない。

「井上さん、くれぐれも北海道はアイヌの人々と自然が育んだ大地であることを忘れて下さるな。あの広大で厳しい自然の中で土地を開墾してゆくためには、アイヌの知恵をぞんざいに扱ってはならぬ……逆に我々は彼らに学ばねばなりますまい」

武四郎は、井上にくどくどと同じことを繰り返し念押しした。その姿はまるで田舎の老爺のようであった。

井上は、ロワ号の代金を新政府から引き出すことができず、結局イギリスから借り入れする形で資金を調達して、箱館へと戻っていった。

しばらくして「お菊はすでに料亭にはおらず、行方はわからない由」という井上の手紙とともに預けた金が律儀に送り返されてきた。

「……ソンはそれから行方知れずじゃ」

松浦老人は豊にそう語ると、ちょっと寂しそうに呟いた。

そののち井上石見は、択捉、根室方面に視察に行ったまま、嵐に遭って購入したばかりのロワ号とともに北の海で消息を絶った。

「有為な人物であったのに、今もいったいどこの海の底に沈んでいるのやら……」

松浦老人はのちに手控えの月旦録に次のように記している。

井上石見　薩州鹿児島人也。明治元年エトロフ島に到る、何れえか飄流ス

この世から忽然と消えた船は、霧の中を漂うという幽霊船のように、今も北辺の海を守ってくれているようにも思われた。

この井上石見の死はよほどの痛恨事であったらしく、その死の報に松浦老人はわざわざ位

たが、位牌まで作ったのは、この井上石見ただひとりだけである。松浦老人は、数多くの友の死に遭遇してきたが、いまだに朝晩、供養しているという。牌を作り、いまだに朝晩、供養しているという。

その後、札幌を〈五大州第一の都〉にしようと新都市計画に邁進していた開拓使判官の島義勇は、初代長官鍋島直正の後任者東久世通禧と予算を巡って衝突、さらに石狩や小樽の場所請負人たちの策謀によって、志半ばに解任された。島の後任は、『場所請負人制度廃止は時期尚早』と、請負人たちと結託していた岩村通俊という男になり、「もし、松浦が着任しても島同様に罷免に追い込んでやる」という噂が開拓使のあちこちで囁かれるようになっていた。

武四郎は、東久世長官に対しても、次の三点を方策として提案していた。

一、松前藩を他所に移封する

一、場所請負人制度を廃止する

一、北海道を諸藩で分割統治する

これに対して、東久世長官は、場所請負人制度廃止と諸藩分割統治については承諾したものの、松前藩の処遇については反発を恐れて承知せず、さらに、廃止令を出した場所請負人制についても、その後また元の鞘に戻してしまったのである。

もはや為す術もなかった。

明治新政府は、アイヌの実情には手を触れず、開拓に邁進してゆこうとしている……。

武四郎は、千二百五十字に及ぶ開拓使への痛烈な批判をしたためて辞表を叩きつけ、官位も返上して野に下った。

爾来(じらい)、在野の古物蒐集家として生きている。同時に珍奇な石を集めることにも熱中した。またたくまに数百の奇石が、家にはあふれた。

それは、新時代になり、新しいものを取り入れることに躍起になって、旧弊なものは切り捨てられてゆく世の中の風潮に対する、老人のささやかな抵抗であるようにも思われた。

「石や古物にのめり込むより……アイヌのために、我慢して……北海道に骨を埋(うず)めようとは思わなかったのですか?」

豊は娘らしい率直さで尋ねた。

「そうさの。わしもそのことは考えたよ。だが、すでにわしは年を取り過ぎていた。ご一新からこっち、若い人たちの時代になっていたからのぅ。それに……わしが北海道でひとり踏ん張ったところで、アイヌのためになったかどうか……逆ではないかと思ったのじゃよ」

たしかにそれは現実的な判断であったかもしれなかった。体制が急速に変わり過剰な官憲主義に走っていた開拓使において、武四郎ひとりがアイヌの人々のことを声高に主張しても、なにほどのこともできなかったであろう。

「アイヌの人たちは、さぞガッカリしたでしょうね」

豊がそう言うと、老人はしばらく沈黙した。

「……わしは、あの者たちに顔向けできぬようになってしまったのじゃ」

しばらくしてから、松浦老人はポツリと呟いた。

今も、最後の別れとなった時の人々の声が脳裏に甦るという。

人々の叫びは、草原を渡る風の音のように、あれからずっと松浦老人の耳の奥で囁き続けているのだろう。

その後……明治三年（一八七〇）に辞職して以降の松浦先生が、〈北海道〉に関するものをいっさい身の回りから遠ざけたのは、その脳裏に反芻する声から逃れたかったからかもしれない。

松浦先生は、〈北海道の名付け親〉といわれていながら、実は明治以降は一度も北海道を再訪しようとしなかった。あのお気に入りの首飾りでさえ、古墳から出土した勾玉ばかりで、その中に〈アイヌ玉〉は一粒も見いだせないのである。

さらには『北海道人樹下午睡図』においても、江戸玩具……〈ずぼんぼ〉や〈飛んだり跳ねたり〉、郷土玩具の春駒から、今やクモやコウモリのねぐらになっている松浦家の庭の羅漢像にいたるまで、雑多な蒐集品を暁斎に描かせているにもかかわらず、残された絵の中にアイヌ関連のものはひとつとして描かれていない。

そこには松浦先生の忸怩たる思いが透けてみえるようであった。

「松浦先生は、今でも〈北海道人〉の号は使っているのですか？」

「いや、北海道は蝦夷地の名になってしまったからのぅ。明治になってからは、〈餐煎豆居〉とか……」

「何ですか？　それ」

「ほれ、わしは炒り豆が大の好物じゃからな。それから、明治に入ってしばらくは岩倉卿の長屋に住んでいて、それが馬場先門の角にあったから……馬の角」

「馬の角？」

「馬角斎じゃ」

「バカクサイ！」

豊と松浦先生は声を立てて笑った。

笑い終わって、ふと豊は……そこには松浦先生の、世の中に対するどこかしらけた諧謔精神と、そして無念さとが滲んでいるような気がした。

しかし、明治以降、松浦先生がもっとも愛用しているのは、この〈馬角斎〉の号なのであった。

十一、武四郎、終活に邁進す

明治十九年（一八八六）の五月二十五日のことである。

暁斎と豊は、この日、松浦先生から〈菅公祭〉を催すから父娘で参加するようにという連絡を受け、神田五軒町の屋敷に参上していた。

松浦老人が天神さまを崇拝していることは、つとに有名であった。通された座敷には、すでに大勢の人が床の間の前に並んで座っており、立派な供物や花が祭壇の前には山のように並べられている。床の間の幅は白絹で勿体らしく覆われており、いったいどんな名画だろうと、集められた人々は開帳を待っていた。

床の間の横には、椅子が三脚並べられていた。ここが貴賓席であるらしい。

やがて、長身の外国人と、フロックコートを着た日本人の男が颯爽と入ってきて席に着いた。

「……なんだ、コンデールじゃねぇか」

末席に座っていた暁斎は、豊を突くようにして呟いた。

「隣のフロックコートは、ありゃ岩崎弥之助だぜ」

暁斎は小声で教えてくれた。美術蒐集家としても知られている岩崎とコンドルは、個人的にもたいへん親しい間柄だったのである。

わざわざ椅子を用意したのは、この脚の長いコンドルのためであったのだろう。暁斎と豊に気付いたコンドルは、お茶目にウィンクしてみせた。

「ちぇっ、コンデールのやつ、男のくせに秋波なんぞ送りやがって、気味の悪いやつだぜ」

暁斎は舌打ちした。口ではなんだかんだ言っていても、暁斎とコンドルは仲のいい師弟で、よく連れ立っては写生旅行などにも出掛けている。

ところで、貴賓席の椅子は三つ、コンドル、岩崎が座って、一番端の椅子だけが残っていた。

すると、突然、部屋に入ってきた十に満たない男の子が、トコトコと進むと大きな椅子によじ登って、ちょこなんと座った。驚いたことに、隣の岩崎と同じようなフロックコートを着ている。床につかない両足の膝頭をきちんと揃えて背をまっすぐに姿勢良く座っている姿はまるで小さな紳士であった。

コンドルが驚いてその一挙一動を見つめていると、間に座っていた岩崎が、平然と「伊勢の川喜田家十六代目の川喜田久太夫さんです」と紹介した。

その声は座っている人々の間にも聞こえ、思わず「ああ、あの大伝馬町の川喜田の」という声がため息のように囁かれた。

「あの日本橋の錦絵には必ず出てくる川喜田の……」

豊がびっくりして暁斎に尋ねると、暁斎もギョロッとした目をますます大きく見開いて、

「ずいぶんと小せぇ主だぜ」と驚いている。

コンドルは、思わず尋ねた。

「十六代目は、おいくつですか？」

「……九歳デス」

両手を膝に重ねたまま、十六代目の少年は行儀よく答えた。

「……ひとりで来たのですか？」

誰の介添えもなく、この少年はひとりで椅子によじ登って、幼いながらも懸命に川喜田家の当主の任を全うしようとしているように見えた。

「おばあさまと参りました」

豊たちのさらに後ろに静かに座っている老婆が、この少年の祖母であるらしかった。しきりに松浦先生の家の者が「川喜田の刀自さま、どうぞもっと前の方に」と勧めているのに、「わたくしはここでよろしゅうございます」と頑として動こうとしない。

そうこうするうちに、紋付き袴姿の松浦先生が厳かに入ってきて、咳払いをすると挨拶をはじめた。今日は先生も正装で、例の勾玉を幾つもつなげた大首飾りが首から股のあたりまで垂れ下がっている。

「礼ッ!」

いきなり松浦老人が大声で号令をかけるので、座っていた人々は慌てて正座して畳に頭をすりつけ、コンドルたちは立ち上がって黙礼した。

松浦先生はうやうやしく進んで白絹をとると……天神さまの肖像ではなく、なにやら番付のようなものの掛け軸が出現した。

みな、ポカンとして見つめている。

「これは、大阪の私娼窟の古番付でございます」

澄ました顔でもったいをつけて説明するのを聞きながら、暁斎がいきなり大声で笑い出したので、豊は身をすくめた。

「お、お父つぁん」

場所をわきまえなよ、と小声でたしなめるのも聞かずに暁斎は、ってわけか」

「大阪の私娼窟のことを〈天神〉っていうが……天神さんは天神さんでも……そっちの天神

松浦老人は、くすくす笑っている。したり、というわけだろう。

「なんと……」

かつがれた人々は呆れるやら、おかしいやらで、みな口々に笑い出したり隣の者と嘆きあったりしはじめた。

「さぁさ、次の間で茶菓でもどうぞ……」

松浦老人に促されて、集まった人々は隣の座敷へと流れていった。

「ちぇっ、ばかばかしい。わっちぁ帰るぜ」

暁斎は、そう言いながらさっさと帰ってしまった。あとは豊にまかせるということらしい。

「……ンもぅ、お父つぁんたら」

と、文句を言いながら、ふと見ると、大きな椅子に座ったままの少年は、まだじっと床の間の掛け軸を見つめていた。

「坊ちゃんも参りましょう。お菓子をいただけますよ」

思わず豊が声をかけると、男の子はきょとんとしている。

「……坊ちゃん？」

どうやら坊やなどと呼ばれたことがないらしかった。

「ああ、ごめんなさいよ。坊は、いつもなんて呼ばれているんだい？」

江戸娘の豊はつい、ズケズケ聞いてしまう。

「……だんなさま」

「まぁ。ずいぶんちっちゃなだんなさまだねぇ。本当の名前はなんていうの？」

「久太夫」

「それは代々の名前だろう？」

「あ。……ええと、善太郎デス」

「ああ、じゃあ、善ちゃんだね。さ、早くいこう、善ちゃん。あ、その前にシッシは行っておかなくてもいいかい？」

「シッシ？」

「小便のことだよ」

「あ……行く」

豊は、善太郎の手を取って、手水場へ行こうとして、「あ、せっかくだからさ、本物の天神さまも拝んでいこう」と、こっそり松浦先生の大事にしているさまざまな天神像が所狭しと鎮座している部屋に連れて行った。豊にとってここは勝手知ったる家である。

「……ほら、善ちゃんも賢くなるように気に入った天神様の前でお詣りしな」

豊がそう言うと、キョロキョロ見回していた善太郎はやがて一つの天神像の前で小さな手を合わせて一心に祈りはじめた。その横顔は、大人顔負けの上等なフロックコートを着ていても、やはり子供らしい。

豊と善太郎が、宴席に行ってみると、そこには暁斎の描いた〈北海道人樹下午睡図〉が立派に表装されて飾ってあり、その前で人々は驚嘆の声を上げていた。松浦先生は得意満面で、一つ一つ描かれている蒐集品の解説をしている。

「おお、お豊ちゃん、どこへ行っておった。暁斎はどうした?」

「……帰りました」

「えぇーっ」

松浦老人は、がっくり肩を落とした。実のところ、今日のこの集まりの主目的は天神ではなくて涅槃図のお披露目だったのである。

「オトヨサン、岩崎サンは松浦センセイのネックレスが気に入ったそうです。大喜びでした」

天下の政商岩崎弥之助を松浦先生に引き合わせたのはコンドルであった。参集した人々が三々五々帰ってゆく中で、コンドルは帰り際にそんなことを豊に小声で囁いた。

最後に、十六代川喜田久太夫の善太郎少年が祖母と並んで帰って行くのを、居残りの豊は、松浦先生と一緒に玄関先で見送った。

少年は表の柳の大木の下で、突然、「松浦のおじいさま」と振り返ると、た。

「……さようなら」

と丁寧に頭を下げ、そしてそっと祖母の手を取って、いたわるようにゆっくりと去っていっ
「……先生？」

ふと見ると、次第に小さくなってゆくその後ろ姿を見送っていた松浦先生が泣いていた。

「いやなに……あの子も立派になったものと思うてのぅ。やっぱり崎之助に似ているよ」

松浦先生は感慨深げにそう言って大きく息をつき、目を瞬かせた。

「お豊ちゃん、茶でも一服進ぜようかの」と促すので、豊は暇乞いするきっかけをなくして、
また座敷へと戻っていった。

「わしが崎之助と平松先生の塾に通っておったのは、ちょうどわしらが今の善太郎の年の頃
じゃったよ」

松浦老人は、茶を啜りながらしみじみとため息をついた。

今日、やってきた善太郎少年の祖父……十四代川喜田久太夫は、幼名を崎之助といって、
松浦老人の幼馴染みであった。

「松浦先生があの……家出したとき、置き手紙を託したという……」

「そうじゃ。崎之助は最初の家出のとき、家からくすねてきた大きな碧い翡翠の勾玉を餞別

にくれたよ。わしが旅をしているとき、どこへ行っても、この勾玉を見せると珍しがられて大事に扱われたものじゃ。あの勾玉は本当にわしにとってはお守りじゃった」

松浦老人の勾玉熱は、この崎之助にもらった碧翠色(あおみどりいろ)の大勾玉から始まったのかもしれなかった。

長じて武四郎が諸国を放浪しているときも、崎之助は金銭の援助を惜しまなかった。武四郎はその恩に報いるために、どこへ行ってもその地の様子を便りにして伝えた。幕末の動乱期に入ると、武四郎からの便りは世の中の先端の情勢を知る重要な手がかりとなった。また、武四郎は万が一、自分の身に何かあったときのことを考えて、極秘の内容はすべて川喜田家にも書き送っていた。

「たけちゃん……もうちょっと、丁寧に字を書けへんもんかいなァ。たけちゃんの字は汚くて読めへんわ」

幼馴染みらしく崎之助はよくそんな率直な苦言を呈したりした。

武四郎の悪筆については、昔から周囲の人々を悩ませていたらしく、崎之助に代わって国学者鈴木重胤(すずきしげたね)が武四郎にあてた書簡の中で、やんわりとたしなめている。

> 今少し字、落着よくテイネイに御認(したため)下され度(たく)存じ候。川喜田氏篤実の仁ゆえ、あまり達筆は好み申すまじく候。

〈落ち着いて丁寧に〉とは、せっかちな武四郎の性格をよく突いている。しかも〈テイネイ〉の部分は強調してカタカナであった。

幼いときから数えきれないほど多くの書簡のやりとりをした崎之助は、武四郎にとって生涯を通じての支援者であり、そして同時にかけがえのない友であった。

「まさか、その崎之助が、あんなに早く逝ってしまうとはのぅ……」

明治十二年（一八七九）に崎之助は亡くなった。すでにその二年前、息子の十五代久太夫政豊に家業は譲って隠居の身であった。知らせを受け取った武四郎は、取るものも取り敢えず川喜田家のある津へ向かった。

その葬儀が終わり、しばらく伊勢の実家でゆっくりしていた武四郎のところに、さらに思いもよらない訃報が飛び込んできた。

今度は、崎之助の一人息子の政豊が急死したというのである。まだ二十九歳の若さであった。

再び武四郎は川喜田家に駆けつけた。

武四郎を迎え入れたのは、崎之助の妻の琴であった。

「……ゆかさん」

武四郎は、琴を少女時代の名で呼んだ。琴は、武四郎が幼い頃、〈神足歩行術〉を教えてもらったり、その人格形成に多大な影響を与えてくれた射和の竹川竹斎の末の妹であった。

川喜田には京と大阪にも店があり、政豊はその大阪で倒れたらしい。政豊は昨年祝言を挙げており、あとには乳呑み子と若妻が残された。

若き当主が倒れたとき、琴が最初に考えたのは川喜田家の存続と、残された若い嫁と幼子の処遇についてであった。政豊の妻の稔はまだ十八歳、赤子は生まれたばかりであった。

「忘れ形見の赤子に会わせてはくれんかのぅ」

武四郎は、琴に会うなりそう頼んだ。

「ゆかさん……この子は、崎ちゃんにそっくりや。目のあたりとか、眉の形とか……」

赤ん坊なので、まだ似ているも似ていないも判然としないものを、武四郎は赤子を抱きながら、くどくどとそう繰り返した。忘れ形見が残されている、ということだけが、悲しみを少しでも癒してくれるような気がしたのかもしれない。

そのとき琴は突然、ワッと泣き出した。夫の死にも一人息子の死の報にも泣かずに川喜田家を支えてきた女主人は、押さえ込んでいた妻であり母である思いが一気に溢れてしまったのだろう。

「武四郎さま……今日から、わたくしは〈政〉と名を改めます」

〈政〉は、亡き夫崎之助の名〈政明〉、早世した息子の〈政豊〉の〈政〉……自らも〈政〉という別の人間に生まれ変わって、川喜田家の女主として、孫の後ろ盾となり、孫と店を守り通そうと決意したのである。

政は、若い母親の稔を実家に帰した。稔は戻さないで欲しいと泣いて懇願したが、政は耳を塞ぐようにして拒絶した。

「わたくしは……これからの残りの人生を、この子を育てることだけに捧げます」

初七日のあと、政は武四郎にだけポツリとそう伝えた。もうかつての可憐な心優しい〈ゆか〉ではないと、自分に言い聞かせているようであった。母と子を生木を裂くように離す非情に対する世間の非難は一身に背負う覚悟だったのだろう。

かくして善太郎少年はわずか一歳で、伊勢きっての豪商川喜田家の当主となった。

政は、成人するまでは善太郎を母には会わせぬつもりだという。稔は再嫁して、現在は大阪で幸せに暮らしているということであった。

善太郎の前で、政は父母の話はいっさいせず、癇性なほどの厳しさで孫に接した。

「今はつらかろうが……きっと将来、あの子は川喜田を守り立てていくやろ」

豊は、熱心に天神さまを拝んでいた少年の横顔を思い出していた。

「それにしても、ゆかさんも、昔、生家の竹川家にいたときは〈ゆか〉と呼ばれていたのが、婚礼のときに〈琴〉と改めて川喜田家の人間になり、今は〈政〉となって当主の後見となっている。名前が変わるごとに境遇が変わるようじゃのぅ」

「あのアイヌのソンも……その後、銀と呼ばれ、菊と呼ばれ……やっぱり境遇が変わって」

ふと、豊はアイヌの少女のことを思い出していた。

名をどんどん変えることで生きてゆかねばならない女もあるのかもしれない。

明治も二十年になり、松浦武四郎老人は、『北海道人樹下午睡図』が出来上がったあとも、何かにつけて暁斎の家にやって来たり、豊を呼びつけては、あちこち連れ回したりしている。二十歳になっても浮いた噂ひとつない豊は、松浦先生のお供だとご馳走にありつけるので、なんだかんだ文句を言いながらも出かけてゆくのだった。

「松浦先生のとこの娘御も、生きていりゃあメェくらいの年頃だ。メェは不細工だから、連れ歩いても気兼ねがねぇんだろうよ。まぁ、供養だと思って付き合ってやんな」

暁斎は江戸っ子だから口が悪い。豊は、もう慣れっこだ。

松浦先生の一人娘は一志といった。老人の生まれ故郷、伊勢国一志郡から取った名であるという。四十七のときに生まれた一粒種のこの娘を、松浦老人は溺愛していたが、一志は十歳で呆気なく亡くなってしまった。

かわいい盛りの娘を病で失ってから、老人はますます偏屈になり、古物蒐集の世界に没頭するようになった。

「一志が生きていれば、お豊ちゃんより四つばかり上やから……もう二十四になるのかのぅ」

などと、老人は思い出したように豊を前にしてつぶやくことがあった。

「もうとっくにお輿入れして、ご孫もいたかもしれないですね」

豊は気立てがいいから素直にそんなことを言って、老人の心をなごませた。

「いや、わしに似て変わり者で、なかなか嫁のもらい手がないかもしれん」

本当は、老人はお一志ちゃんを連れて歩きたかったのだろう、と豊はいつも思う。

染井の墓地にある一志の墓には、『なむあみだぶつ』と刻まれている。幼い一志の手習いの字をそのまま刻んで墓碑にしたという。

その後、松浦老人は故郷から甥の娘とくを呼び寄せた。温順なとくは、気難しいとう夫人とも気が合い、時には女ふたりで結託して老人をやり込めることもあったらしい。

「おとく、家内と極仲良しにて、僕をおりおりイジメ候には困り申し候」

などと、松浦老人は知人への手紙に、なにやら楽しげに綴ったりしていた。


その松浦先生からしばらく連絡がないので、どうしているだろうと思っていると、九月のある日、小さい男の子を連れてひょっこりやって来た。

「この子は、鷲津の孫なんじゃ」

鷲津毅堂は、松浦老人がその昔、〈攘夷の密勅〉を京都に届けたときの首謀者の一人で、その頃からの大親友であった。黒船来航の頃だというから、ずいぶん古い仲である。鷲津の娘の長男だというその色の白い少年は、壮吉という名であった。今年八つになるという。

「男の子のくせに、浮世絵が大好きなんじゃそうや。ちっと、お豊ちゃんの持っている錦絵を見せてやっておくれ」

　暁斎の家には仕事柄、昔の浮世絵が掃いて捨てるほどある。

「まぁ、それじゃ武者絵がいいでしょうかねぇ。うちには国芳の『水滸伝』も揃でありますよ」

「お豊ちゃん」

と、豊が葛籠にいっぱい入った錦絵を押し入れから引っ張り出そうとすると、坊ちゃん刈りの壮吉少年は、馴れ馴れしくお豊の名を呼んだ。

「ぼく……国貞の方が好き」

「え？　国貞って……」

　松浦老人が横から口をはさんだ。

「壮吉は、美人画が一番好きなんだそうじゃ」

「……国貞でも、香蝶楼時代の絵が好きだ」

　壮吉は、子供のくせにいっぱしの通ぶったことを言うので、豊は呆れてしまった。

「まぁまぁ、末恐ろしいような坊やだこと」

　豊が大事にしている国貞の美人画を出してやると、「わぁ」と壮吉は子供らしい歓声をあげて食い入るように眺めている。

「ははは、実はこの子は、わしが拾ってきたのじゃ」

「えっ？　捨て子？」

豊は、ピンときて笑った。

生まれた赤子の父親が厄年だった場合、示し合わせた知人の家の前にいったん捨てて、厄を落とすという風習がある。

鷲津の娘が里帰りして壮吉を産んだので、鷲津家では形ばかりの捨て子をすることになり、松浦老人の家の前に捨てられたその赤子を老人が拾ったというわけであった。

「その壮吉が、もう八歳……早いものじゃのぅ」

すでに毅堂は亡くなっていたが、最近では骨董品(こっとうひん)に目のない壮吉少年を相手に、松浦老人は自慢の蒐集物を見せたりして楽しんでいる。

豊は、ふと気付いて松浦老人に尋ねた。

「ところで、松浦先生……また、どこかに旅していたんですか」

「おお、そうじゃ。わしは今年七十になったからに、古稀(こき)の記念に富士山に登ってきたぞ」

「えっ、富士山？　お一人でですか？」

「……松平(まつへい)に供をさせた」

豊は、やれやれと笑ってしまった。松浦先生の専属俥引(くるまひ)きである松平の祖父さんは、家出した少年時代の先生を泣きながら連れ戻した人だ。祖父も孫も、松浦先生には振り回されてばかりであった。

それにしても、松浦老人は松平を引き連れて富士山の一合目から頂上までわずか一日で登ったという。

「それが無事、富士の頂上で一夜を過ごして御来迎を拝み、また一日で麓まで下山し、その晩宿泊した宿で、何をしに来たと問われたからに、『富士に上ってきた』と、答えたら……」

その老人の大声に、居合わせた人々が一斉に笑い出した。

「爺さま、なに寝惚けたこと言っていなさる。富士は老人が登るような山でねぇ。下からおとなしく拝んでいなせぇ」

誰も本気にしなかったというのだった。

豊は、くすくす笑ってしまった。たしかに黒い蝙蝠傘を杖代わりにして闊歩しているこの小さな老人の、どこにそのような活力があるのか不思議でならなかった。それにしても七十になっても、松浦先生は相も変わらず体力気力みなぎって元気いっぱいであった。

七十にして富士登山を達成した松浦先生が、次に熱中したのは遺言状作りである。

「まぁよく次から次へと考えつくもんだぜ」

暁斎は松浦老人の最近の様子を聞くにつけ、呆れながらも感心した。

「なんかね……すごいんだよ。『千亀万鶴』って名前なんだって」

「何の名前だよ」

「だから、遺言状の」

「……ふつう、遺言状に題名なんてつけるか？」

「それが立派な表紙のついた大作らしくって……」

「遺言状に大作もなにもあるもんか」

暁斎も驚いたその松浦老人の遺言状は、周到に自分の死んだときの葬儀の式次第から、関係連絡先一覧、蒐集物の処分方法、葬儀当日の葬式饅頭の大きさに至るまで、事細かに万端ぬかりなく書き記してあった。あまりに詳しく書きすぎて、思いがけない大著になってしまったというのである。

「松浦先生、この頃、死ぬ準備に余念がないみたいで……それがなんだか楽しそうなんだ」

豊が面白そうに報告すると、暁斎はあきれ果てて、

「……ありゃあ、当分死なねぇぜ」

と言うので、豊も思わず「そうだね、そういう人に限って長生きするよね」と笑った。

その年の暮れのことである。家の前で、「お豊ちゃーん！」と大声で呼ばわる松浦先生の声に表に出ると、

「これからホトガラを撮りに行くからつきあえ」

と、いきなり言い出すのであった。

驚いたことに、松浦先生はこれだけの著名人であるにもかかわらず、明治二十年の今日に

いたるまで写真というものを撮ったことがなかったらしい。

松浦先生は写真を撮っている姿を絵にも写せと暁斎に迫ったが、暁斎は取り合わず、かわりに豊がその姿を肖像画に描くことになった。

「出来上がったら、わっちが〈暁斎〉って、その絵に名前を入れてやるからよぅ」

いい加減なものであるが、こうしたことは絵師の間では日常茶飯事だった。

写真館に到着すると、一世一代の己(おの)が姿を後世に残すために、松浦先生は紋付きの羽織の正装に着替えた。

「あの……その格好で撮るんですか？」

豊は、びっくりして松浦老人の姿を見つめた。老人は、家から持参した箱から、勾玉が連なる例のお気に入りの大首飾りを取り出して首からかけている。

「うむ、これがなかなか重いんじゃ」

それはそうだろう、翡翠やら瑪瑙(めのう)でできた石が何十個も連なっているのである。

「先生……なんですか、それは」

松浦先生は、首飾りだけでなく、両耳に大きな玉璧(ぎょくへき)をかけて装飾とした。

「これで、よし」

松浦先生は、写真館で用意された椅子にどっかりと腰を下ろして写真機を見つめている。

豊は、慌てて帳面を出して写生した。

できあがった松浦先生の肖像写真は、珍妙なるものであった。白黒の写真になってしまうとよくわからないが、実物の首飾りは、真っ赤な瑪瑙や深緑の翡翠が美しい。それを絵にも残すというのは、色の付いた肖像画も残しておきたいという松浦先生の考えだった。それにしても、偉い人の肖像で、こんな派手な首飾りを下げているのは、世界広しといえども松浦先生だけだろう。逆にいえば、いかにも松浦先生らしい肖像写真が後世に残ることになった。

「でも……」

豊は、絵に写しながらふと気付いて首を傾げた。

……アイヌ玉が、ひとつもない。

あの首飾りに水色のアイヌ玉がひとつでも入っていたら、もっと美しいものになっただろうに……。

そのことは、豊の心の中に、いつもコツンと引っかかってくるのだった。

遺影となる肖像写真の撮影も無事終了し、次なる松浦老人の懸案事項は、墓の建立であった。松浦老人は、さらに元気満々、日々墓づくりに情熱をたぎらせ邁進した。

「なにがなんでも、大台ヶ原に建てる」

と言い張り、結局、周囲の人々の困惑をものともせず、伊勢と奈良の国境にある嶮しい山の中に自然石でできた立派な墓を建ててしまった。

最初にこの秘境を踏破したときに、老人は次のような和歌を詠んでいる。

　優婆塞も、ひじりもいまだ分け入らぬ　深山の奥に　我は来にけり

〈優婆塞〉とは、役行者と呼ばれた役小角のこと、〈ひじり〉は弘法大師空海のことである。いずれも秘境を切り拓いた人であったが、その二人も足を踏み入れなかった大台ヶ原を自分は制覇した、という意気軒昂たる老人の気持ちがよくあらわれている。

「お豊ちゃん……」

松浦老人は、墓が出来上がると、あるときこんな話をしみじみと語った。

人生は山登りに似ている。中年期までは、ひたすら山の高みを目指して脇目も振らずに登ってゆくものだが、やがて頂上に到達すると、あとは下るばかりである。老境は、山を下りるときの様子に似ている。だが逆にそのときは、登ってきたときには見ることのできなかった景色が眼下には広がっているのだ。

「お豊ちゃん、山登りはつらいもんじゃ。だが、そこには山を登った者にしか見ることのできない景色がある」

それは絵の世界でも何でも同じだと老人は説くのだった。ひとつの道に専心して上りつめることはたいへんなことだが、そのひとつの道をやり遂げた者でなければ見えないものがあるのだと。

「わしは、今は少しでもこのいい眺めを堪能するために……できれば、ゆっくり山を下りた

いと思うておるのじゃ。それが人生を真に全うするということじゃろう」

そうした人生を送ることができたら幸せだろうなぁ、と、豊は聞きながら思った。豊は、なにがなんだかわからないまま、とにかく一日一日を生きている。自分にどのような未来が待ち受けているのか、今は想像もつかなかった。

「わっちゃァ、下りたくねぇな」

その話をすると、暁斎は言下にそう言った。

「……ずっとてっぺんに居てぇや」

それがいかにも暁斎らしいと、豊は思った。松浦先生は周到にゆっくり下りたいと言うし、暁斎はてっぺんを極めても下りたくないし、もっともっと上を目指したいと思っているのだろう。

「でも、いつかは山は下りなきゃならないんじゃないのかな」

豊は、口の中でつぶやいた。

山に登ったら、いつかは下りなくてはならないし、この世に生を受けたら、いつかは終わりの日がやって来る。

「へっ、ぎりぎりまでてっぺんに居て、最後は転がるように下りりゃいいサ」

それもひとつの考え方であるように思われて、豊は小さく笑った。

松浦先生は、周到に下山の準備をしているようであった。墓の建立と並行して、〈棺〉の用意までしはじめたのである。

〈それ〉が、棺であると人々が知ったのは、出来上がってからだいぶ経ってからのことであった。

見た目は小さな茶室である。小さいといっても、桁はずれに小さい。わずかに一畳の畳と、それを縁取る畳寄せしかなかった。

しかし、その建物の柱の一本、床の間のひとつからが、あちこちにいる友から寄せられた全国各地の有名な寺社仏閣、橋などの古材だったのである。

たとえば……、

廊下の柱は、伊勢神宮の式年遷宮の古材

地袋板は、太宰府天満宮の床板

棚板は、法隆寺の古材

などなど、その数は九十一にものぼる。古くは白鳳時代のものから、主には鎌倉から江戸時代初期の木材が多いことからも、松浦老人が年を重ねるにつれて、いかに〈古いもの〉に魅了されていたかということがわかる。その土地の名士が、寺の建て替えの際に多額の寄付をした見返りとして古材を与えられることは昔からよくあることであったが、そうした古材を譲り受けて造り上げたのだった。

「この柱は、渡月橋(とげつきょう)の橋桁(はしげた)じゃ」

というように、松浦老人は来客があると、この一畳敷の書斎を案内して時空を超えてここに集結した古材のひとつひとつの解説をしてゆく。

訪れた人々は誰もが、諸国から細々(こまごま)とした木片がこの小さな空間に集められ、ひとつの世界を形作っていることに驚愕(きょうがく)した。たった一畳なのに、ごみごみした様子でもなく意外に広く感じられたともいう。

そして、その床の間には、暁斎の筆による〈北海道人樹下午睡図〉が掛けられていた。ここでもさらに、

「ここには、わしが可愛がっていた犬や猫も描かれておるのじゃ。これは、はるかエジプトから黙雷さんが持って来たシャブティという珍宝じゃ……」

というように、またまた蒐集物の自慢が始まる。最後に一畳敷の畳の上に横たわり、

「わしが死んだあとは、この茶室を壊した古材で荼毘(だび)に付してもらうのじゃ」

などと真顔で言うのだった。たしかに一畳敷の書斎は、小さな松浦老人が横たわるとちょうどいい大きさなのであった。

かつて羽倉簡堂(はくらかんどう)という著名な儒者は、武四郎のことをこう記している。

「その貌(かお)を見れば眇然(びょうぜん)たるのみ」

〈眇然〉とは「小さいさま。取るに足りないさま」ということである。

「然れどもその胸中の雄偉なること、その風貌に百千萬倍なるものあること、誰か知らんや」

心は大千世界に広がって、そしてその身は小さく畳一枚で足りている。

人は死んだらあの世には何も持っていけない。最後は畳一畳あれば充分……というのが、さまざまなものを蒐集し尽くした老人の到達した一つの境地であるらしかった。

その松浦武四郎老人が亡くなったのは、明治二十一年（一八八八）の二月のことである。

その数日前に、鷲津家を訪ねた。その日は朝から雪が降っていた。

可愛がっていた壮吉少年に弟が生まれ、乳離れするまでの間、長男の壮吉は母方の実家である鷲津家に預けられていた。

壮吉少年は、松浦老人のよき遊び相手であった。老人の蒐集した古物を見せると、いつまでも熱心に見て、その蘊蓄に耳を傾けている。子供の頃から古物蒐集に余念のなかった松浦先生にしてみれば、壮吉の姿は、まるで己の子供時代を見ているような気がしたのかもしれない。

その日、雪の中をものともせずに鷲津家に到着した松浦老人は、勧められるままに暖を取り、座敷で茶を飲みながら、一服しようといつも腰に下げている煙草入れに手を突っ込んだ瞬間、「うーん」となって倒れ込んだ。

「松浦先生！」

家人が驚いて声を掛けると、手枕で老人は軽い鼾をたてている。

「……松浦のおじいさま」

壮吉少年は突然のことに、何かしなくては……と、咄嗟に自分が羽織っていた綿入れ半纏を脱ぐと寝ている松浦老人の上に掛けた。

……なんだか、あの絵みたいだ。

綿入れ半纏を掛けられたその姿は、暁斎の『北海道人樹下午睡図』のまんまであった。

「これは、おかしい」

というので、家の者はあわてて松浦家に使いをやった。大八車に乗せられて神田五軒町の邸宅に送り届けられた松浦老人は、その後、昏々と眠り続けた。知らせを聞いて勤務先の大阪から飛んで帰ってきた息子の一雄をはじめ、親族がその枕元に集まった。

あれほど北海道の雪道を踏破してきた松浦老人が、わずかな東京の雪の中、すぐ近くの家まで出かけて行ったことが命取りになった。急激な寒暖の差が脳溢血を引き起こしたとも考えられた。

「お父さん……何か欲しいものはありませんか」

一雄が枕元で大声で話しかけると、

「うーん」

と、松浦老人は答えた。

「……好物の炒り豆を腹一杯食いたいのぅ」

「え？」

それが、松浦武四郎の最期の言葉であった。

ほどなくして松浦先生は七十一歳の生涯を閉じた。

「……炒り豆って、もう歯もなかったのに」

その話を聞いたとき、豊は泣いてしまった。松浦老人と摩利支天さまの豆まきで出会ったときのことを思い出していた。あのときも歯が悪くて豆を思う存分食べられないと悔しがっていたっけ……。豊は、もうあの老人のイヤミを聞くこともないのだと思うと本当に悲しくて泣けて泣けてしかたなかった。

それからの松浦家は大混乱であった。

とにかく葬儀については、遺言状『千亀万鶴』に事細かに指示されている。一雄をはじめ親族は、淡々とその書き残された指示通りに葬儀を進めようとした。

問題は棺である。

「一畳敷の書斎を壊してその古材で荼毘に付す」

と、一雄は養父の遺言に忠実にあろうとした。

「あれを焼いてしまうのは、惜しい」

と、人々は懸命に止めた。松浦老人の奇行に関しては、とやかくいう人も多かったが、この一畳敷については、〈好事の絶頂〉と評する人がいるほど、稀有なものと誰もが認めていたのである。

しかし、一雄は養子であることから、頑なに養父に従順であろうとした。

「一雄さんも苦労が多いねぇ」

松浦先生の親友であり、一時は義兄でもあった三浦乾也の養子である鈴木鼎湖は、一雄の傍らでやれやれと大きくため息をついた。一雄が大阪の造幣局で硬貨の彫金を担当しているのと同じように、鼎湖は同じ造幣局で紙幣のための銅版画を担当していた。画家として認められているにもかかわらず、養父乾也があちこちで借金を重ねるので、その尻拭いのためにいまだに宮仕えを辞せずにいる。同じ職場に勤め、変わり者の養父を持った者同士、二人はよく愚痴をこぼしあっていた。

「とにかくうちのお父さんは言い出したら聞かない人だったから……」

一雄は、頑として一畳敷を燃やすと言い張った。意地でも養父のわがままを通そうとするその一雄の姿からは、生前、いかにそのわがままに振り回されたかという苦い思いが伝わってくるようであった。

「一郎……これだけのものを集めたのは、武さんだからできたことだ。それを焼いてしまうには、あまりに惜しい」

一雄の実父の加藤木賞三がようよう説得し、結局、松浦老人の亡骸はふつうの棺桶に納められることになった。彫金家加納夏雄の弟子になったときに、一郎は一雄と名を改めたのであるが、加藤木は養子にいった息子を今も幼名で呼んでいた。

こうして棺の件は落着したものの、次の問題は大台ヶ原に建立してしまった墓であった。大台ヶ原の墓に納骨に行くとなれば、命がけの難行である。

「……もう、いいでしょう」

そのとき、そう言い出したのは、とう夫人であった。

「わたくしも、死んでまであんな山の中の墓に入りたいとは思いませんし」

このとう夫人の鶴の一声で、あっさりと松浦家の墓は染井霊園に新たに建立されることになった。

松浦先生の蒐集物は、遺言状の『千亀万鶴』に従って処分され、その多くは岩崎家に引き取られたという噂であった。何ごとにも周到な松浦先生は、その対価によって、残されたとう夫人の生活を支えようと考えたのだろう。充分すぎるほどの支払いがあったのか、松浦先生が亡くなった後、未亡人の暮らしぶりはずいぶんと派手になったと、口さがない人々は噂した。

「あれだけ心血を注いで集めたものを、全部手放してしまうなんて」

豊は、他人の家のことながら、ちょっとふくれっ面になって暁斎にこぼした。

「ばか、ああした一級の蒐集物はな、まとめて岩崎さまみてぇな立派な蔵のあるところに納めるのが一番よ。松浦先生は、さすがによくわかっていなすったのさ」

たしかに松浦先生は、ものすごい熱意を持って好奇心の赴くままにさまざまなものを蒐集したが、それは私利私欲のためだけではなかったようである。

単純に集めることが……そしてそれを分類し考察を加えて整理することが好きだったのだろう。だが、それだけではなく現在の風潮……廃仏毀釈のように新しいものを求める余り、古いものをないがしろにする、というような時代にあって古物が破棄され散逸することに心を痛め、かつて蒐集した古銭を大蔵省に献納したように、いずれそれぞれの場所に戻すことも指示していた。

豊はそれでも、その死によって心血を注いで集められたものが、すべてまた散ってゆくのが、なんだかもの寂しいような気がしたのだが、だいたいにおいて死というのは、そういうものであるのかもしれなかった。

その月の終わりの頃、押し入れの奥から、昔、松浦先生に借りたまま返し忘れていた軸物が出てきたので、豊は慌てて神田五軒町の松浦先生の家に返しに行った。

とう夫人は、芝居見物に出かけたとかで不在だったので家の者に軸を預け、豊が勝手口から門の方へ向かおうとしたとき、庭にいた犬がけたたましく吠えた。

「ココハ、松浦武四郎ノ家デスカ？」

門から邸内を覗き込みながらそう尋ねてきたのは、洋装の男女であった。異人の夫婦のように見受けられた。

「そうですよ」

豊がそう答えている間も、庭にいた白い番犬リキ丸は盛んに吠えている。その声に、女性がふと庭の方に目をやった。

「あの犬は、狩りをするアイヌの犬の血が混じっているのでやかましいんです。なんでも、昔……」

と、豊が話している途中で、洋装の女は、突然、何か叫びながら垣根を越えてリキ丸に突進し、服が汚れるのもかまわず抱きしめると号泣しはじめた。

「もしかして……」

豊は驚いてその様子をしばし見守った。

「あの……リキ丸は、アイヌの子からもらった犬の子孫なんです。松浦先生は、代々それは可愛がっていて……」

女は、何か口走りながらリキ丸を抱きしめ泣くばかりであった。

「……もしかして、ソンさんですか？」

女は、泣きながら頷いた。

生きていたんだ……。突然のことに、豊は動悸が激しくなった。

「あの……松浦先生、すごく気にしていました。最後に別れたとき……」

豊も、思わずこみ上げてきてしまって涙声になった。

女は、驚いたように顔を上げて豊を見つめている。目の大きな睫の長い美しい中年女性だった。

「なぜ……」

「松浦先生は、よく昔話をして下さって……蝦夷地を探険したとき、ソンという女の子に何度も助けられたと。最後に箱館で別れたとき、何か言ったのに聞き取れなかったって」

女は遠い目をして思いだしたのか、またその大きな瞳には涙があふれた。

「……名前を呼んで、って言ったの」

嗚咽の合間にそう答えた。

「え？」

「ソン、ソン……って、ニシパの大声で呼ばれると、なんだか嬉しかった」

「……ああ」

「ソン、って呼んでくれたのは、ニシパだけだったから。アイヌは、名前をあまり呼ばないから。呼ぶのは、本当に親しい人だけなんだ」

　聞いているうちに、豊は思わずしゃくり上げてしまった。

「ソンさんが来てくれたなんて……松浦先生が生きていたら、どんなにか喜んだでしょうに……」

　ソンは、ワッと泣き伏した。

「ニシパが開拓使を辞めたと聞いたとき……もう、アイヌの村に来ないのだという噂が流れたとき……みんな本当にガッカリしたんだ。ニシパはどんな危険なことが待ち受けていても、必ずアイヌのために来てくれると思っていたのに。あたしたちは、あのときどんなに泣いたことだろう」

　やっぱり……と、豊は昔、松浦先生から聞いたときのことを思い出していた。

　ソンは、口では「危険だから来るな」と言いつつ、本心は会いたかったのだろう。どんな危険があろうと、いままでの松浦ニシパならば必ず来てくれる、とそう確信していたのだ。

　だが、武四郎は自ら名付けた〈北海道〉には、二度と足を踏み入れなかった。

「……見捨てられたと思った」

　そう語るソンに、豊は、ひと言もなかった。

「……ニシパが、許せなかった」

　松浦先生がいたら、やっぱり黙りこくって、ソンの非難を受け入れていたかもしれない。

こんなふうに……。

豊は、そんな思いを噛みしめながら聞いている。

「でも……」

ソンは、白犬を抱きしめて撫でた。

「もっと早く来ればよかった。ニシパに会いたかった」

同行の男は、ドクター・ヘーッといって、ソンの夫だった。新聞で松浦武四郎の訃報を知り、ふさぎ込む妻を伴ってわざわざ函館から訪ねてきたのだという。

「でも……ソンさん、今はお幸せそうですね」

豊がそう言うと、二人は照れたように顔を見合わせた。

ヘーッは、アメリカ領事館にいるときに銀と名乗っていたソンと知り合い、惹かれあって正式な妻にしようと、いったんソンを函館に残したまま故郷に帰り、そして約束通り戻って来た。ソンはその間、お菊という名で女中をしながら辛抱強くヘーッを待ち続けたという。

ヘーッ夫妻は、今も函館に診療所を構えて町の人々とともに暮らしていた。

「子供をたくさん育てています。今、八人います」

「まぁ、子宝に恵まれてにぎやかですね」

夫婦は、穏やかに笑った。

「私は子供を産めません。みんな開拓民の捨て子です」

「……えっ」

明治二十年ともなると、明治初年に開拓のために入植した人々の間でも根を下ろした者がいる反面、夜逃げするように内地に戻る者もあとを絶たなかった。泣く泣く乳呑み子や幼い子を置いて行かざるを得なくなった者は、アイヌの村に子を捨てて去って行った。

「あの者たちは、どんなに貧しくても赤子を育てるから」

アイヌの人々を蔑（さげす）んでいた人ほど、そんなことを言ったという。あるいは、川に投げ捨てられ、葦（あし）の間に引っかかって泣いている子を見つけ、アイヌの人々が拾って帰って養育したというような話もいたる処で聞かれた。

「和人（シャモ）の子でも赤子は赤子だから……」

そんな子供たちをヘーッ夫妻は引き取って育てていたのである。

「この世に子供があふれることが、アイヌの世界では一番幸せなんです。それは、死んでいった人たちを供養する者が増えるということだから」

そうつぶやくソンの言葉を聞きながら、豊は、「ああ、この人はアイヌなのだなぁ」と改めて思った。同時に、松浦先生がアイヌを大切に思ったのは、こうした考えを持った人々だったからなのだろう……とはじめて実感としてわかったような気もした。

「ソンさん……今は、なんて呼ばれているんですか？」

別れ際に豊が尋ねると、ソンが答える代わりにヘーッが、

「……デイジー」

と、呼んで笑いかけた。

今はヘーツ夫人のデイジーと呼ばれているということなのだろう。ソンが、ヘーツに肩を抱かれながら松浦家の中へと消えてゆくのを見送っていた豊は、あっ、とその後ろ姿に小さく声を上げげそうになった。

ソンの白髪の交じった洋髪に水色の簪がちらりと見えたような気がしたのである。

豊は追いかけていって確認したい衝動にかられたけれど、思いとどまってそっと見送った。

リキ丸は尻尾を振りながら、いつまでも吠えまくっていた。

松浦先生の四十九日の法事には、たくさんの人々が参列した。

俥引きの松平の祖父金蔵も、〈坊ちゃん〉への最後のご奉公と、八十に近い老骨に鞭打って、伊勢から上京してきた。今は汽車があるので川止めもなく、「江戸も近くなったもんやなぁ」と、〈坊ちゃん〉を連れ戻した六十年近い昔の話を繰り返し語った。

「……まったく旦那さんは、がいな、がいなもんやったのぅ」

「がいなもん、ってなんですか？」

豊が問いかけると、孫の松平が笑いながら答えた。

「がいなもん、ちゅうのは、伊勢の方では、途方もない、とか、とんでもない、って意味ですなぁ」

「ああ……」

豊は頷いて笑った。たしかに松浦先生は、とてつもない〈がいなもん〉だった。いつも大真面目で、行動力にあふれすぎていて、周囲は振り回されっぱなしだったけれど、でも……やっぱり、すごい人だったのだ。

この松浦先生の四十九日には、先生が可愛がっていた三人の少年たちも参列していた。

この年、六歳になったばかりの鈴木鼎湖の息子の満吉は、父ではなく養祖父の三浦乾也に手を引かれて来ていた。乾也は、武四郎の最初の妻の兄でもあったから、血はつながっていなくても、遠い親戚筋ということになる。乾也の元で、さかんに〈ヘマムショ入道〉を描いていたこの満吉少年は、のちに乾也の養家石井家の養子となり、石井柏亭という名で版画家、洋画家として名を馳せた。

幕末の頃は国産の洋式帆船を作り活躍していた三浦乾也も、明治に入ってからは次々と事業に失敗し、また元の陶工に戻って、晩年は長命寺内の窯で、近くの言問団子の団子皿を焼いて暮らした。

松浦先生の故郷の幼なじみ川喜田崎之助……長じて川喜田家十四代当主となった久太夫の孫の善太郎少年は、このとき十歳、祖母の政に手を引かれ弔問に訪れていた。

のちに十六代川喜田久太夫となり、川喜田家と縁の深い百五銀行頭取として金融恐慌の荒波と第二次世界大戦後の混乱を乗り越えて、川喜田家と百五銀行を守り通した。一方で彼は、〈川喜田半泥子〉という名の陶芸家としても名を残した。半泥子という名は、半ば泥みて、半ば泥まず……「何ごとにも没頭しすぎないように」、と自らを戒める意味で名付けた。後に人々から、「東の魯山人、西の半泥子」と並び称されたが、終生自分からは陶芸家とは名乗らなかったといわれている。そして、祖母政の遺訓を胸に秘め、終生の恩人と公言してはばからなかった。

この半泥子、なぜか生涯、武四郎と同じように天神さまを信仰していたという。

武四郎が倒れた鷲津家の孫の壮吉は、母の永井恒に手を引かれ参列していた。

のちの作家、永井荷風である。

「壮ちゃん、なんだか松浦先生に似てきたね」

昭和十年（一九三五）、浅草の観音様近くの洋食屋の前で、壮吉にバッタリ出くわした豊は、その姿を見て思わずそう言って笑った。

関東大震災で灰燼に帰した帝都東京は、復興景気で沸いていた。

その中で人気作家の荷風は、大正時代に麻布に建てた〈偏奇館〉と名付けた洋館でひとり隠者のように暮らし、次第に浅草に足繁く通うになっていた頃である。

外出するときはいつも革の手提げカバンに、黒い蝙蝠傘をステッキ代わりについて歩くその姿は、たしかに松浦老人にそっくりであった。

松浦先生の年にはまだ十年ほど早いはずなのに、荷風の痩せた後ろ姿は、どこか年寄りじみていた。

「お豊ちゃんに、今度、ドクロの絵を付けてもらわないといけないね」

そう言って笑った〈壮ちゃん〉も、すでに五十六歳の初老の紳士、〈お豊ちゃん〉の方も六十八歳になっていた。

「震災ではご無事で何よりでした」

もとより豊は、人気作家荷風の偏奇館の噂は耳にしている。

「神田の松浦先生のお屋敷は丸焼けになったそうですよ」

「ああ……」

荷風からその消息を聞いて、豊は顔を曇らせた。

「岩崎さまに譲られた蒐集品以外は灰になってしまったんでしょうかねぇ」

「いや、ほとんどは生前、伊勢の実家に送っておられたので無事だったんじゃないかな」

「え？　そうだったんですか？」

豊はまったく知らなかった。

「僕はよく、『これから伊勢に送るんだ』という荷物の中から、きれいな勾玉（まがたま）だのアイヌ玉だのも見せてもらったものですよ」

「……アイヌ玉？」

豊は意外な面持ちで聞き返した。

「松浦先生は、アイヌ玉を？」

「ええ。水色の小さなアイヌ玉の入った数珠のようなものをよく手にかけていました」

「それ、もしかして、アイヌの子にもらったという……」

「さて……よくわかりませんが、小さな丸玉や管玉(くだたま)をつないだ腕輪の中にはたしかアイヌ玉もありました。いつも左の腕につけていたでしょう？」

「いつも……？」

豊の記憶にはなかった。袖に隠れて見えなかったのだろうか。

「数珠をいつも腕に掛けているなんて奇妙だと子供心に思ったものですがね、なんでも手首から魔物が入ってこないようにって……」

「あ……」

豊は、松浦老人の言葉を思い出して、声を上げそうになった。

「亡くなったときも手に掛けていたそうですが、火葬場でこうした石などは焼けないからはずしてくれ、と言われてご遺族の手ではずして……あれも伊勢の生家に送っていれば無事なことでしょう。たしか、アイヌのアットゥシとか……昔、探険中に地元の人が編んでくれた足袋の形の履き物とか……アイヌからもらったものは、全部大事に伊勢の生家に送ってあるはずですよ」

「……そうだったんですね」

松浦先生の死から五十年近くの歳月が経って、豊ははじめて知った事実に、ちょっと涙ぐみそうになった。

遠い昔、すれ違うように一瞬出会ったアイヌの女性のことを思い出していた。今となっては、松浦老人の昔話とともに、すべてがまるで幻のようにも感じられる。

固く封印されたアイヌたちの記録はどうなったことだろう。焼けずに無事だっただろうか。

松浦老人が集めたアイヌたちのさまざまな物語は、いつか封印が解かれる日が来るのだろうか。

貴人の墓に眠っていた勾玉が、数百年の後に松浦老人の胸元で美しい輝きを放っていたように、老人が書き残し封印した記録は、その封印を解いたとき、きっと後世の人々への美しい言葉の玉手箱となることだろう。

「壮ちゃんは……松浦先生のいい遊び相手だったものね」

豊はそう言って笑うと、引っ張り出した長襦袢（ながじゅばん）の袖で勢いよく鼻をかんだ。

そんな豊の様子を見かねて、荷風はポケットからハンカチをスマートに差し出した。

「……お豊ちゃんの娘御も大きくなりなさったろう」

豊は晩婚で、四十過ぎに結婚し娘を産んだあと、すぐに夫に先立たれ、女手ひとつで娘を育てているということは壮吉も知っていたらしい。

「大きくも何も……もう結婚して、孫娘も生まれましたよ」

松浦先生が逝去した翌年、豊の父暁斎は胃癌で亡くなった。五十八歳だった。まだ山を登っている真っ最中……還暦にも漕ぎ寄せていなかった。豊は、父の死後も画業に精進して、河鍋暁翠の名で明治二十九年（一八九六）には日本美術協会会員になり、三十五歳のときに、開校したばかりの東京女子美術学校初の女性教授となった。

「あたしなんかが、教授だなんて」

と、尻込みしていた豊であったが、周囲の勧めもあって結局は女子美の教授となり、長年にわたり子女の教育に奉職した。

「暁翠先生の怒ったところを見たことがない」と生徒たちの間では囁かれていたが、本人は、「堪忍袋を繕い繕い……ですよ」とよく笑っていたという。娘の頃から、変わり者の暁斎の手伝いをしていたので、人一倍辛抱ができていたのだろう。

その豊が亡くなったのは、昭和十年のことである。浅草で壮吉と出会ったわずか数日後のことであった。

国府津の教え子の家に出稽古に行き、そこで倒れたまま帰らぬ人となった。もともと太っていて血圧が高かったといわれている。

「先生、先生！」

と、呼びかけられ、「何か、上に掛けるものを」という叫び声とともに、横になった体の上に綿入れ半纏が掛けられて……奇しくもその最期は、松浦先生とまったく同じような光景であったという。

　武四郎の蒐集物の集大成である一畳敷の茶室は、武四郎の没後、紀州徳川家十五代当主の営む〈南葵文庫〉に移築されていたため関東大震災のときは延焼を免れた。だが、当主徳川頼倫没後は売却されることになり、のちに日本産業株式会社（日産）の重役であった山田敬亮夫妻によって三鷹の泰山荘に移築される。新興財閥で関西から東京に進出してきた山田は、茶の湯を通して東京での社交界への足がかりにしようと考えていたというが、日中戦争の勃発などにより華々しいお茶会どころではなくなり、中島飛行機の創設者中島知久平が自宅兼研究所として近隣の広大な土地を買収したときにこの一畳敷を含む泰山荘も譲渡された。戦後、その跡地が国際基督教大学になったことから、この一畳敷も大学に移管され、現在も同大学のキャンパス内にある。

　武四郎の象徴のような赤や翠の勾玉が連なる大首飾りは、遺言通り岩崎家に譲られ、その後ずっと行方がわからなくなっていたが、近年、岩崎家の静嘉堂文庫美術館に大切に保管されていることが判明した。

　豊が苦心して手伝った『北海道人樹下午睡図』……一般には、『武四郎涅槃図』と呼ばれる大幅は、松阪市小野江町の武四郎の生家にほど近い〈松浦武四郎記念館〉に今も現存している。

こうしてこの稀代のコレクターは、有形無形の多数のものを蒐集し後世に残したが、その最大のコレクションは……あるいは北の大地に散らばる九千八百にも及ぶというアイヌ語の土地の名前や人々の記録の蒐集であったのかもしれない。

あとがき――余話として

以前、浅草駒形で江戸以来二百年以上続いている老舗のどぜう屋の小説を書いたことがある。この店の一番古い取引先が、名物〈どぜう汁〉に使っている〈ちくま（乳熊）味噌〉で、伊勢松阪の中万がルーツであるこの味噌屋の十七代目当主、竹口作兵衛さんに射和祇園祭に誘われたのが……思えば松阪、そして松浦武四郎との出会いであった。

松浦武四郎のことは、以前から少しだけ知っていた。幕末・明治の浮世絵を調べたことのある者ならば、一度は目にするであろう〈暁斎日記〉という河鍋暁斎の明治期の絵日記にしょっちゅう出てくる人物なのだ。

……松浦老人、いやみ云う。

注文の絵がなかなか出来上がってこないことに業を煮やして、イヤミを連発する松浦先生の似顔絵があることから、美術の世界では、「松浦武四郎＝イヤミ老人」というのが定説であった。

ところが驚いたことに、北海道ではこの〈イヤミ老人〉は、ひどく立派な人ということになっていた。道内には銅像は三つ、記念碑に至っては六十あまりもあり、なんと北海道神宮の開拓神社では〈松浦武四郎命〉として祀られていたのである。

＊　＊　＊

ところで。松浦武四郎の伝記を最初にまとめたのは、意外なことに日本人ではなくて、アメリカ人のフレデリック・スタールというシカゴ大学の先生だった。

「……スタール！」

私はびっくりした。スタールといえば、千社札の世界では、〈御札博士〉として有名な人だ。明治から大正にかけて、自ら〈御札博士〉と名乗り、『寿多有』などという札を全国の神社仏閣に貼りまくった怪しげな外国人だと思っていたら、なんと、武四郎伝第一号の作者だったとは……。

……いろいろな世界が、クロスオーバーしている。

隅田川のほとりにある言問団子は、駒形どぜうやちくま味噌と同じように〈東都のれん会〉に加盟している江戸の老舗だが、ここの団子皿を明治の頃に焼いていたのは、武四郎の最初の奥さんの兄である三浦乾也であったという。

今や、乾也といってもほとんどの人は知らない。

その乾也を調べているという話をしたところ、乾也の焼いた揃の皿を出してきて下さったのが、根岸の笹乃雪という名代の豆腐専門店のご当主だった。奇しくも、弘化三年（一八四六）、武四郎は二度目の蝦夷地探険に出掛ける前に、この笹乃雪で友人たちに壮行会を開いてもらっている。会の中心人物は、尾藤水竹……のちに武四郎の後妻となるとう夫人の前夫であった。

小説だったら〈ご都合主義〉になってしまうような合縁奇縁が、現実には満ち満ちている。

＊　＊　＊

今回、松阪では松阪市に全面的なご協力をいただき、さらに伊勢言葉や取材の同行においては、竹川竹斎の末裔でもある松阪市観光協会の竹川専務理事にいろいろとお骨折りいただいた。

竹川家の床の間には、射和萬古のお多福（正式には〈乙御前〉と呼ばれている）の焼物が飾ってある。幕末の頃、竹斎が射和萬古焼を復興させようと悪戦苦闘していた頃、ある日、乞食のような門付け芸人が通りかかった。男は不思議な形の月琴を弾き、連れの女が細い声で歌っていたという。

この男が、のちに射和萬古の復興に尽力する陶工己斎（本名井田吉六）であった。吉六は、武四郎の最初の妻の兄である三浦乾也の養父であるから、おそらく現実には武四郎なり乾也なりの関係から射和に招聘されたのではないかと思われるのだが、竹川家に残されている逸話は、「門付け芸人としてやってきた」ということになっている。このときの月琴が戦前まで残されていたそうだ。竹川家のお多福像は、この吉六が焼いたものであった。

これについては、昭和六年の『中央公論』に、まったく同じ話を村松梢風も書いている。「或日のこと、此の村へ妙な門付けの乞食がやって来た。それは、白い顎髭を生やした爺さんが、其の時代に漸く日本へ渡ってきたばかりの月琴というものを弾いて、そして綺麗な若い女に歌を唄はせてやって来たのであった」

このとき、おそらく梢風もこの文章だけではあまりに真実味に欠けると思ったのだろう、その話を聞いたときの様子を余談として追記している。

「筆者は今から十数年前、其の土地に友人があって射和へ行ったことがある。其の時、昔の儘の家造りの竹川家を訪問して、右の己斎門附けの逸事も其の時竹川家の主人から親しく聞いた話であった」

私が竹川さんに聞いた話も、もともとは梢風に語った先代からの口伝えであるから、同じ話であるのは当然のこととしても……竹川家のたたずまいが、梢風のときからさらに百年近く経っているというのに、今も〈昔の儘の家造り〉であることには驚かされるばかりであった。

竹川家に伝わる秘伝書、〈神足歩行術〉のことなどを含め、これまた〈事実は小説より奇なり〉である。

＊　＊　＊

松浦武四郎が永井荷風の母方の祖父、鷲津毅堂の家で倒れたという話は、どの武四郎伝にも記されている〈史実〉であるのだが、そのときすでに毅堂は没しており、また祖父の家で幼少期を過ごした荷風が、『下谷叢話』などで武四郎に触れていないことなどから、毅堂宅で倒れたというのは、ご遺族の記憶違いではないだろうか、という説もある。今となっては、どこの家で倒れたかはそれほど重要なことではなく、二月の小雪の降る日に、雪をものともせずに出かけて行った、ということだけが残された事実なのだろう。それがいかにも武四郎らしい。

歴史を書いているときに、ときどき思う。文字に記されたことがらは、多少違っていても〈史実〉として残るけれど、書き残されなかったことがらは……あるいは、書かれたものが消失した事実は……〈史実〉ではなくなってしまうのだろうか。

〈文字として残す〉ということに関していえば、武四郎は安政年間の『丁巳日誌』、『戊午日誌』を、〈不貸不鬻〉（門外不出、他見無用）として秘蔵することを遺言したため、武四郎のお孫さん亡き後、その未亡人はこれらの日誌を国立史料館へ寄託する際にもその遺言を守り、日誌を包んである紙紐を解くことを固く禁じたと……のちに『松浦武四郎選集』の中で秋葉實氏は書き残している。これらの記録が閲覧できるようになったのは、武四郎の没後九十年を経た昭和五十年代からであったという。武四郎には、アイヌという民族は滅んでしまうという危機感があったのではないかと思う。同時に為政者という存在を天から信じていなかったような気もする。

ひるがえって、明治三十二年（一八九九）に制定された〈北海道旧土人保護法〉が、つい最近……平成九年（一九九七）まで存在していた現実を考えると、武四郎の行動はあながち杞憂ともいえず、まさに慧眼であったとさえ思えるのである。

＊　＊　＊

河鍋暁斎の娘の豊は、実際に〈松浦老人係〉であったらしく、暁斎の絵日記の中でも老人にガミガミ言われながらも懸命に相手をしている姿が散見される。そういえば私も……昔、日本映画監督協会に勤めていた頃、長老係などと言われていて、口の悪い監督からは、「カワジさんに親切にされるようじゃ、いよいよお迎えも近いかもしれない」などとボヤかれたものだった。

当時、ずいぶんとお爺さんだと思っていた監督たちは、まだ七十そこそこで、私は精神的には十五、六の、ちょうど半玉みたいなものだったように思う。いつもトンチンカンな対応ばかりしていて、映画史を彩るような貴重な話もいろいろ耳にしていたはずなのに、肝心なことは忘れてしまって、覚えているのはつまらないことばかりだ。

老人は同じ話を繰り返しするけれど、私は何度でも聞きたくて同じ話をせがんだ。たぶん私は話の内容そのものより、名匠たちの語らいを聞く、その豊穣なひとときを一緒に過ごすことが好きだったのだろう。

暁斎の絵日記の中の豊は、松浦先生の前でふくれっ面の日もあれば、への字口の日もある。

この豊（河鍋暁翠）の孫が、現在の河鍋暁斎記念美術館館長の河鍋楠美先生で、楠美先生には幼い頃におぶってもらったおばあちゃんの背中が大きくて居心地がよかった、という記憶があるそうだ。楠美先生を通じて、私はかすかに〈お豊ちゃん〉と同時代人の感覚を持つことができたような気がする。

さて……。

武四郎の膨大な資料と格闘するうちに私は疲弊してしまい、なかなかアイヌのことまで踏み込んでいけなかったことに忸怩たる思いは残るのですが、そのような中で、北海道大学の佐々木利和先生、札幌大学の本田優子先生にはいろいろご教示をいただきました（本文中の武四郎のアイヌ語表記に関しては、現在一般的に使用されている表記と一致していないため一貫性がなくなってしまいましたことをどうぞご了承願います）。また、松浦武四郎記念館の山本命さん、北海道博物館の三浦泰之さんには、資料提供などで本当にお世話になりました。資料につきましては、今回は武四郎の残した版本、日記、手紙類などの原典となる文献の他に、前記の研究者の方々が地道に研究された資料や、昔の雑誌や古書など古い文献を中心にあたりました。

その他の主な参考文献は、『新版松浦武四郎自伝』（笹木義友編）、『松浦武四郎』（横山健堂）、『定本松浦武四郎』（吉田武三）、『傑士松浦北海翁』（岩谷几山）、『江戸明治の百名山を行く　登山の先駆者松浦武四郎』（渡辺隆）、『松浦武四郎　北の大地に立つ』（合田一道）、

『松浦武四郎入門』（山本命）、『アイヌ人物誌』（松浦武四郎、更科源蔵・吉田豊訳）、『静かな大地』（花崎皋平）、『幕末の探検家松浦武四郎と一畳敷』（ヘンリー・スミス他）、『静嘉堂蔵 松浦武四郎コレクション』（静嘉堂）、『松浦武四郎時代と人びと』（北海道開拓記念館）、『クマにあったらどうするか アイヌ民族最後の狩人』（姉崎等）などです。

古雑誌や資料収集にあたっては本居宣長記念館吉田館長に、古物については江戸文物蒐集家の其角堂さんにいろいろご協力いただきました。

イラストに関しては、連載時から単行本の表紙まで、アニメ監督のりんたろうさんが担当して下さいました。私はずっと、りんたろうさんの武四郎像に助けられながら書き進めていたように思います。昔からのご縁とはいえ、アニメ界の巨匠とこうして一緒に仕事ができたことは、（かつての事務局員としては）本当に感慨深いことでした。ありがとうございました。

また、いつもお世話になっている小学館の矢沢寛さんにも改めてお礼を申し上げます。

そして……。今回、武四郎さんのおかげで北海道のあちこちで、たくさんの方々とのご縁ができましたことは、私にとって思いがけないよろこびでした。あっちにも、こっちにも、目に見えない何かにも……最後に感謝の気持ちを伝えたいと思います。

河治さんが繋いでくれた確かな縁

本田優子

二〇一八年は、日本列島北部の大きな島が「北海道」と命名されて百五十年になる節目の年だったが、その数年前から北海道では、武四郎フィーバーともいえるような状況が巻き起こっていた。実はその五十年前の一九六八年、「北海道開道百年」と銘打って華々しく顕彰されたのは開拓の歴史であり、アイヌ民族の存在はほとんど消し去られていたと言える。しかし二〇〇八年に日本政府はアイヌ民族を我が国の先住民族であると認め、国立民族共生象徴空間の開設も決定した。国のアイヌ政策の一定の進展およびアイヌ文化への社会的関心が高まっているなか、アイヌ民族からの支持と共感を得ながら北海道の成立を寿ぐことは今回の周年事業で必須の要件とされた。そこで浮かび上がったのが、「北海道の名付け親」松浦武四郎だった。『近世蝦夷人物誌』によってアイヌ民族の悲惨な状況を告発し、「北加伊道」という命名にもアイヌ民族への想いを込めたとされる武四郎は、まさに北海道百五十年事業のシンボルであり救世主だった。武四郎を主人公とするミュージカルの上演をはじめ、道内各地で武四郎にちなんだ事業が数え切れないほど展開された。そこで描かれる武四郎は、当然ながら真のヒューマニストであり偉大な人物だった。

ところが、偉人ではなく「奇人」としての武四郎を描いたのが本書である。膨大な資料調査に基づき、旅に焦がれた武四郎の破天荒な生涯と、型破りな変人気質をあぶり出したのは、これまでも数々の時代小説で魅力的な人物を描いてきた作家・河治和香さんだからこその慧眼と言えよう。読者は本書によって初めて、一筋縄ではいかない多面的な武四郎を感じ取ったに違いない。

ところで河治さんは現在、北海道在住。いつの頃からか北海道の文化人ネットワークにふんわり登場し、雪うさぎのような可憐さで人々の心を摑んだ。当初は東京との二拠点生活だったが、やがて正真正銘の道民になり、なおかつ江戸の世につながるとんでもない人々と我々を繋いでくれる。私自身もその恩恵に浴した一人である。

私は二〇一〇年、所属している札幌大学でウレㇱパ・プロジェクトを立ちあげた。ウレㇱパは「育てあう」という意味のアイヌ語である。このプロジェクトは一般社団法人札幌大学ウレㇱパクラブ（以下、ウレㇱパクラブ）を推進母体とし、以下の三つの柱から成っている。①ウレㇱパ奨学生制度：授業料・入学金と同額の奨学金を大学が給付することで、経済的に厳しい境遇にあるアイヌの若者たちに大学進学の道を拓く。その代わりウレㇱパ奨学生たちはアイヌ文化を真剣に学び、ウレㇱパクラブの活動を担う義務を負う。②ウレㇱパ・カンパニー制度：様々な企業や団体にウレㇱパクラブの会員になっていただき、共に学生たちを育てていただく。③ウレㇱパ・ムーブメント：アイヌにルーツを持つウレㇱパ奨学生だけでなく一般の学生や留学生が共にアイヌ文化を学ぶことで、多文化共生のモデルを創出する。アイヌにルーツを持たない学生の存在は、実はとても大きい。

すでに十数年を経て、プロジェクトの成果は枚挙にいとまがないが、最も誇らしいのは、数多くの卒業生がアイヌ文化の専門家として、白老町の民族共生象徴空間ウポポイや、平取町二風谷で活躍していることだ。たとえば第一期ウレㇱパ奨学生の一人は、経済的な理由から小学生の段階ですでに大学進学を諦めていたが、奨学生となり、学年一位の優秀な成績を収め、総代として学長から卒業証書を受け取った。登壇した彼女がまとっていたのは、自分で縫い上げ美しい刺繡を施したアイヌ民族衣装だった。その後、彼女はウポポイの中核施設である国立アイヌ民族博物館の学芸員となり、二〇二二年度からは非常勤講師として本学の教壇に立ち後輩を指導してくれている。また、同じく第一期奨学生の一人は、すでに他大学を卒業した社会人だったが、自らの文化を学ぶべく本学に入学し二度目の大学生活を送った。優秀な成績を収め大学院に進学した彼は、現在はウレㇱパクラブの指導及びアイヌ文化を担当する札幌大学職員となり、アイヌ語の授業も複数担当している。もちろんアイヌ文化に直接携わっていないウレㇱパ奨学生のOB・OGも多いが、自民族の文化を学んだことにより、自己肯定感を持って生きているように思う。

河治さんは、このようなウレㇱパクラブの理念に賛同し、すぐさま一般会員として名乗りを上げてくださった。さらに河治さんの仲介により、武四郎の生地である松阪市の職員の方々が団体会員になってくださった。ウレシパ・カンパニーとして会員登録している企業は多いが、地方自治体の団体会員はいまだにこの一例のみであり感謝の言葉もない。

ところで、ウレシパクラブは一年に一回、ウレシパ・フェスタというイベントを開催している。学生たちの学びの成果を発表するとともに、テーマに基づいた講演やパネルトークを企画しているのだが、二〇一八年は武四郎特集を組んだ。松浦武四郎記念館の現館長・山本命（めい）氏の基調講演、パネラーの河治さんのトークは聴衆に新しい武四郎像を提示し、大好評を博した。

この時、学生たちは果敢にもアイヌ語劇に挑戦した。主人公が武四郎ということだけは早々に決まったが、ストーリーを考えるためには武四郎という人物を理解しなければならない。まずは、河治さんを大学にお招きして特別講義を行っていただいたことで、「めっちゃおもしろいオジサンだったんだ」と、学生たちは武四郎に親近感を持った。しかしここからが大変だった。脚本担当の学生たちは、ストーリーを考えてから自力ですべてのセリフをアイヌ語に翻訳した。役者として舞台に立つ学生は、完成したアイヌ語セリフを暗記し、感情移入して語れるまで必死で練習した。いずれも大変な作業だった。しかし、最も重要だったのは、なにを描くか学生たちが議論した過程だったと私は捉えている。話し合いの結果、劇のストーリーは『近世蝦夷人物誌』を読み込んで、その中のエピソードに基づいて作ることになった。『近世蝦夷人物誌』には百名を超える実在のアイヌが登場するが、学生たちが重要な役どころとして選んだのは主として次の三名だった。この先の世がどうなるか見届けるために長生きしたいと語りつつも武四郎が与えようとする鍋を受け取ることを拒むシコツアイノ。そこから、自らの行動が偽善ではないかと悩む武四郎。それに対し、困窮するアイヌを密(ひそ)かに救済している支配人・四郎兵衛を例に挙げながら、和人(シャモ)の善行を偽善とは思わないと語るアイヌ女性ヌイタレ。そこで描かれたのは、自らを高みに置いた単なるヒューマニストとしての武四郎ではなかった。アイヌ民族との向き合い方に悩む武四郎と、そのような武四郎に率直に自らの考えを伝えるアイヌたちの姿は、常日頃、お互いの民族的な立場の違いを意識し、時には反発する気持ちを抱きつつも、仲間として認めあおうと努力するウレシパクラブの学生たちの姿に重なる。劇としての完成度は未熟ではあるものの、このようなストーリーを生み出したことに、ウレシパクラブの存在意義が凝縮されているように私は感じたものだった。

このアイヌ語劇は、その数ヶ月後に開催された武四郎まつりでも上演された。武四郎まつりは、例年二月の最終日曜日に松阪市の松浦武四郎記念館で開催される数千人規模のビッグイベントである。ウレシパクラブはそこでアイヌ古式舞踊の披露や、アイヌ文化の解説なども担当したが、アイヌの民族衣装をまとった若者たちの集団にはアイヌ文化の未来を想起させるインパクトがあるのだろうか、以後、毎回ご招待を受け、舞台に立たせていただけることになった。

このようなご縁から、ウレシパクラブのみならず札幌大学自体も松阪市と連携協定を締結することとなり、その結果、松阪市の竹上真人市長と松浦武四郎記念館の山本命館長に毎年一回、札幌大学で授業をおこなっていただけることになった。山本館長の講演の素晴らしさはつとに有名だが、学生たちは竹上市長の講義に驚く。自治体の首長ってこんなに熱く専門的に郷土の歴史を語れるものなのかと、行政トップに対するイメージを転換するのだ。

以上、解説とは呼べないようなことを長々書き連ねてきたが、最後に一言。どれもこれも、すべて河治和香さんのおかげなのだ。彼女の導きにより、ここでは書き切れない新たな動きとネットワークが生まれてきた。不思議な人だとつくづく思う。彼女もまた「一奇人なり」。

（ほんだゆうこ・札幌大学教授）

本書のプロフィール

本書は、二〇一八年六月に小学館から刊行された同名の単行本に、加筆改稿して文庫化したものです。

小学館文庫

がいなもん　松浦武四郎一代

著者　河治和香

二〇二三年七月十一日　初版第一刷発行

発行人　石川和男
発行所　株式会社 小学館
〒一〇一-八〇〇一
東京都千代田区一ツ橋二-三-一
電話　編集〇三-三二三〇-五八〇六
　　　販売〇三-五二八一-三五五五
印刷所―――図書印刷株式会社

この文庫の詳しい内容はインターネットで24時間ご覧になれます。
小学館公式ホームページ　https://www.shogakukan.co.jp

ISBN978-4-09-407275-4